ARNE DANIKOWSKI

DIE TROOPER CHRONIKEN

BAND 1

OPERATION PHOENIX

Ein Science-Fiction-Roman
aus dem John James Johnson Universum

Deutsche Erstausgabe

Am Kerkhoff 3
41812 Erkelenz
info@arnedanikowski.de

Titelbild: Arndt Drechsler
Korrektorat: Gabriele Rögner

Inhaltsverzeichnis

Vorwort

Es ist noch gar nicht so lange her, dass die Johnson Chroniken mit dem 6. Band ihr vorläufiges Ende gefunden haben. Andere Projekte, wie zum Beispiel der vorliegende Roman, ließen mir keine andere Möglichkeit, als diese Entscheidung zu treffen.

Operation Phönix ist ein in sich abgeschlossenes Abenteuer von Commander Higgens und seinem Team. Der Roman spielt im Universum der John James Johnson Chroniken, setzt aber nicht voraus, diese vorher gelesen zu haben. Vielmehr könnte dieser Roman, wenn er Ihnen gefallen sollte, die Brücke zu den Johnson Chroniken sein.

Als ich das Special Trooper Team entwickelt habe, hatte ich mir keine Gedanken über die Mannstärke der Gruppe gemacht. Das stellte mich in dem vorliegenden Roman auf eine harte Probe, denn ich musste feststellen, dass es gar nicht so einfach ist, mit einem Team zu agieren, das aus so vielen Mitgliedern besteht. Daher habe ich mich entschieden, nicht alle Protagonisten in diesem Band tiefgründig aufzubauen. Ich habe einige ausgesucht und werde in den folgenden Bänden weitere dazugewinnen.

Wir treffen in Operation Phönix auf alte Bekannte aus den Johnson Chroniken. Da diese Personen nur am Rande eine Rolle spielen, wird auf diese auch nicht näher eingegangen. Wer mehr über diese Protagonisten erfahren möchte, kann alles über sie in den Chroniken nachlesen.

Operation Phönix entstand auf vielerlei Wunsch meiner Fans, die sich mehr über Commander Higgens und sein Team gewünscht haben.

Ich wünsche Ihnen viel Spaß beim Lesen!

Danksagungen

Wie immer bedanke ich mich bei meiner Frau, die mich als erste Testleserin mit ihrer konstruktiven Kritik immer wieder inspiriert.

Mein Dank geht an alle Leser, die mir seit fast zwei Jahren die Treue halten. Ich bedanke mich für die vielen positiven Zuschriften. Das motiviert mich sehr, meinen Blick stets nach vorne zu richten und meine Geschichten aufzuschreiben.

Und natürlich bedanke ich mich bei allen neuen Lesern, die zum ersten Mal einen Roman von mir in den Händen halten. Ich hoffe, ich kann Ihre Erwartungen erfüllen.

Ein spezieller Dank geht an meinen Kumpel Günni. Ich bin sehr dankbar für das finale Korrekturlesen. Er kann eben einfach nicht über einen Fehler hinweglesen.

Kapitel 1

Zeit: 1032

Ort: Kortex-System, Planet: Primus Prime

»Captain Higgens, die Stunde ist bald vorbei.«

»Sehe ich so aus, als könnte ich die Uhr nicht lesen?« , blaffte Higgens den Detective an.

»Kein Grund, gleich so unhöflich zu werden«, beschwerte sich der Polizist.

»Hören Sie, Fraser, ich bin ein geduldiger Mann. Aber Sie überstrapazieren meine Nerven. Hätten Sie uns gleich gerufen und nicht so einen unbesonnenen Sturmangriff befohlen, würden wir jetzt nicht bis zum Hals im Dreck sitzen. Tun Sie sich und dem Imperium einen Gefallen, fahren Sie nach Hause zu Ihrer Frau und Ihren Kindern. Machen Sie sich einen schönen Tag im Park. Aber verschwinden Sie endlich und lassen Sie mich meine Arbeit machen.«

»Wie reden Sie mit mir? Noch bin ich hier der leitende Detective und ich habe heute viele gute Polizisten verloren.«

»Stimmt. Aber nur, weil Sie so dilettantisch vorgegangen sind. Die Männer, die Sie verloren haben, gehen auf Ihr Konto. Und nun machen Sie, dass Sie wegkommen«, brüllte Higgens den Mann an.

»Passen Sie bloß auf, was Sie sagen. Sonst …«

»Sonst was? Wollen Sie sich mit mir anlegen? Können Sie haben. Trooper Patty«, schrie Higgens. Kaum hatte er den Namen des Soldaten ausgesprochen, salutierte der vor Higgens.

»Sir, Trooper Patty. Zu Ihren Diensten Sir.«

»Schaffen Sie mir diesen Mann vom Hals und bringen Sie ihn hinter die Absperrung. Sollte er sich weigern, erschießen Sie ihn. Leistet er Widerstand, erschießen Sie ihn. Wenn er die Sicherheitszone erneut betritt…«

»Erschieße ich ihn«, vollendete Patty den Satz seines Captains und grinste breit. »Wird mir ein Vergnügen sein.«

»Danke, Trooper Patty, wegtreten.«

»Aye, Sir.« Erneut salutierte der Soldat und packte den Detective grob am Oberarm. »Wollen wir?«, fragte er herausfordernd und hätte nichts dagegen gehabt, wenn Fraser irgendeinen Blödsinn gemacht hätte. Zu seiner Enttäuschung ließ sich dieser jedoch widerstandslos wegführen.

»Das wird noch ein Nachspiel für Sie haben«, rief Fraser über die Schulter.

»Ja, für Sie!«

Captain Higgens war kein ungerechter Mensch. Im Gegenteil, unter seinen Männern erfreute er sich großer Beliebtheit und war für seine Fairness bekannt, was ihn zu einem geschätzten Vorgesetzten machte.

Eines konnte er jedoch auf den Tod nicht ausstehen: Unfähigkeit. Jetzt durfte seine Anti-Terror-Einheit ausbaden, was Fraser angerichtet hatte und das stimmte den Captain nicht besonders glücklich, was seinen Gemütszustand noch milde beschrieb.

Vor drei Tagen hatten Terroristen das größte Luxushotel auf Primus Prime überfallen und hielten seitdem die Hotelgäste als Geiseln. Higgens dachte nach, wie es zu dem Schlamassel überhaupt hatte kommen können, und studierte die vorliegenden Berichte. *Amateure*, dachte er zum hundertsten Mal. Captain Bullog, der Dienststellenleiter war mit seinen Männern schnell vor Ort gewesen und hatte versucht mit den Geiselnehmern zu verhandeln. Das war sein erster und zugleich sein letzter Fehler gewesen. Mit Terroristen verhandelte man nicht. Das wusste jeder, nur Bullog hatte davon anscheinend noch nie etwas gehört. Jeder Terrorist, der etwas auf sich hielt, wusste das. Darum stellten sie meistens ihre Forderungen und suchten einen Weg, diesen Nachdruck zu verleihen.

Der Polizeichef hatte sich unbewaffnet dem Gebäude genähert und versucht, durch einige kleine Zugeständnisse ein paar Geiseln freizubekommen. Die Kugel, die er sich für seinen Mut eingefangen hatte, war bestimmt keine geplante Tat gewesen. Die Fanatiker mussten von dem Angebot überrascht gewesen sein und einen Trick dahinter vermutet haben. Da hatten sie ihn lieber gleich aus dem Weg geräumt.

Tja, und dann kam Fraser. Als Stellvertreter von Bullog hatte er die Verantwortung übernommen. Immerhin war er intelligent genug gewesen und hatte ein Swat-Team angefordert. Das hatte auch nicht lange gefackelt und das Gebäude gestürmt. *Blödmänner*, dachte Higgens und konnte einfach nicht nachvollziehen, wie man so dämlich sein konnte.

Das Hotel war eine der angesagtesten und teuersten Anlagen auf dem ganzen Planeten. Hier stieg die Crème de la Crème ab. Also war davon auszugehen, dass sich unter den Geiseln wichtige Leute befanden. Der Sicherheitsstandard war in so einer Einrichtung extrem hoch. Wenn es also Terroristen gelungen war, das Haus zu stürmen und unter ihre Kontrolle zu bringen, sagte das einiges über die Männer aus. Allen Hinweisen zum Trotz stürmte das Swat-Team völlig unvorbereitet den Vordereingang. Weit war es nicht gekommen. Bereits in der Empfangshalle wurden die Polizisten abgeschlachtet.

Ein Schuss knallte über den Vorplatz und Higgens zuckte zusammen. Die Zeit war schon wieder abgelaufen und die Terroristen hielten sich exakt an ihren Zeitplan. Seit das Swat-Team versucht hatte, das Gebäude zu stürmen, wurde zu jeder vollen Stunde eine Geisel erschossen. Das lief seit fast zwei Tagen so und vor dem Eingang stapelten sich die Leichen.

Was der Captain der Antiterroreinheit dringend benötigte, waren Informationen. Mit wie vielen Geiselnehmern hatte er es zu tun? Wo und wie viele Geiseln wurden festgehalten? Welche Zugänge gab es, und wie waren diese gesichert? Es gefiel Higgens nicht, dass er zusehen musste, wie jede Stunde ein unschuldiger Bürger des Imperiums sein Leben verlor. Doch ohne dieses Wissen würde er nicht einen einzigen seiner Männer hineinschicken. Dass es am Ende auf einen Sturmangriff hinauslaufen würde, war ihm bewusst, dennoch wollte er bestmöglichst darauf vorbereitet sein.

Trooper Patty kam zurück und hatte mehrere Datenfolien in den Händen.

»Sir, der Detektive hat das Gelände wie befohlen verlassen. Ich habe Ihren Befehl weitergegeben, dass der Mann augenblicklich erschossen werden soll, wenn er den abgesperrten Bereich unerlaubt betreten will«, zwinkerte der Trooper seinem Vorgesetzten zu. »Natürlich habe ich Ihre Anweisung im Beisein von Fraser weitergegeben.«

»Sehr gut. Dann hoffen wir mal, dass ihn nicht wirklich einer erschießt. Obwohl es wohl das Beste für ihn wäre. Seine Karriere ist jedenfalls vorbei und für seine Inkompetenz wird er sich noch verantworten müssen. Ist sonst noch etwas?«, fragte Higgens und schaute zu dem stämmigen Soldaten auf.

»Ja. Trooper Gieselheim bat mich, Ihnen diese Padfolien zu geben.«, antwortete Patty und überreichte die Datenfolien. Er salutierte und verließ das provisorische Kommandozelt, das Higgens zu seiner Einsatzzentrale gemacht hatte. Der wärmeabweisende Stoff des Zelts brachte die Temperaturen im Inneren auf ein einigermaßen aushaltbares Niveau. Die Mittagssonne stand hoch am Himmel und heizte allen ganz schön ein. Die meisten Soldaten der Sondereinheit hatten die Helme ihrer Kampfanzüge geschlossen und die Kühlsysteme eingeschaltet.

Higgens nahm die Dokumente entgegen und übertrug die Daten auf seinen taktischen Schirm, der in den Tisch vor ihm eingelassen war. Die erste Liste enthielt die Namen der Personen, die im Hotel eingecheckt hatten.

Eine erschreckend hohe Anzahl Namen war hellgrau hinterlegt und stand für die exekutierten Geiseln.

»Verdammt!«, fluchte der Captain laut, als er die Gesamtzahl sah. Es befanden sich demnach 394 Menschen in der Gewalt der Terroristen. Abzüglich der 62 Toten. Das Spiel konnte also noch tagelang weitergehen. Das zweite Dokument enthielt einen Gebäudeplan und die Sicherheitsvorrichtungen des Hotels. Higgens pfiff anerkennend durch die Zähne. Sofort tauchte der Kopf von Trooper Patty im Zelt auf.

»Sie haben nach mir gepfiffen, Sir?«

»Was? Nein! Verzeihen Sie, Trooper Patty. Ich bestaune nur, womit wir es zu tun haben. Aber wenn Sie schon einmal hier sind, was machen die Drohnen?«

»Werden gerade ausgeladen. Womit haben wir es denn zu tun?«, fragte der Soldat neugierig.

»Das Hotel ist eine verdammte Festung!«

»Und wie ist es den Terroristen gelungen, diese *Festung* einzunehmen?«

»Das ist die Frage. Wenn ich eine Antwort darauf habe, sage ich Ihnen Bescheid.«

Higgens blickte zur Uhr und erschrak. Seit der letzten Hinrichtung waren schon vierzig Minuten vergangen und es würde nicht mehr lange dauern, bis eine weitere arme Seele ihr Leben verlor. Dem Captain lief die Zeit davon.

»Schicken Sie mir Larkow«, wies er Trooper Patty an und konzentrierte sich wieder auf den Gebäudeplan.

»Aye, Sir«, bestätigte der Soldat den Befehl und rief seinen Kameraden über das ICS. Warum der Captain das nicht selber machte, wusste Patty nicht und es war ihm auch egal. Wie jeder Soldat, der in einer Spezialeinheit diente, verfügte er über die modernsten Aufrüstungen, die das Militär zu bieten hatte. Dazu gehörten auch ein verbessertes Reflexsystem, eine verstärkte Muskulatur und der implantierte Computerchip in seinen Schädeln. Letzterer ermöglichte ihm, sich nonverbal über das ICS (Internal Communication System) zu unterhalten. Der Chip hatte noch mehr Vorteile und machte aus den Männern bessere Soldaten.

Kurze Zeit später eilte Trooper Larkow in die Einsatzzentrale und öffnete sein Visier noch beim Eintreten. Schwüle und abgestandene Luft schlugen ihm ins Gesicht.

»Sie haben nach mir rufen lassen, Cap?«

»Ja. Zwei Sachen. Bringen Sie so schnell wie möglich die Drohnen zum Einsatz. Wir müssen unbedingt mehr über die aktuelle Lage erfahren. Scannen Sie jede Etage und jeden Winkel des Gebäudes. Leiten Sie alle Ergebnisse sofort an mich weiter.«

»Wird erledigt, Sir!«, bestätigte der Trooper den Befehl und wandte sich zum Gehen.

»Und ..., Larkow?«

»Ja, Sir?«, antwortete der Soldat und blieb abrupt stehen.

»Beeilen Sie sich. Treiben Sie die Männer an. Wenn ich aus dem Zelt komme, will ich jeden im Laufschritt sehen.«

»Aye, Sir«, salutierte Larkow und eilte aus dem Zelt.

Higgens setzte sich an das Terminal und bereitete eine Nachricht für den IGD (Imperialen Geheimdienst) vor. Als

Anhang legte er die Gästeliste des Hotels bei. Dabei sonderte er die Namen der Toten aus und erzeugte eine separate Liste. *Die ich stündlich aktualisieren muss*, dachte er bitter. Dann sandte er das verschlüsselte Datenpaket an den Schlachtkreuzer JUKKA, der im Orbit von Primus Prime seine Bahnen zog.

Reiner Zufall hatte Captain Higgens an den Einsatzort geführt. Er war mit seiner Mannschaft auf einer Übung gewesen und die JUKKA befand sich in der Nähe, als der Hilferuf von den örtlichen Behörden kam, in der eine Antiterroreinheit angefordert wurde. Der Commander der Einheit war nicht an Bord gewesen und so hatte Higgens die Führung als ranghöchster Offizier und Stellvertreter des Commanders übernommen.

»Klopf, klopf«, erklang es laut vom Zelteingang und der Ex-Special Trooper Scott Murphy betrat die Einsatzzentrale. Der Captain schreckte hoch und erkannte seinen alten Freund.

»Murphy! Komm rein!«, forderte er den Soldaten auf.

»Hi, Boss!«, begrüßte Murphy lässig seinen Vorgesetzten und schritt die paar Meter vom Eingang zu dem provisorischen Schreibtisch. Ohne auf eine Aufforderung von Higgens zu warten, nahm er sich einen Stuhl und ließ sich entspannt nieder.

Wieder knallte ein Schuss über den Vorhof des Hotels. Higgens führte einen Reset auf seiner Stoppuhr durch und korrigierte mechanisch die Gästeliste und wartete darauf, dass jemand ihm den Namen des Toten übermittelte.

»Da läuft eine ziemliche Scheiße ab, da draußen, Boss.«
»Das ist noch untertrieben. Wir müssen so schnell wie möglich einen Zugang zum Hotel finden. Ich habe mir die Baupläne angesehen. Das wird nicht einfach werden. Das Gebäude gleicht einer Festung und ich komme einfach nicht dahinter, wie es den Terroristen gelungen ist, es unter ihre Kontrolle zu bringen. Es gibt Sicherheitsschleusen an jedem Eingang. Das Hotel unterhält einen eigenen Sicherheitsdienst und das sind keine Pappnasen. Alle Ex-Militär. Die wissen, was sie tun.«

»Sie hatten sicher Hilfe. Einer oder mehrere vom Sicherheitspersonal müssen sie eingeschleust haben.«

»Meine Gedanken laufen ebenfalls in diese Richtung. Sehr wahrscheinlich waren es mehrere Männer. Die Waffen und Ausrüstungen müssen auch einen Weg ins Gebäude gefunden haben.«

»Darum bin ich hier. Ich denke, ich weiß wie es abgelaufen ist.«

»Schieß los!«, forderte der Captain gespannt den Soldaten auf.

»Ich habe mir die Check-in Listen angesehen.«

»Das habe ich auch schon gemacht, konnte aber nichts Ungewöhnliches entdecken.«

»Geh mal vier Tage zurück, bevor der ganze Mist angefangen hat.«

Higgens rief die Liste erneut auf und suchte die Daten von vor sechs Tagen. Es hatten auffällig viele Menschen eingecheckt, das stimmte, doch es bewies nicht das

Geringste. Das konnte viele Ursachen haben. Am wahrscheinlichsten hatte sich eine Reisegruppe eingefunden.

»Und?«, fragte der Captain und stierte auf die Daten.

»Schau dir den Check-in ab 14:30 Uhr an.«

Higgens überprüfte die Daten und jetzt, wo sein Freund ihn darauf hingewiesen hatte, fiel es ihm auch auf. Im Minutentakt hatte sich eine Gruppe von achtundzwanzig Mann eingetragen. Zuerst dachte der Captain, das bestätigte seine Vermutung, dass es sich um eine Reisegruppe handelte, bis er den Zusatz sah. Jeder Einzelne war Mitglied einer angeblichen Musikkapelle und es war keine einzige Frau dabei.

»Musikkapelle? Alles Männer?«, überlegte er laut und sah in das grinsende Gesicht von Murphy.

»Jo. Schon komisch oder? Ich meine, das ist ein Luxusbunker, und eine Übernachtung kostet hier so viel, wie wir beide zusammen in einem Jahr verdienen. Für das Personal steht extra ein Gebäude zur Verfügung. Mir fällt kein Grund ein, warum *Musiker* in *normalen* Hotelzimmern wohnen sollten. Das dürfte weit über deren Gehaltsstufe liegen. Ich habe von der Band jedenfalls noch nie etwas gehört. Es sind übrigens auch zwei Suiten von ihnen belegt worden. Die kosten mindestens das Dreifache«, lächelte Murphy, verschränkte die Arme hinter dem Kopf und lehnte sich weit in seinem Stuhl zurück. Dabei streckte er die Beine aus und legte die Fersen übereinander.

»Mir fällt da schon ein Grund ein«, rief Higgens begeistert aus. »Na klar! Das Gepäck wurde einen Tag vorher geliefert. Hier steht es und was eignet sich besser als große Koffer für Musikinstrumente, um Waffen und andere Ausrüstung in das Hotel zu schmuggeln. Vorausgesetzt, die Terroristen arbeiten wirklich mit jemandem von der Sicherheit zusammen.«

»Tun sie!«, sagte Murphy selbstsicher und fing wieder an zu grinsen.

»Hör endlich mit deinem selbstgefälligen Gegrinse auf. Hast du schon mitbekommen, jede Stunde wird eine Geisel erschossen? Also Schluss jetzt mit dem Unsinn und sag, was du herausgefunden hast.«

»Sorry, Boss. Ich bin die Personaldatenbank des Hotels durchgegangen. Im letzten Monat gab es einen Neuzugang bei der Sicherheit. Wie alle Neulinge fing der in der Gepäckkontrolle an. Ich glaube nicht an Zufälle.«

»Gutes Argument. Also was wissen wir? Da wären mindestens achtundzwanzig Terroristen plus die Leute, die bei der Sicherheit für sie arbeiten. Gehen wir davon aus, dass die Geiselnehmer bestens ausgestattet sind. Dass die Schweine ihr Handwerk verstehen, hat das Swat-Team bitter am eigenen Leib erfahren. Und dann haben sich die Terroristen mit ein paar hundert Geiseln in einem Hotel verschanzt, das einer Festung gleicht. Bisher wurden keine Forderungen gestellt und trotzdem verlieren wir jede Stunde eine Geisel. Alle Kontaktversuche waren bisher erfolglos. Ich sage es ganz ehrlich, unsere Chancen stehen nicht gut und ich habe das böse Gefühl, dass es kein Happy End geben wird.«

»Was tun wir also, Boss?«, fragte Murphy ernst.

»Wir gehen rein, was sonst. Ich habe nur noch keine Ahnung wann, wie und wo. Ich sitze die ganze Zeit über den Plänen und suche verzweifelt nach einem Weg, der wenigstens den Hauch einer Chance bietet. Die Drohnen sind gleich online, dann wissen wir mehr.«

»Was ist mit dem Gebäude für das Personal? Ich meine, es liegt etwas abseits, aber es muss doch eine Verbindung zum Haupthaus geben. Ist das Motto dieser Luxusschuppen nicht immer, ihre Angestellten so gut wie unsichtbar zu halten? Ich kann mir nicht vorstellen, dass die über den schönen Innenhof zu ihren Behausungen latschen.«

»Es gibt einen Tunnel für die Angestellten«, informierte Higgens seinen Freund. »Aber der wird durch ein Schott aus Panzercarbon gesichert.«

»Zeig mal her«, forderte Murphy seinen Vorgesetzten auf und Higgens zeigte ihm die Baupläne. »Du meinst dieses lächerliche Teil? Das puste ich dir in Nullkommanichts weg.«

»Deine Fähigkeiten in Ehren, Murphy, aber das ist Panzercarbon, fast einen Meter dick. Ich bezweifle stark, dass es dir gelingt, das Schott aufzusprengen«, brachte der Captain seine Zweifel zum Ausdruck.

»Wer hat denn gesagt, dass ich das Schott sprenge? Das kannst du vergessen. Aber sieh mal hier, hier und hier«, zeigte der Sprengstoffexperte auf einige Stellen im Bauplan. »Die Verankerung ist unzureichend. Mit genau dosierten Ladungen sprenge ich die Bolzen aus dem Beton und das Schott kippt einfach samt Rahmen um.«

»Genau dosierten Ladungen?« Seine Skepsis konnte Higgens nicht verbergen. »Diese drei Wörter in dieser

Reihenfolge passen einfach nicht mit deinem Namen zusammen.«

»Autsch, das tat weh. Ich krieg das hin, vertrau mir«, spielte Murphy den Beleidigten.

»Warum warst du gleich noch mal bei den Spezial Troopern rausgeflogen?«, fragte der Teamleader mit Spott in der Stimme. »Ging es da nicht auch um *genau dosierte Sprengladungen?«*

»Toll! War ja klar, dass du mir das wieder nachträgst. Das ist ewig her, jeder macht mal einen Fehler. Aber bei dieser Sache bin ich mir absolut sicher.«

»Mal einen Fehler? Du hast das ganze Gebäude in die Luft gejagt. Einschließlich der Zielperson, die ihr lebend, und ich betone es noch einmal, *lebend,* in Gewahrsam nehmen solltet.«

Murphy kaute verlegen auf den Fingernägeln herum. Der Captain hatte nicht unrecht. Das war eine ziemliche Sauerei gewesen. Man hatte nie alle Teile der Zielperson gefunden. Und es war nicht das erste Mal, dass Murphy es mit seinen Sprengungen übertrieben hatte. Mit der missglückten Inhaftierung hatte er das Fass zum Überlaufen gebracht und kein Team wollte mehr mit ihm zusammenarbeiten. Es war nur eine Frage der Zeit gewesen, bis er aus der Spezialeinheit flog. Murphy konnte sich noch gut erinnern, wie schlecht es ihm nach seinem Rauswurf ging. Er hatte sich für einen wertlosen Haufen Scheiße gehalten. Durch Zufall hatte er auf der Diamond-Station den Captain in einer Bar getroffen. Er war so besoffen gewesen, dass er seinen alten Freund und Kameraden beinahe nicht wiedererkannt hatte. Higgens hatte sich um ihn gekümmert, ihn wieder aufgepäppelt und letztendlich zu sich ins Team der Antiterroreinheit geholt. Murphy verdankte dem Freund sein Leben und das in mehrfacher Hinsicht. Schon in dem Echsenkrieg hatte Higgens Murphy mehrmals den Arsch gerettet.

Der Captain schaute auf seine Stoppuhr und fluchte leise vor sich hin. In dreißig Minuten war die nächste Geisel an der Reihe und er hatte bisher nicht einmal den Namen der letzten bekommen. Higgens fixierte seinen Freund und versuchte, Blickkontakt mit ihm herzustellen was aber nicht gelang, da der überall hinschaute, nur nicht zu ihm.

»Also gut«, seufzte der Teamleader und gab nach. »Du meinst, du bekommst das hin, ohne das ganze Hotel zu sprengen?«

»Sicher!«, rief Murphy begeistert aus. »Darauf kannst du dich verlassen. Das ist ein Kinderspiel. Leise, schnell und präzise«, versprach er überschwänglich. Der Sprengstoffexperte war kaum noch zu bremsen. Allein die Aussicht, in nächster Zeit etwas in die Luft jagen zu können, erfüllte den Soldaten mit Glücksgefühlen. Für Murphy war eine feine saubere Explosion das Schönste im Universum.

»Murphy, reiß dich zusammen! Du darfst das auf keinen Fall versauen! Wenn das daneben geht, ist deine Karriere vorbei. Dann kann selbst ich dir nicht mehr helfen, weil ich ebenfalls hochkant rausfliege, wenn du Mist baust.«

Trooper Murphy stand auf und reichte dem Captain die Hand. »Bei meinem Leben, ich verspreche es dir.«

»Danke.« Higgens schnaufte erleichtert aus. »Gut, damit haben wir schon einmal das *Wo*. An dem *Wie* arbeite ich jetzt. Die Drohnen liefern die ersten Bilder. Ich lasse dich das *Wann* wissen, sobald ich einen Plan habe.«

Murphy verabschiedete sich und nahm eine Kopie der Baupläne mit, die er in den nächsten Stunden sehr intensiv studieren würde. Sein Vorgesetzter sichtete die Daten, die die Sensoren der Drohnen lieferten und arbeitete an einem Plan. Zwischendurch aktualisierte er die Listen der Geiseln und sandte diese an das Schiff im Orbit. Was der Geheimdienst damit wollte, wusste er nicht, befürchtete aber nichts Gutes. Streng genommen konnte das nur bedeuten, es befand sich eine sehr wichtige Person unter den Geiseln. Der Druck auf Higgens wurde immer größer und seine Chancen standen schlecht.

Kapitel 2

Zeit: 1032

Ort: Erde, Palast, Taktikraum Ihrer kaiserlichen Majestät

Der Bote kam in den Taktikraum der Kaiserin gerannt, besser gesagt, er versuchte es, wurde aber unsanft an der Schwelle der großen Flügeltüren abgefangen. General John James Johnson, der persönliche Leibgardist der Imperatrix, fing den kleinen Mann mitten im Lauf am Kragen ab und hob ihn am ausgestreckten Arm in die Höhe. Die Beine des Boten machten noch ein paar Laufbewegungen in der Luft, dann hing er wie ein nasser Sack am Arm des Generals.

»Wo wollen wir denn so schnell hin?«, brummte der Leibwächter amüsiert und dreht den Mann um 180 Grad zu sich.

»Nachricht«, keuchte der Mann und hechelte, um seinen Körper mit Sauerstoff zu versorgen. Er schien sich bei seinem Sprint durch die endlos wirkenden Gänge des Palastes völlig verausgabt zu haben.

»Für wen?«

»Kaiserin«, kam die knappe Antwort.

»Guter Mann, es wäre vorteilhaft für Sie, in kompletten Sätzen mit mir zu sprechen, wenn Sie jemals zur Imperatrix vorgelassen werden wollen. Hier kann nicht jeder hereinkommen, wie es ihm passt.«

Zwei Leibgardisten kamen aus der gleichen Richtung wie der Bote. Sie stoppten aus vollem Lauf und schlitterten beinahe an Johnson vorbei.

»Verdammt«, fluchte der eine. »Der ist verflucht schnell. Wie kann ein so kleiner Mensch so schnell laufen?« Dann erkannte er den Befehlshaber der Leibgarde und erstickte fast an seinen Worten.

»Entschuldigen Sie, General Johnson«, beeilte er sich, zu sagen, und nahm Haltung an. Zackig führte er die Hand zum Gruß. Mit Erschrecken musste er feststellen, dass sein Kamerad noch vornübergebeugt versuchte, zu Atem zukommen. Mit dem Ellenbogen stieß er ihn in die Seite. Der Gardist schreckte hoch und sah dem General direkt in die Augen. Sämtliche Farbe wich aus seinem Gesicht.

»Ich hatte mich schon gewundert, wie er an den Wachen am Zugangsflur vorbeigekommen ist«, sagte Johnson. Seine Stimme war schärfer als eine Vibroklinge.

»Er ist einfach durchgerannt und hat auf Zurufe nicht reagiert«, versuchte einer der Leibgardisten, sich zu verteidigen.

»Und warum haben Sie nicht geschossen?«, fragte der General mit ernster Stimme. Dem Boten, der noch immer am ausgestreckten Arm von Johnson hing, wich sämtliche Farbe aus dem Gesicht. In seinen Augen hatte er nichts falsch gemacht. Eine wichtige Nachricht von höchster Priorität für die Kaiserin war vom IGD hereingekommen. Die Nachricht wurde zusammen mit einem bestimmten Codewort versendet. Der Bote hatte sich strikt an die Vorschriften gehalten und war gerannt, was sein Körper hergab. Jetzt hielt dieser Muskelprotz ihn nicht nur von seiner Arbeit ab, sondern sprach darüber, ihn zu erschießen.

»General Johnson, ich habe eine Nachricht für die Kaiserin, die keinen Aufschub duldet. Ich versichere Ihnen, die Imperatrix wird nicht erfreut über die Verzögerung sein. Und ich wäre Ihnen sehr verbunden, wenn Sie mich jetzt hinunterlassen würden. Ich muss die Nachricht überbringen. Jetzt!«, forderte der kleine Mann mit Nachdruck.

Mit scharfen Blicken fixierte Johnson die beiden Leibgardisten und ignorierte den Boten.

»Ich warte noch immer auf eine Antwort«, drängte er.

»Also ... wir ... ich meine ... wir können doch nicht ...«, stammelte einer der Soldaten, »... das ist doch nur ein Palastbote!«

»Ach so. Dann ist ja alles in bester Ordnung«, brachte der General zuckersüß hervor. »Dennoch, eine Frage hätte ich da noch. Wenn Sie beide jetzt hier sind, wer bewacht dann Ihren Posten?«

»Äh ... niemand, Sir«, stotterte der andere Gardist und sah vor seinem geistigen Auge seine Karriere den Bach hinuntergehen, noch bevor sie begonnen hatte.

Johnson hatte genug gehört. Über das ICS forderte er zwei neue Wachen an, die den verlassenen Posten umgehend besetzen sollten. Dann wandte er sich wieder den beiden Soldaten zu.

»Meine Herren, nehmen Sie den Rest des Tages frei. Sie können gehen.«

Die beiden Wachen konnten ihr Glück kaum fassen und salutierten zackig. Sie machten eine 180 Grad Kehrtwendung und marschierten mit einem Grinsen im Gesicht Richtung Ausgang.

»Ach, bevor ich es vergesse. Morgen früh, fünf Uhr, Trainingsraum drei. Ich denke, ein paar zusätzliche Trainingseinheiten können Ihnen nicht schaden«, rief Johnson den beiden hinterher.

Die Gardisten ließen die Köpfe hängen. »Wir sind so gut wie tot«, sagte der eine zu seinem Kameraden.

»Scheiße!«, war alles, was der andere hervorbrachte.

»Nun zu uns beiden«, richtete der persönliche Leibgardist der Kaiserin wieder das Wort an den Palastboten, der sich mittlerweile seinem Schicksal ergeben hatte, und wie ein nasser Kleidersack am Arm des Generals hing.

Weiter kam Johnson mit seinen Ausführungen nicht. Ein Bewahrer, eine jener Killermaschinen, die die Menschheit vor fast acht Jahren unter ihren mysteriösen Schutz gestellt hatte, trat an ihn heran.

»Gibt es Probleme?«, fragte der Bewahrer.

»Keine, die ich nicht alleine bewältigen könnte«, gab Johnson verstimmt zurück. Er hasste diese Maschinen. *Die Menschheit unter Schutz gestellt*, dachte der Gardist und schnaufte verdrossen aus. *Versklavt, trifft es wohl besser.* Verzweifelt suchten die Imperatrix und er nach einer Lösung, wie sie diese unfreiwilligen Beschützer wieder loswerden konnten. Denn sehr zimperlich gingen die Maschinenwesen in ihrer selbst auferlegten Mission nicht vor und tausende Menschen hatten zum angeblichen Wohle der Allgemeinheit bereits ihr Leben gelassen.

»Soll ich das Individuum für Sie auslöschen?«, fragte der Bewahrer. Der Palastbote zuckte unwillkürlich zusammen bei der Aussicht, der General könnte ihn der Maschine überlassen.

»Nein! Erstens ist das kein Individuum, sondern ein Mensch, und zweitens bin ich sehr wohl in der Lage mich dieses *Menschen* selbst zu entledigen, sollte ich es für notwendig halten«, knurrte Johnson und musste all seine Selbstbeherrschung heraufbeschwören, um sich nicht auf den Bewahrer zu stürzen.

»Ich wollte nur behilflich sein«, erwiderte das Maschinenwesen emotionslos. Es drehte sich um und nahm seinen Posten direkt neben der Imperatrix wieder ein. Erst jetzt bemerkte die Kaiserin den Tumult, der am Eingang stattfand und blickte zu ihrem Leibgardisten hinüber. Als sie den Boten am Arm von Johnson baumeln sah, riss sie entsetzt die Augen auf und fragte sich, was der General jetzt schon wieder für einen Unsinn trieb.

»Würden Sie mich jetzt endlich hinunterlassen?«, forderte der Palastbote Johnson mit Nachdruck auf.

»Vielleicht. Noch einmal von vorne. Was wollen Sie von der Kaiserin?«

»Das habe ich doch schon gesagt! Ich habe eine wirklich dringende Nachricht für Ihre kaiserliche Majestät!«

»Geben Sie mir die Nachricht und ich bringe sie der Imperatrix. Dann können Sie gehen. Aber auch nur, wenn Sie versprechen, sich das nächste Mal ordnungsgemäß anzumelden.«

»Ich kann Ihnen die Botschaft nicht aushändigen. Sie ist ausschließlich an Ihre Majestät persönlich gerichtet. Außerdem gehört zu der Nachricht auch ein Codewort.«

»Dann geben Sie mir das Codewort und ...«

»General Johnson!«, rief die Kaiserin und kam mit eiligen Schritten auf den Gardisten zu. Victoria hatte schon den ganzen Tag schlechte Laune und der Zirkus am Eingang trug nicht dazu bei, dass sie sich besser fühlte. »Was soll der Unsinn?«, fragte sie mit autoritärer Stimme. »Lassen Sie den armen Mann los!«

»Armen Mann? Der ist einfach in den Raum gestürzt. Ich konnte ihn noch gerade rechtzeitig abfangen.«

»Das ist doch nur ein Palastbote. Sehr gut an der Uniform zu erkennen, die der Mann trägt.«

»Die hätte sich jeder besorgen können. Mit allem Respekt, Eure Hoheit, aber ich bin für Ihre Sicherheit verantwortlich und solange ich hier Dienst tue, stürmt niemand ungehindert in einen Raum, in dem sich die Imperatrix befindet. Basta!«

Victoria rollte mit den Augen. Die kleinen Reibereien mit Johnson nahmen in letzter Zeit immer mehr zu. Sie alle litten unter der Bedrohung, die die Bewahrer für die Menschen darstellten. Die Arbeit im Taktikraum war mittlerweile zum Stillstand gekommen. Alle Augen richteten sich auf die Kaiserin und ihren Leibwächter. Victoria atmete ein paarmal tief ein und aus und zwang sich zur Ruhe.

»Also gut. Aber nun lassen Sie den Mann bitte herunter, damit er seine Arbeit machen kann.«

Johnson schaute der Frau, die er zu schützen geschworen hatte, tief in die Augen und erkannte all den Schmerz und das Leid, das so schwer auf ihren Schultern lastete. Widerwillig setzte er den Boten ab und ließ ihn los. Trotzdem legte er die linke Hand auf einen seiner Blaster. Nur für alle Fälle.

»Danke«, sagte der Palastbote und schüttelte die Falten aus seiner Uniform. Er strich nochmals mit beiden Händen über das Oberteil und prüfte den korrekten Sitz. Erst als er damit einigermaßen zufrieden war, verbeugte er sich leicht und hielt der Kaiserin eine Datenfolie entgegen.

»Ich bitte vielmals die Verspätung zu entschuldigen«, begann er. »Ich habe eine dringende Mitteilung des Geheimdienstes. Sie wurde mit dem Codewort *Falke* übermittelt.«

Bei der Nennung des Wortes horchte Victoria auf und riss dem Boten die Folie grob aus den Händen. Sofort begann sie zu lesen und entließ den Palastboten durch ein Wedeln mit ihrer freien Hand. Dieser warf dem General noch einen bösen Blick zu und verließ den Taktikraum. Dabei ging er aufrecht und versuchte, seinen Abgang so würdevoll aussehen zu lassen, wie ihm möglich war.

Die Kaiserin zog die Augenbrauen hoch und ihre Blicke verdüsterten sich. Dann zog sie Johnson an ihre Seite und überreichte ihm die Datenfolie.

»Hier lies das, John«, flüsterte sie dem General zu und schalt sich innerlich, weil sie ihren Leibwächter so vertraut angesprochen hatte. Es wurde zwar schon lange im Palast gemunkelt, dass die beiden etwas miteinander hatten, aber bisher war es nur ein Gerücht. Ein Gerücht von vielen, die es zu jeder Zeit am Hofe gab. Dabei wollte sie es auch vorerst belassen. Zuerst mussten sie die Bewahrer loswerden, alles andere würde sich zeigen.

General Johnson nahm die Folie entgegen und überflog die Meldung. Er schaute sich die angehängten Listen an, die der Nachricht beigelegt worden waren und zuckte mit den Schultern. Ihm sagte das Ganze nichts. Es schien sich um eine einfache Geiselnahme zu handeln. In letzter Zeit häuften sich zwar die Meldungen von terroristischen Aktivitäten, dennoch konnte sich der Gardist nicht erklären, warum Victoria so aufgebracht war. Die Kaiserin konnte sich unmöglich um jedes Verbrechen im Imperium persönlich kümmern.

»Und?«, fragte er daher.

»Unter den Geiseln befindet sich eine Person, die ich nicht gerne da hätte. Nicht, dass ich überhaupt einem Menschen wünsche, als Geisel genommen zu werden, aber für diese Person gilt das besonders.«

»Wen meinen Sie?«

Die Kaiserin beugte sich über die Folie und rief die Liste der Geiseln erneut auf. Dann scrollte sie etwas nach unten und zeigte auf einen Namen.

»Wer ist das?«, fragte der General.

»Das ist der Leiter des Geheimdienstes. Er hatte mit einem Tarnnamen in dem Hotel eingecheckt. Er ist im Besitz von brisanten Informationen, die auf keinen Fall an die Öffentlichkeit und schon gar nicht in die falschen Hände geraten dürfen. Hinzu kommt, dass er eine

Menge Zugangscodes kennt. Sollten die in die Hände von Terroristen gelangen, könnte das katastrophale Folgen haben. Kein Agent wäre mehr sicher.«

»Und was machen wir jetzt?«, wollte Johnson wissen und sah die Imperatrix ratlos an. Sicher, ihre Sorge war durchaus berechtigt, aber was hatte er damit zu tun. Vor Ort befand sich eine Antiterroreinheit. Erfahrene Spezialisten, die ihr Handwerk verstanden.

»Wir? Wir machen gar nichts. Aber Sie! Hören Sie, General Johnson, ich möchte, dass Sie sich auf die ORION begeben und so schnell wie möglich auf den Weg nach Primus Prime machen. Befreien Sie diesen Mann. Seine Tarnung darf in keinem Fall auffliegen. Verhindern Sie um jeden Preis, dass die Terroristen seiner habhaft werden.«

»Laut dieser Informationen«, Johnson zeigte auf die Datenfolie, »ist er das bereits.«

»Ich gehe davon aus, dass seine Identität bisher noch nicht aufgeflogen ist.«

»Wie können Sie da so sicher sein?«

»Glauben Sie mir, wäre das der Fall, wüssten wir bereits davon.«

»So schlimm?«, fragte der General besorgt und konnte sich die Frage streng genommen selbst beantworten. Er wusste zwar nicht über alles Bescheid, aber Menschen wie Yue Wan Hoi, jene lautlosen Killer, die im Auftrag des IGDs unbeliebte Personen aus dem Imperium entfernten, hatten ihm gezeigt, dass nicht alles so moralisch war, wie er es sich gewünscht hätte. Die Imperatrix beschäftigte eigene Auftragskiller, um Feinde des Imperiums loszuwerden, und zwar endgültig.

»Fliegen Sie nach Priums Prime und holen Sie den Mann da raus. Wenn es geht, retten Sie auch die anderen.«

»Was ist mit den Terroristen?«

»Was soll mit ihnen sein? Es sind Feinde des Imperiums und sie haben eine Menge Menschenleben auf dem Gewissen. Sie haben freie Hand, aber bringen Sie mir den Leiter des IGDs sicher hierher, lebend! Sollte das nicht möglich sein, wissen Sie, was Sie zu tun haben.«

Das war alles, was Johnson wissen musste und er salutierte. Dann drehte er sich auf der Hacke um 180 Grad und machte sich im Laufschritt auf den Weg zum Landefeld. Über das ICS rief er Admiral Gavarro von der ORION, damit der das Schiff startklar machen konnte. Noch bevor er den Shuttle erreichte, hatte Johnson die Garde eingeteilt und seinen Stellvertreter informiert. Das Einzige was er bedauerte, war, dass er am nächsten Morgen eine witzige Sparringrunde mit zwei Gardisten verpassen würde.

Kapitel 3

Zeit: 1032

Ort: Kortex-System, Planet: Primus Prime

Captain Higgens saß noch immer in seinem provisorischen Kommandozelt. Die Luft war stickig und der Staub auf seiner Zunge erzeugte einen bitteren Geschmack in seinem Mund. Er griff zu einer Wasserflasche und versuchte, seine trockene Kehle mit einem kräftigen Schluck zu befeuchten. Aber es wollte einfach nicht gelingen. Zusammen mit Murphy hatte er einen Plan ausgearbeitet, wie die Antiterroreinheit schnell und unbemerkt in das Gebäude eindringen konnte.

Vor ihm hatten die Techniker weitere acht Monitore aufgebaut. Die Displays waren zweigeteilt und mit den Helmkameras seiner Männer verbunden. Alles, was sie sahen, konnte Higgens live verfolgen.

Im Moment konzentrierte er sich auf die Anzeige von Murphy, der dabei war, die Sprengladungen zu platzieren. Der Captain war kein religiöser Mensch, dennoch betete er zu allen Göttern, die ihm einfielen, dass Murphy es nicht verbockte. Der Sprengstoffspezialist brachte gerade die letzte Ladung an und gab den beiden Achtmannteams ein Zeichen, sie sollten sich zurückziehen. Die Männer pressten sich mit den Rücken an die Tunnelwände und hielten die Waffen bereit. Der Tunnel war etwa drei Meter hoch und zwei Meter breit. Selbst wenn Murphy es schaffte, nicht den ganzen Tunnel oder die gesamte Hotelanlage in die Luft zu jagen, würden mehrere Tonnen Panzercarbonstahl auf den Boden scheppern. Der Lärm, der dabei entstand, konnte den Terroristen unmöglich verborgen bleiben. Für dieses Problem hatte Murphy eine geniale Idee, die nur noch funktionieren musste. Er hatte zwei hydraulische Stützen in einem 45 Grad Winkel an das Schott geschweißt, die das Umfallen der Panzertür verhindern sollten. Nach der Sprengung konnten die Stützen langsam und leise eingefahren werden und somit den Weg in den inneren Tunnel frei geben.

»Murphy an Higgens«, rief er über das ICS. Der Captain hatte absolute Funkstille über die normalen Frequenzen angeordnet und nur die Kommunikation über die implantierten Chips erlaubt.

»Hier Higgens«, antwortete der Führer der Antiterroreinheit. Dabei war seine Stimme exakt das Gegenteil von seinem Äußeren. Jeder, der den Captain jetzt beobachtete, würde einen sehr aufgeregten und angespannten Menschen sehen, doch seine Stimme strahlte pure Ruhe aus.

»Team Alpha und Beta bereit«, gab Murphy durch.

Higgens atmete noch ein paarmal ein und aus und gönnte sich einen weiteren großen Schluck Wasser, es könnte der letzte für eine lange Zeit sein.

»Also Männer«, dachte er in den Teamkanal und der ICS Chip übermittelte seine Gedanken an die Soldaten. *»Ich erteile Ihnen hiermit die Freigabe. Ich wiederhole, Zugriff. Los, los, los!«*

Der Sprengstoffexperte zog sich ein kleines Stück in den Tunnel zurück. Aber nicht so weit wie die anderen Teammitglieder. Sein Ruf schien ihm auch unter den Antiterrorsoldaten vorauszueilen. Er hoffte, dass die kleinen Dämpfungsfelder über den Sprengladungen den Detonationslärm auffangen konnten. Dann schloss er die Augen und betätigte den Auslöser über das Head-up-Display in seinem Helm.

Zwölf gut dosierte kleine Ladungen gingen im Sekundentakt hoch und sprengten die Verankerungen aus den Betonwänden. Die Dämpfungsfelder hielten, und es war nur ein leises dumpfes *Wumm* zu hören. Die hydraulischen Stützen ächzten leise, als sie das plötzliche Gewicht abfangen mussten. Aber auch sie hielten und ein Soldat fuhr die Streben ein. Das schwere Schott sank langsam zu Boden. Als es die Endposition eingenommen hatte, rückten die Männer langsam vor und überwanden das Hindernis.

»Passt auf die Kameras am Ende des Ganges auf«, rief Higgens den Soldaten nochmals in Erinnerung, auch wenn er wusste, dass es unnötig war. Seine Männer waren alle Profis und kannten den Plan.

Wieder hallte ein Schuss über den Vorplatz des Hotels und erneut schreckte der Captain der Antiterroreinheit zusammen. Obwohl die Schweine jede Stunde eine Geisel erschossen, erschrak Higgens immer wieder. Er schloss die Augen und hoffte, dass er sich niemals daran gewöhnen würde. Er fürchtete den Moment, an dem ihm so etwas nichts mehr ausmachen würde.

Coldman, der Leader des Teams Alpha, führte seine Männer langsam durch den Tunnel. Team Beta folgte in einem Abstand von dreißig Metern. Mit den Waffen im Anschlag erreichte das erste Team das Ende des Tunnels, und der Teamführer atmete erleichtert aus. Laut den Drohnen war das Tunnelschott, das in das Kellergeschoss der Hotelanlage führte, nicht verschlossen. Was sich jetzt zu ihrem Glück bestätigte.

»Scalzi, Bender. Ihr geht rein und sichert den Raum«, gab Coldman seine Befehle. »Schneider, Altman und Geiß, ihr gebt den beiden Deckung.«

»Roger«, kam die Bestätigung seiner Kameraden und sie führten die Befehle unmittelbar aus. Im Kellergeschoss war es stockfinster und die Soldaten mussten sich auf die Sensoren ihrer Kampfpanzerung verlassen. Scalzi, der Techniker, ging als Erster und achtete darauf, nicht von der Kamera erfasst zu werden, die fast den gesamten Tunneleingang überwachte. Aber eben nur fast. Es gab eine kleine Überwachungslücke, die der Soldat geschickt nutzte, um ungesehen einzudringen. Er stellte sich unter die Kamera und warf einen magnetischen Sender an deren Gehäuse. Dann zog er die Waffe von seinem Rücken und visierte die nächste Kamera, die sich fast direkt gegenüber an der etwa sechs Meter entfernten Mauer befand, an. Die Software des Kampfanzuges markierte das Ziel und vorsichtig zog Scalzi den Abzug. Die spezielle Waffe schoss einen Sender an das Gehäuse der anvisierten Kamera. Den Vorgang musste der Soldat noch zweimal wiederholen. Dann wartete er ein paar Minuten, bis die Sensoren die Bilder der Überwachungskameras aufgezeichnet hatten. Über seinen Anzug steuerte er die hochempfindlichen Aufzeichnungsgeräte und manipulierte die Übertragungen. Ab diesem Zeitpunkt sahen die Wachleute nur noch die Bilder in einer Schleife, die Scalzi sie sehen lassen wollte.

»Sicher«, gab der Trooper durch und sofort schwärmte Bender aus und begab sich auf die andere Seite des Raumes.

»Gesichert«, gab auch er durch.

Nach und nach rückten die restlichen Teammitglieder auf und begaben sich zum Treppenhaus. Der Fahrstuhl stand nicht zur Wahl. Jeglicher Betrieb wurde der Sicherheitszentrale des Hotels gemeldet und diese lag fest in den Händen der Terroristen. Während Team Alpha sich vorsichtig durch das Treppenhaus nach oben begab, rückte Team Beta in den Kellerraum vor.

Laut den Scans der Drohnen wurden die Geiseln auf zwei Stockwerken festgehalten. Die eine Hälfte befand sich im Ballsaal des vierzigsten und die andere Hälfte sollte sich im sechzehnten aufhalten. Dort gab es ein großes Restaurant, welches genügend Platz für mindestens 200 Personen bot.

Wichtig war das Timing. Beide Teams mussten in Stellung gehen und zeitgleich zuschlagen.

Der Alphateamleader führte seine Männer sicher in den vierzigsten Stock und gab das Zeichen an das andere Team, dass dieses zum sechzehnten vorrücken konnte. Higgens sah angespannt auf die Monitore. Er konnte sich kaum entscheiden, welcher der vielen Übertragungen er seine Aufmerksamkeit schenken sollte.

Seine Augen huschten nervös von einem Monitor zum nächsten. Die permanente Bewegung der Augen hinterließ ihre Spuren, und der Captain kniff immer öfter die Lider zusammen, um den Schmerz und die Tränen zu vertreiben. Bisher lief alles nach Plan und genau das war es, was in Higgens alle Alarmglocken zum Schrillen brachte. Er wusste von Anfang an, dass der Plan viel zu viel Spielraum für Eventualitäten und Zufälle ließ. Für die eine oder andere Schwachstelle konnte er keine Lösung finden und war gezwungen, dieses Risiko einzugehen. Aber es war der beste Plan, den er hatte. Es würde die Zeit kommen, in dem der Leiter der Antiterroreinheit lernen würde, seinem Bauchgefühl zu vertrauen. Doch noch war diese Zeit nicht gekommen.

Die beiden Teams waren in Stellung gegangen und kauerten in der Hocke vor den Zugangstüren zu den Fluren. Mit kleinen Sonden spionierten die Teams die andere Seite aus, konnten aber keine Bedrohung erkennen. Captain Higgens gab den Befehl, die Stockwerke zu betreten. Team Alpha und Beta drangen auf die jeweiligen Flure ein und begaben sich in Richtung ihrer jeweiligen Ziele.

Sie können es schaffen, dachte Higgens, kurz bevor die erste Granate flog. Beide Teams wurden simultan angegriffen.

Die erste Granate explodierte keine fünf Meter vor Team Alpha und die Druckwelle schleuderte die Soldaten nach hinten.

»Scheiße«, rief der Teamleader und rappelte sich hoch, nur um sich sofort wieder auf den Boden zu

werfen, denn schweres Laserfeuer schoß den Gang herunter.

»Rückzug, Rückzug«, brüllte Higgens in den normalen Funk. Die Funkstille war nicht mehr nötig, da sie aufgeflogen waren.

Team Alpha versuchte, sich in den Gang zurückzuziehen.

»Bender, Geiß! Feuer erwidern«, schrie Coldman seinen Männern zu und begann selbst, zu feuern. »Schneider, Ender und Altman, nach hinten sichern«, erteilte er weitere Befehle, während er den Flur vor sich mit seinem Lasergewehr bestrich.

»Achtung!«, rief Schneider und warf sich in letzter Sekunde zur Seite, bevor ein Lichtstrahl von hinten durch den Flur schoß. Altman schaltete zu spät, der schwere Laser schlug in seinen Brustkorb ein und verdampfte seine Lungen. Er schrie nicht einmal, sondern sackte einfach leblos in sich zusammen.

»Mann am Boden«, brüllte Schneider und schoß den Gang hinunter. Ender sah zu Altman und schüttelte den Kopf. Er presste sich an die Eingangstür zu einem der zahlreichen Zimmer auf dem Flur und gab immer wieder kurze Feuerstöße nach hinten ab. Team Alpha steckte fest.

So viel Glück hatte Team Beta nicht. Die Granate war genau zwischen den Männern hochgegangen. Die Explosion tötete direkt zwei Soldaten der Antiterroreinheit und riss einem weiteren einen Arm ab. Der Anzug versiegelte sich und Nanoschaum stoppte die Blutung. Dann erhielt der Soldat automatisch ein Sedativum. Mehr konnte das automatische System nicht tun. Es hielt den Träger am Leben, machte ihn aber auch kampfunfähig. Der Beschuss setzte unmittelbar ein und Lichtstrahlen schossen den Flur hinunter. Erst von der einen Seite, dann auch von der anderen.

Higgens sah seine Männer sterben, einen nach dem anderen. Der Monitor zeigte nur noch ein schwarzes Bild, wo die Übertragung von Trooper Altman sein sollte. Am unteren Rand zeigte die Vitalkurve eine durchgängige Linie, begleitet von einem leisen Piepen.

»Verdammt«, brüllte er. »Seht zu, dass ihr da rauskommt.« Tränen standen ihm in den Augen. Team Beta war fast vollständig ausgelöscht worden. Jetzt hockte der letzte Mann auf den Knien am Boden und hatte die Hände hinter dem Kopf verschränkt. Vier Terroristen, ebenfalls in schwere Kampfanzüge gekleidet, traten auf ihn zu. Higgens hielt den Atem an und hoffte, dass die feindlichen Soldaten seinen Mann nur als Geisel nehmen würden. Wenn er ehrlich zu sich selbst war, und das war der Captain immer, wusste er, dass es nur ein Wunschtraum war und er sich an einem Strohhalm festhielt. Die Kamera zeichnete auf, wie die vier Männer aus nächster Nähe das Feuer eröffneten. Der Trooper verdampfte auf der Stelle.

»Ich bin für Ratschläge offen«, brüllte Coldman in den Helmfunk. Er hatte bereits vergeblich versucht, eine der Zimmertüren aufzubrechen. Doch die Sicherheitstüren gaben keinen Millimeter nach. Mit genügend Anlauf oder Sprengstoff hätte es eventuell klappen können, doch dazu hätte er auf den Flur hinaustreten und seine spärliche Deckung verlassen müssen, was seinen sicheren Tod bedeutet hätte.

»Presst euch alle an die Türen, mit dem Rücken zum Gang«, antwortete Murphy dem Teamleader.

»Verdammt, Murphy, was hast du vor?«, fragte Coldman skeptisch nach. Auch er hatte Geschichten über den psychopathischen Pyrotechniker gehört. Wenn der Mann eine Warnung aussprach, sollte diese ernst genommen werden. Wahrscheinlich plante der Wahnsinnige, das ganze Gebäude in die Luft zu jagen. Trotzdem gehorchten die Soldaten und bereuten es nicht eine Sekunde. Eine gewaltige Detonation erschütterte das Stockwerk. Beton, Stahl und Staub flogen dem Alphateam um die Ohren. Die Druckwelle presste ihnen die Luft aus den Lungen.

»Springt«, schrie Murphy und sprang als erster durch das Loch, das er zum unteren Stockwerk in den Boden gesprengt hatte. Hart schlugen seine Kampfstiefel auf und der Aufprall erschütterte seinen Körper. Ender und der tote Altman waren bereits unten. Neben ihm schlugen weitere Körper auf. Nur Coldman gelang es, auf seinen Füssen zu landen. Der Rest des Teams ließ sich einfach unkontrolliert ins darunterliegende Stockwerk fallen. Sofort rappelten sich die Männer auf und machten sich kampfbereit. Noch immer war das Team von einer riesigen Staubwolke umgeben.

»Zum Treppenhaus, Beeilung, Männer. Los, los, los«, brüllte Coldman und setzte sich in Bewegung. Die Soldaten rannten, als sei der Teufel hinter ihnen her. Wie von allen guten Geistern verlassen stürzten sich die

Männer die Stufen hinunter. Dabei versuchten sie, immer dicht an der Wand zu bleiben.

»Sie kommen«, sagte Ender und deutete nach oben. Kaum hatte er die Warnung ausgesprochen, zuckten Lichtstrahlen die Etagen hinunter. Dort, wo sie einschlugen, brachten die heißen Laserstrahlen das Gestein zum Kochen. Schneider wurde der Boden unter den Füssen weggerissen und er stürzte haltlos und laut schreiend in die Tiefe.

»Beeilung, Beeilung«, spornte der Teamleader seine Kameraden an. Selbst nahm er drei oder vier Stufen auf einmal. Murphy war dicht hinter ihm.

Higgens hielt den Atem an und verfolgte die Flucht seiner Männer durch das Treppenhaus. Eben musste er ansehen, wie Schneider in die Tiefe stürzte und in der Dunkelheit verschwand. Die Schreie des Soldaten hallten in Higgens Kopf nach wie ein Echo. Noch gestern waren sie alle an Bord der JUKKA gewesen, hatten gelacht und sich gegenseitig auf den Arm genommen. Jetzt waren diese Männer tot. Und er trug dafür die Verantwortung.

Murphy, dieser Teufelskerl, dachte Higgens und war unendlich froh, dass sein Freund noch am Leben war. Doch so wie die Terroristen dem Team nachsetzten, konnte sich das schnell ändern.

»Coldman, holen Sie die Männer da raus!«, funkte der Captain den Teamführer zum wiederholten Mal an und verlangte das Unmögliche von ihm.

»Das müssen Sie mir nicht jede Minute befehlen, Sir«, gab Coldman verstimmt zurück. »Wir machen so schnell, wie wir können. Wie wäre es mit Verstärkung?«

»Negativ. Ich werde nicht noch mehr Leute da reinschicken. Sie müssen es in den Keller schaffen. Dort nehmen unsere Leute Sie in Empfang. Sollten die Terroristen so blöd sein, Ihnen dorthin zu folgen, werden sie ihr blaues Wunder erleben.«

»Verstanden Sir, und jetzt konzentriere ich mich lieber wieder aufs Rennen.«

Der rettende Keller war nur noch zwei Stockwerke entfernt, als Murphy mehrere kleine Objekte an sich vorbei fliegen sah. Er sah sie nicht wirklich, denn es war stockfinster, weil die Geiselnehmer die Beleuchtung komplett abgeschaltet hatten, er fühlte sie. Sprengstoff und Murphy hatten auf eine schon fast unheimliche Art eine besondere Verbindung zueinander.

»Granaten!«, rief er und warf sich flach auf den Boden. Seine Kameraden folgten seinem Beispiel, ohne nachzudenken, und genau das rettete ihnen das Leben. Die Granaten explodierten im untersten Kellergeschoß und schleuderten schwere Betonstücke mehrere Meter in die Luft. Für solch eine Belastung war das Treppenhaus nicht ausgelegt und es stürzte mit den letzten beiden Stockwerken ein. Dabei riss es die Antiterroreinheit mit sich. Staub und Dreck zogen das Treppenhaus hinauf. Trooper Murphy rappelte sich benommen hoch und versuchte, sich zu orientieren. Er suchte nach dem Ausgang, der sie alle in Sicherheit bringen würde. Das Erste was er fand, war Geiß. Ein Teil der Treppe hatte dem

Trooper den Kopf abgeschlagen und der Torso war am Ausbluten. Erneut wurde aus den oberen Stockwerken geschossen, und Laserstrahlen schlugen auf dem Boden ein. Bender lag noch benommen zu seinen Füßen und ein Laserstrahl trennte ihm das rechte Bein ab. Bender schrie auf und der Anzug versiegelte die Wunde. Scalzi war ebenfalls wieder auf den Beinen und zog seinen verletzten Kameraden aus der Schusslinie. Endlich fand Murphy den rettenden Ausgang und fing an, den Schutt beiseite zu räumen. Ungezieltes Laserfeuer schlug dicht neben ihm ein, aber er ignorierte es. Scalzi versuchte, Murphy den Rücken freizuhalten, und begann, systematisch die Stockwerke unter Feuer zu nehmen, von denen sie beschossen wurden. Ender unterstützte seinen Kameraden.

Unter den Trümmerstücken fand der Sprengstoffexperte den Teamleader und versuchte, ihn anzufunken, doch der reagierte nicht. Murphy griff über seinen Anzug auf die Vitalwerte von Coldman zu und überprüfte dessen Lebenszeichen. Sein Vorgesetzter war bewusstlos und hatte mehrere Knochenbrüche erlitten, aber er lebte. Grob schob Murphy den schlaffen Körper zur Seite und machte sich daran, die Tür weiter freizulegen. Unter größter Anstrengung gelang es ihm schließlich. Er packte Coldman an den Armen und zog ihn in den Kellerraum. Scalzi und Ender stützten Bender und fielen durch die Tür, wo Sanitäter den Verletzten in Empfang nahmen.

»Was ist mit Team Beta?«, fragte Murphy einen der Soldaten, die den Kellerraum sicherten. Da sich das andere Team im sechzehnten Stockwerk aufgehalten hatte, hätten die Männer schon längst hier sein müssen.

»Von denen hat es keiner geschafft«, bekam er zur Antwort und Murphy zuckte zusammen. Dann schaute er auf die Überreste seines eigenen Teams. *Was für eine Scheiße*, dachte er. Die Männer der Antiterroreinheit zogen sich zurück und verließen den Kellerraum in den den Tunnel. Kaum hatte der letzte Soldat das Schott zum Tunnel passiert, schloss es sich mit einem lauten Zischen.

Der Sprengstoffexperte kochte vor Wut. Er verzichtete darauf, sich aus seiner Kampfpanzerung zu schälen, und marschierte über den Vorhof direkt auf das Kommandozelt zu. Kurz vor dem Eingang riss er den Helm herunter und trat wütend ein.

»Was für eine Scheiße«, brüllte er und warf den Helm in die Ecke. »Was für eine verfluchte Scheiße, Boss. Wir haben es verkackt. Ich habe es verkackt!«, schimpfte er weiter.

»Hör mal, Murphy ...«, begann Captain Higgens mit ruhiger Stimme und hoffte, seinen Freund besänftigen zu können, »... es war nicht deine Schuld. Ich habe euch da reingeschickt. Wenn es einer verbockt hat, dann ich.«

Der Trooper schaute auf und starrte den Captain mit funkelnden Augen an. Vereinzelte Tränen liefen seine Wangen hinunter, und Higgens wusste nicht, ob sie Wut oder Trauer zeigten.

»Blödsinn, Boss. Es war unsere beste Option. Du hast alles richtig gemacht. Die Teams haben Scheiße gebaut. Wir hätten die Falle bemerken müssen!«

»Keiner konnte damit rechnen. Ganz ehrlich, Murphy, die haben euch erwartet und eine Falle gestellt. Die Terroristen wussten genau, wie wir vorgehen würden. Die haben gewusst, dass der Tunnel die einzige Option ist. Wir haben es hier nicht mit normalen Terroristen zu tun.«

»Haben wir nicht? Wie meinst du das?«, horchte Murphy auf.

»Ich habe die ganze Operation an den Monitoren verfolgt und die Geiselnehmer beobachtet. Jeder einzelne ist Profi mit einer erstklassigen Ausrüstung. Nicht so einem billigen Mist, mit dem wir es normalerweise zu tun haben. Wer auch immer diesen Anschlag geplant hat, für den spielt Geld keine Rolle. Er hat Söldner angeheuert. Ich tippe auf Ex-Militär. Wahrscheinlich sogar ehemalige Spezialeinheiten. Vielleicht auch ein paar aus einer Antiterroreinheit. Das würde erklären, warum sie wussten, wie wir vorgehen werden.«

»Aber das sind doch *nur* Terroristen«, brachte Murphy seine Zweifel zum Ausdruck.

»Ach ja? Und was wollen sie? Bisher sind keine Forderungen eingegangen. Jeglicher Kontaktversuch war vergeblich. Terroristen wollen immer etwas und sei es, ein Zeichen zu setzen, um damit eine Botschaft zu übermitteln. In diesem Falle wären die Geiseln bereits alle tot. Nein, die wollen etwas ganz anderes. Ich weiß nur noch nicht, was.«

Das brachte den Trooper zum Nachdenken. Higgens‘ Äußerungen klangen plausibel und er könnte mit seiner Vermutung richtig liegen. Dann kam ihm eine Idee.

»Zeig mir noch einmal die Liste mit den Geiseln, die bisher exekutiert worden sind.«

»Worauf willst du hinaus?«, fragte der Captain, und sein Herz fing an, schneller zu schlagen. Er kannte den Ausdruck in den Augen seines Freundes und immer, wenn er diesen sah, kam Murphy mit einem genialen Einfall um die Ecke.

»Zeig sie mir einfach!«

Higgens rief die Liste auf und deutete auf eines der zahlreichen Displays. Scott ging näher und rief zu jedem einzelnen Namen die personenbezogenen Daten auf. Mit der linken Hand fuhr er sich über das Kinn.

»Dachte ich mir«, sagte er schließlich, schwieg aber ansonsten. Der Captain konnte regelrecht sehen, wie es in dem Gehirn des Sprengstoffexperten brodelte.

»Nun spann mich nicht auf die Folter. Was siehst du, was ich nicht gesehen habe?«

»Die Exekutionen haben ein Muster, Boss. Es sind überwiegend Frauen.«

»Das hat kaum etwas zu sagen. Damit können die Geiselnehmer versuchen, noch mehr Druck auszuüben. Du weißt schon, wer Frauen erschießt, ist zu allem bereit. Und hör endlich auf, mich ständig Boss zu nennen. Du weißt, dass ich das nicht leiden kann.«

»Geht klar, Boss«, antwortete Murphy und ignorierte die Zurechtweisung seines Vorgesetzten. »Trotzdem, ich glaube nicht an Zufälle. Die Opfer sind überwiegend weiblich. Bei den Männern sind es entweder besonders junge oder alte. Aber keiner zwischen dreißig und sechzig. Ich glaube, ich weiß, was die wollen.«

»Nun sag schon«, unterbrach ihn Higgens ungeduldig.

»Lass mich ausreden! Die wollen etwas von einer ganz bestimmten Geisel. Das ist der einzige Grund, warum sie hier sind. Aber es hat den Anschein, als wüssten sie nicht, wer von den Geiseln ihre Zielperson ist. Es handelt sich um einen Mann, das scheint sicher zu sein. Das macht mir jetzt richtig Angst, Boss.«

Der Captain dachte über die Ausführungen des Troopers nach. Es klang logisch und würde einiges erklären.

»Ich glaube, du bist auf der richtigen Spur«, rief Higgens begeistert aus. »Aber warum macht dir das Angst?«

»Was werden die Terroristen tun, wenn ihnen die Frauen und die passenden Männer ausgehen?«

»Du meinst ...«, der Kommandant der Antiterroreinheit ließ den Satz unvollendet und schlug sich eine Hand vor den Mund. Zu grausam war der Gedanke, dass er ihn hätte aussprechen können. Murphy schien damit keine Probleme zu haben.

»Sie werden mit den Kindern weitermachen, solange, bis sie haben, was sie wollen.«

Zwei Schüsse peitschten über den Vorhof und Murphy und Higgens sahen sich entsetzt an. Die Terroristen waren dazu übergegangen, zwei Geiseln zeitgleich zu erschießen.

Kapitel 4

Zeit: 1032

Ort: Kortex-System, Planet: Primus Prime

Die ORION schwang sich in den Orbit von Primus Prime und nahm eine Parkposition ein, die es General Johnson ermöglichen würde, sein Ziel auf der Planetenoberfläche schnell zu erreichen. Admiral Gavarro stand im Hangar und beobachtete, wie der General seine Ausrüstung prüfte. An den Hüften des Leibgardisten hingen die größten Blaster, die Gavarro jemals gesehen hatte. Johnson steckte sich gerade zwei dreißig Zentimeter lange Vibroklingen in die Stiefelschäfte.

»Und Sie sind sicher, dass Sie alleine gehen wollen?«, fragte Gavarro den General bestimmt zum zehnten Mal.

»Das Thema hatten wir doch schon«, brummte Johnson verstimmt und nahm seinen Helm unter den Arm.

»Richtig!«, erinnerte sich der Admiral. Dennoch war er mit der Situation nicht einverstanden. »Ich könnte Ihnen ein Team Special Trooper mitgeben. Wenigstens eines?«

»Nein! Ich gehe allein. Außerdem ist eine Antiterroreinheit vor Ort.«

»Sie können unmöglich eine Antiterroreinheit mit einem Special Trooper Team vergleichen!«

»Ich sagte, ich gehe alleine. Dabei bleibt es. So will es die Imperatrix. Auch ich habe meine Befehle, Admiral.«

Bei der Nennung der Kaiserin zuckte Gavarro zusammen und gab auf.

»Also gut, wie Sie wollen. Der Pilot wird Sie hinunterbringen. Halten Sie mich auf dem Laufenden. Die Imperatrix beschützt!«, sagte Gavarro voller Überzeugung.

»Wenn Sie es sagen«, knurrte Johnson seine Antwort. Er konnte noch nie etwas mit diesem dämlichen Schlachtruf anfangen. In dem großen Echsenkrieg hatte er zu viele junge Soldaten sterben sehen, deren letzte Worte *Die Imperatrix beschützt* gewesen waren. Voller Tatendrang stieg der persönliche Leibgardist der Kaiserin in den Shuttle und verschloss die Tür. Der Shuttle verließ den Hangar und schoss der Planetenoberfläche entgegen.

Trooper Patty stürmte in das Kommandozelt und salutierte.

»Captain Higgens, ein Shuttle nähert sich.«

»Danke, Trooper Patty. Ich wurde bereits informiert. Wir erhalten hohen Besuch. Sorgen Sie dafür, dass die Person unverzüglich zu mir gebracht wird, sobald der Shuttle gelandet ist.«

»Aye, Sir«, bestätigte der Soldat den Befehl, salutierte erneut und eilte zum Landeplatz hinüber.

Higgens massierte sich die Schläfen. Ein stechender Schmerz hatte sich an dem Morgen dort gebildet und wollte einfach nicht verschwinden. Er hatte bereits mehr Schmerzmittel genommen, als gut war und traute sich nicht, die Dosis zu erhöhen. Wichtig war jetzt, bei klarem Verstand zu bleiben. Trotz der Medikamente hatte er das Gefühl, dass die Schmerzen immer schlimmer wurden. Spätestens bei jeder weiteren Exekution. Seit dem Vortag waren weitere vierzig Geiseln erschossen worden und am Morgen waren die ersten Jugendlichen darunter gewesen. Higgens würde das an diesem Tag beenden müssen, wenn er überhaupt eine einzige Geisel befreien wollte. Das hieß, er würde die Hotelanlage mit allem, was ihm zur Verfügung stand, stürmen müssen. Er sah keine andere Möglichkeit.

Allein der Gedanke verstärkte seinen Kopfschmerz und Higgens begann seine Schläfen noch fester zu massieren. Tief im Hintergrund hörte er das Getöse von Triebwerken, als der Shuttle mitten auf dem Hotelvorhof landete.

Wenig später betrat ein hochgewachsener Mann sein Kommandozelt und der Captain musterte den Besucher. Natürlich wusste er, wen er vor sich hatte. Jeder im Imperium kannte diesen Mann. Das kantige Gesicht und der kurze militärische Haarschnitt waren zu markant, um nicht wiedererkannt zu werden. Wer dennoch Zweifel über die Identität dieses Mannes hatte, musste nur die Kampfpanzerung ansehen, die sein Besucher trug. Einen schweren Körperpanzer in einem tiefen Schwarz. Auf der Brust prangte der goldene imperiale Adler.

»General Johnson!«, rief Higgens überrascht aus, und fragte sich im gleichen Moment, was der persönliche Leibwächter der Kaiserin hier zu suchen hatte. Es gab allerlei Geschichten über den Helden des Imperiums. Er hatte im Alleingang der Imperatrix mehrfach das Leben gerettet. Einmal soll er, mit nur zwei Klingen bewaffnet, einen ganzen Trupp Elitekrieger der Seisossa niedergemetzelt haben. *Geschichten*, musste sich Higgens in Erinnerung rufen. *Legenden*, mahnte er sich. Persönlich hielt er alle für übertrieben. Vor ihm stand zweifelsohne einer der gefährlichsten Menschen, die es im Imperium gab, aber General Johnson war auch nur ein Mensch.

»Captain Higgens«, begrüßte Johnson sein Gegenüber respektvoll. »Entschuldigen Sie, ich werde darauf verzichten, Ihnen die Hand zu reichen.«

»Wofür ich Ihnen durchaus dankbar bin«, erwiderte Higgens und begutachtete die gepanzerten Handschuhe des Generals, die ihm bei einem Händedruck sämtliche Knochen gebrochen hätten.

»Die Kaiserin schickt mich«, fuhr Johnson fort und reichte ihm eine Datenfolie, mit der Victoria ihm das Kommando der Antiterroreinheit übertrug. Higgens nahm das Dokument entgegen und begann zu lesen. Langsam runzelte er die Stirn. Der General beobachtete ihn. Aus Erfahrung wusste er, dass es Befehlshabern nie gefiel, ihr Kommando abzugeben. Doch dieser Mann sah müde aus, was er wahrscheinlich auch war. Der Captain konnte seit Tagen nicht geschlafen haben.

»Also Sie übernehmen den Laden jetzt?«, vergewisserte sich Higgens.

»Das ist korrekt.«

»In Ordnung, General. Ich weiß, Sie befolgen nur Ihre Befehle. Im Grunde bin ich froh, die Verantwortung über diesen ganzen Haufen Mist in die Hände eines anderen legen zu können. Wie kann ich Ihnen behilflich sein?«

Es war nicht die Reaktion, mit der Johnson gerechnet hatte, umso mehr gefiel ihm das professionelle Verhalten des Captains.

»Als Erstes bringen Sie mich auf den neuesten Stand. In der Zwischenzeit ziehen Sie alle Männer vom Gebäude ab. Ich möchte keinen Ihrer Männer oder sonst jemanden auch nur in der Nähe des Hotels sehen.«

»Aye, Sir«, bestätigte Higgens knapp und reichte den Befehl an seine Offiziere über das ICS weiter. Dann gab er seinen Bericht ab, inklusive einer persönlichen Einschätzung. Er erzählte Johnson auch von seiner Vermutung, dass es den Terroristen nur um eine einzige Geisel ging.

»Mit Ihrer Vermutung liegen Sie gar nicht so verkehrt.«

»Bisher war es nur eine Vermutung gewesen. Ihre Anwesenheit macht daraus eine Tatsache, Sir.«

Johnson lächelte. Die direkte Art des Captains gefiel ihm. Endlich ein Mann, der nicht in sich zusammenfiel und anfing, ihm in den Hintern zu kriechen. In dem General staute sich eine ungeheure Wut auf, als er von den Hinrichtungen der beiden Jugendlichen an diesem Morgen erfuhr. Er musste handeln, und das sofort.

»Bescheidene Aussichten«, gab Johnson zu.

»Bescheidener geht es nicht, wenn Sie mich fragen. Also, was werden wir jetzt unternehmen?«

»Was wäre Ihr Plan? Ich meine, was hätten Sie als Nächstes getan?«, fragte der Gardist und stützte sich mit beiden Armen auf dem Schreibtisch ab. Dabei beugte er sich nach vorne und schaute dem Captain tief in die

Augen. Der Tisch ächzte unter der plötzlichen Belastung.

»Viele Alternativen bleiben nicht. In Anbetracht dessen, dass ich mit meiner Vermutung recht habe und es um eine einzige Person geht, und dass zu jeder vollen Stunde weitere Menschen ihr Leben verlieren, bleibt im Grunde nur ein Sturmangriff. Der wird blutig und es werden noch mehr Menschen sterben, aber ich sehe keine andere Möglichkeit.«

»Dann haben Sie die Frage selbst beantwortet, denn genau das werde ich jetzt tun.«

»Alles klar, ich sage den Männern Bescheid, sie sollen sich bereit machen.«

»Nein! Ihre Männer bleiben zurück. Ich sagte doch, ich möchte nicht einen von ihnen in der Nähe des Hotels sehen«, erwiderte Johnson energisch.

»Aber Sie sagten doch, wir würden das Gebäude stürmen.«

»Ich sagte nicht wir, ich sagte ich. Ich gehe alleine hinein. Sie bereiten alles für eine Evakuierung vor und folgen mir erst, wenn ich es sage.«

Higgens sah den General an, als habe der den Verstand verloren.

»Sie wollen da alleine hineingehen? Das kann nicht Ihr Ernst sein.«, fragte er deshalb noch einmal nach. Vielleicht hatte er sich verhört, denn die Kopfschmerzen lenkten ihn zeitweise ab.

»Was haben heute bloß alle?«, scherzte der Gardist und setzte seinen Helm auf. »Meine Aussprache scheint heute besonders schlecht zu sein. Immer, wenn ich sage, ich gehe alleine, kommen hundert Nachfragen. Natürlich meine ich das ernst.«

»Aber wie wollen Sie vorgehen? Wo wollen Sie eindringen? Wann soll die Operation starten? Sie haben sich die Baupläne noch gar nicht angesehen«, bombardierte der Captain den General mit Fragen. Doch der versiegelte in aller Ruhe seinen Helm und zog die beiden riesigen Blaster aus den Holstern an seinen Hüften.

»Um Ihre Fragen zu beantworten«, drang die Stimme von Johnson aus einem Lautsprecher seines Anzugs. »Ich gehe hinein und kämpfe mich Etage für Etage nach oben. Dem Kommandozelt gegenüber befindet sich ein Eingang, der ist so gut wie jeder andere, und ich werde es sofort tun. Die Pläne befinden sich bereits in meinem Anzugsystem. Halten Sie mehrere Evakuierungsteams bereit«, antwortete Johnson in ruhigem und überzeugtem Tonfall, der keine Zweifel zuließ. Dann drehte er sich um und marschierte aus dem Zelt über den Vorhof auf den Vordereingang zu. Seine Blaster hielt er feuerbereit in den Händen.

Der ist total durchgedreht, dachte Higgens und lief aus dem Kommandostand. Gerade noch rechtzeitig, um zu sehen, wie die Legende des Imperiums die Vordertür mit einem kräftigen Tritt aus den Angeln trat und im Hotel verschwand. Augenblicklich blitzte Laserfeuer auf. Die Fensterscheiben brachen das Licht und von außen sah es aus, als würde die gesamte Empfangshalle im Sekundentakt aufleuchten. Unverkennbar war das tiefe laute Wummern der schweren Blaster des Generals, das die Waffen bei jeder Entladung erzeugten. In wenigen

Sekunden war der Spuk vorüber. Die plötzliche Stille erzeugte ein leises Piepen in den Ohren des Captains und er befürchtete schon, dass der Auftritt von Johnson schon vorbei war und seine Leiche neben denen des Swat Teams lag, das die Empfangshalle am ersten Tag versucht hatte, zu stürmen.

Die Minuten verstrichen und zogen sich wie Kaugummi. In den Schläfen von Higgens hämmerte es unaufhörlich und der Captain gab der Versuchung nach und verabreichte sich über seinen implantierten Chip im Schädel einen Cocktail aus Schmerzstillern. Higgens wollte sich schon abwenden, als plötzlich im sechzehnten Stock eine der Panzerscheiben zerbarst und ein Mann schreiend in die Tiefe stürzte. Ungebremst schlug er mit dem Rücken auf dem Boden auf. Der Asphalt gab unter dem Aufprall nach und spritzte in alle Richtungen. Scherben regneten auf den Vorhof und weitere Scheiben zerplatzten, wenn sie von Laserfeuer getroffen wurden. Leise war das Wummern der Blaster zu hören, die Higgens eindeutig dem General zuordnete.

»Was zur Hölle geht da vor?«, rief Murphy, der sich unbemerkt neben seinen Captain gestellt hatte. Beide hatten den Kopf in den Nacken gelegt und starrten nach oben. Immer mehr Fenster gingen zu Bruch und weitere Terroristen stürzten in die Tiefe. Die Körper waren fürchterlich entstellt. Die Waffen des Generals hatten die Soldaten in Stücke geschossen. Einem fehlte der Kopf, ein anderer hatte ein faustgroßes Loch in der Brust. Ein dritter wiederum hatte keine Beine mehr.

»Ich weiß es nicht«, antwortete Higgens entsetzt und fühlte sich an die Front in der Zeit des großen Echsenkriegs zurückversetzt.

Krieg, dachte er. Genau das war es, was in dem Hotel ausgebrochen war. Johnson wütete wie ein Berserker.

Der Leiter der Antiterroreinheit schreckte zusammen, als er die Stimme von Johnson in seinem Kopf über das ICS hörte.

»*Captain Higgens? Schicken Sie ein Evakuierungsteam herein. Im sechzehnten Stockwerk warten eine Menge Geiseln darauf, in die Freiheit begleitet zu werden. Ich arbeite mich in der Zwischenzeit weiter nach oben vor.*«

Murphy sah in das aschfahle Gesicht seines Freundes und konnte kaum glauben, dass dieser zwei Teams hinein schickte, um die Geiseln nach draußen zu holen.

»Wer zum Teufel hat das Gebäude gestürmt? Was ist das für eine Einheit? Sag nix, ein Special Trooper Team? Oder zwei? Nun sag schon, Boss!«, forderte der Trooper seinen Captain auf, erhielt aber keine Antwort.

Mehrere Antiterrorteams liefen über den Haupteingang in das Hotel und machten sich auf den Weg, die Geiseln herauszuholen.

Johnson war mittlerweile im vierzigsten Stockwerk angekommen und kämpfte sich weiter vor. Dabei ging er völlig skrupellos vor und mähte einen Terroristen nach dem anderen nieder. Er hatte das Gebäude von Anfang an mit der Absicht betreten, keine Gefangenen zu machen. Wer auf Kinder schoss, hatte in seinen Augen das Recht auf sein Leben verwirkt. Trotzdem beherrschte er sich und machte keinen persönlichen Rachefeldzug daraus. John hatte keine Probleme mit dem Töten, vor allem nicht, wenn es notwendig war. Aber eine sadistische Ader steckte nicht in ihm. Er tötete schnell und effektiv. Es ging nicht darum, seine Opfer leiden zu lassen. Der Gardist hatte das Zielstockwerk erreicht und trat die Tür vom Treppenhaus zum Flur ein. Zielstrebig schritt er den Gang entlang. Plötzlich tauchte aus einem der Zimmer ein Terrorist auf und eröffnete sofort das Feuer. Doch Johnson gelang das Unmögliche, er wich dem Laserstrahl einfach aus, als ob er gewusst hätte, was passieren würde. In einer fließenden Bewegung riss er den Blaster auf die neue Bedrohung und betätigte den Abzug. Der Laser traf den Mann auf der linken Brustseite und brannte sich mühelos durch die Kampfpanzerung, zerfetzte Haut, Muskeln, Sehnen und Knochen. Am Rücken trat der Strahl wieder aus und hinterließ ein tellergroßes Loch. Der Mann brüllte vor Schmerzen und ließ seine Waffe fallen. Johnson beachtete den Terroristen nicht weiter und schoss ihm im Vorbeigehen in den Kopf.

Es tauchten noch mehr Gegner auf und der General befand sich wie in einem Rausch. Immer wieder drückte er den Abzug und brachte Tod und Verderben über seine Widersacher. Irgendwann klickte erst seine linke Handfeuerwaffe, dann die rechte und die beiden Magazine blinkten rot. Der Leibwächter hatte seine letzten Energiezellen verbraucht. Er steckte die Waffen liebevoll in die Holster und zog die beiden 30 Zentimeter langen Vibroklingen. Keine Sekunde zu spät, denn aus einer Abzweigung erfolgte der nächste Angriff. Johnsons Klinge zerschnitt das Lasergewehr, das auf ihn zielte, in zwei Hälften. Noch während der Mann verdutzt seine zerstörte Waffe anstarrte, verpasste der Gardist dem Terroristen einen Fußtritt auf die Brust. Zufrieden nahm Johnson das Bersten von Kochen wahr. Im Vorbeigehen gab er dem Soldaten einen kräftigen Tritt gegen den Kopf und brach ihm das Genick. Der persönliche Leibwächter der Kaiserin war nicht in der Stimmung, Gefangene zu machen.

Wenn seine Rechnung stimmte, fehlte nur noch einer. Mit unbeirrten Schritten ging John den Gang entlang und hielt auf die Eingangstür des Ballsaals zu. Die Vibroklingen lagen fest in seinen Händen und er hatte das Gefühl, als würden sie dort schon immer hingehören. Die Tür war keine zehn Meter mehr entfernt, als sie sich unvermittelt langsam öffnete und der letzte lebende Terrorist heraustrat. Vor sich her schob er ein kleines Mädchen, das vielleicht sieben oder acht Jahre alt war. Der Verbrecher hielt ihr eine Waffe an den Kopf.

»Keinen Schritt weiter«, brüllte der Mann ihm entgegen und verstärkte den Griff um das Kind. Das Mädchen schrie erschrocken auf und Tränen schossen in seine kleinen Augen. Johnson blieb abrupt stehen. Er hatte nur noch Augen für das Kind. Sein Blut fing an zu kochen. Eine schier unbändige Wut stieg in ihm hoch und er stellte sich vor, dieses Schwein würde seine Tochter als Schild missbrauchen.

»Lass sie los«, forderte John mit eiskalter Stimme.

»Damit du mich fertigmachen kannst wie die anderen? Du hältst mich wohl für besonders dämlich.«

»Das wird so oder so passieren. Du hast lediglich die Wahl, ob es langsam oder schnell gehen wird. Und ich sage es nicht noch einmal, lass sofort das Kind los.«

Die Verzweiflung war dem Terroristen deutlich ins Gesicht geschrieben und er dachte über seine Optionen nach. Ein einziger Mann hatte alle seine Leute im Alleingang ausgeschaltet, war einfach durch seine kampferprobten Soldaten marschiert und hatte einen nach dem anderen abgeschlachtet. Jetzt stand dieser *Supersoldat* in seiner pechschwarzen mit Blut verschmierten Rüstung vor ihm und forderte seine Kapitulation. Auf der anderen Seite, was konnte der Wahnsinnige schon ausrichten? Soweit der Geiselnehmer sehen konnte, hatte sein Gegenüber nur zwei Messer in den Händen. Die Blaster steckten im Halfter und die Wände warfen das rote Blinken der leer geschossenen Magazine zurück. Was sollte ihn daran hindern, das Kind zur Seite zu schubsen und den Kerl einfach über den Haufen zu ballern? Kaum hatte er diesen Gedanken zu Ende gedacht, setzte er ihn in die Tat um. Er stieß das Mädchen unsanft zur Seite und wollte seine Waffe auf Johnson richten, doch dazu kam er nicht mehr. Noch bevor er den Arm ausstrecken konnte, kam eine der Vibroklingen mit unglaublicher Geschwindigkeit auf ihn zugeflogen. Das Messer trennte seinen Waffenarm sauber am Handgelenk ab und bohrte sich bis zum Schaft in die Stahltür. Erst dann erlosch der hohe surrende Ton, der typisch für diese Klingen war. Der Terrorist schaute ungläubig auf seinen Armstumpf und versuchte, mit der anderen Hand die Blutung zu stoppen. Doch egal, wie stark er auf die Wunde drückte, das Blut quoll zwischen seinen Fingern hervor und besudelte den Boden. *Kein Mensch kann so schnell sein*, dachte er noch und sackte zu Boden. Der Gardist stand bereits drohend über ihm. Johnson sah zu dem kleinen Mädchen und ging in die Hocke.

»Hallo, Kleine«, sprach er sie liebevoll an. »Könntest du dem Onkel Johnson einen Gefallen tun?«

Das Kind schaute noch ängstlicher als zuvor und verkroch sich weiter in die Ecke. Johnson schalt sich einen Idioten und nahm seinen Helm hab.

»Besser?«, grinste er schief.

Das Kind war immer noch ängstlich, nickte aber.

»Super. Würdest du bitte für einen kleinen Moment wieder rein gehen? Ich muss noch etwas mit dem bösen Mann besprechen.«

Wieder nickte das Mädchen, und der Gardist hielt ihr die Tür einen Spalt auf, damit sie durchschlüpfen konnte. Dann drehte er sich zu dem Terroristen und fletschte die Zähne.

»Nun zu uns beiden«, brummte er ihn an und in seinen Augen blitzte es.

»Wer, ... was bist du?«, stammelte der Verletzte.

»Ich? Du enttäuschst mich. Ich dachte, jeder in diesem Universum kennt mich inzwischen. Ich bin General John James Johnson, Befehlshaber der kaiserlichen Leibgarde und persönlicher Beschützer der Imperatrix Victoria X. Außerdem bin ich dein Ankläger, Richter und ich werde auch dein Henker sein.«

Bei jedem Wort zuckte der Soldat zusammen. Natürlich kannte er den Mann. Er hatte Geschichten über diesen Johnson gehört. Sie aber alle als lächerlich abgetan, als Raumfahrergarn, das sich die Matrosen beim Saufen erzählten. Heute war er eines Besseren belehrt worden. Er wünschte sich, den Auftrag niemals angenommen zu haben. Selbst wenn der Gardist ihn jetzt nur festnehmen würde. Seine Auftraggeber würden Wege finden und ihn letztendlich umbringen. Aber er witterte eine Chance. Wenn er überlaufen, dem IGD alles erzählen und jeden und alle ans Messer liefern würde, konnte er vielleicht einen Deal aushandeln. Das Imperium war groß und irgendwo musste es einen sicheren Platz geben, an dem er sich verstecken konnte.

»Ich klage dich wegen Hochverrat, Entführung, Freiheitsberaubung, Sachbeschädigung und mehrfachen Mordes an«, begann der Leibgardist leidenschaftlich mit eiskalter Stimme. »Ich bekenne dich für schuldig«, fuhr er fort, »und verurteile dich zum Tode«, beendete er die kurze Verhandlung. Dann trat Johnson einen Schritt nach vorne.

»Stopp, halt«, schrie der Terrorist verzweifelt. »Du kannst mich nicht töten. Ich bin wertvoll. Ich habe Informationen und wenn du mein Leben verschonst, sage ich euch alles, was ihr wissen wollt«, bettelte er weiter.

»Du scheinst es nicht zu verstehen, oder? Ich verhandle nicht mit Terroristen. Außerdem weiß ich bereits alles, was ich wissen muss.«

[Danke, Aramis], fügte er in Gedanken dazu.

{Gerne}, antwortete das seltsame Wesen, mit dem Johnson vor Jahren eine Symbiose eingegangen war.

Johnson nahm den Kopf des Soldaten zwischen seine Hände und brach ihm mit einer ruckartigen Bewegung das Genick. Achtlos schleuderte er die Leiche mehrere Meter in einen Seitengang. Dann trat er durch die Tür in den Ballsaal.

»Alle herhören. Ich bitte um Ihre Aufmerksamkeit. Mein Name ist General John James Johnson und es ist vorbei. Bitte bewahren Sie Ruhe. Sie werden gleich von Leuten der Antiterroreinheit abgeholt und hinausbegleitet. Unten stehen Ärzte und Sanitäter bereit. Sollte jemand zu schwer verletzt sein, um zu laufen, halten Sie noch einen kleinen Moment aus, Hilfe ist unterwegs.«

Zunächst war es totenstill im Raum. Dann fing einer an zu klatschen und andere fielen ein. Jubelrufe wurden laut und immer wieder rief einer der Anwesenden seinen Namen. Männer und Frauen fingen gleichermaßen an zu weinen und umarmten einander, auch wenn sie sich gar nicht kannten.

»Ruhe!«, brüllte Johnson. »Einen Moment Ruhe bitte. Ich kann Ihre Freude verstehen, aber ich habe noch etwas zu sagen.«

Die Menge beruhigte sich langsam und hing gebannt an den Lippen ihres Retters.

»Ist unter Ihnen ein gewisser Clemens Morgen?«, rief Johnson den Tarnnamen von Michael Koslowski, dem Direktor des IGDs auf.

»Hier«, rief jemand in der linken hinteren Ecke des Raumes und ein Mann um die fünfzig stand auf. Sein Gesicht war von der Gefangenschaft gezeichnet und tiefe Trauer lag in seinem Blick. Johnson hatte mit einem

Geschäftsmann gerechet oder mit irgendjemandem in dieser Richtung. Der Mann in leger weit sitzender Sporthose und passendem Oberteil wollte nicht in das Bild passen, das der General vom Chef des Geheimdienstes hatte. Natürlich kannte der Gardist das Gesicht von dem Bildmaterial, das ihm die Kaiserin zur Verfügung gestellt hatte. Dennoch war die Identität des Mannes nicht der Öffentlichkeit zugänglich und in diesem Moment wussten nur zwei Menschen und natürlich Johnsons Symbiont, wer dieser Mann in Wirklichkeit war.

»Würden Sie mir bitte folgen?«, forderte der Leibgardist Koslowski auf.

»Selbstverständlich, General Johnson«, gab dieser zur Antwort und bahnte sich einen Weg durch die Menge. Erst jetzt, da einige Menschen zur Seite traten um Koslowski Platz zu machen, bemerkte John die vielen Verletzten, die zum Teil übel zugerichtet waren. Die Terroristen hatten Menschen vor den Augen aller gefoltert, um den Chef des IGDs aus der Reserve zu locken und ihn zu zwingen, sich zu erkennen zu geben. Johnson war über die Härte des Mannes überrascht, der all dem widerstanden hatte. Mit kritischen Blicken musterte er den Grund, aus dem er hier war, und stellte sich die Frage, ob Koslowski dabei zugesehen hätte, wie auch die letzte Geisel seinetwegen erschossen worden wäre.

»Johnson an Captain Higgens«, funkte er über das ICS den Leiter der Antiterroreinheit an.

»Hier Higgens«, bestätigte dieser sofort.

»Vierzigster gesichert. Schicken Sie Ihre Männer herauf und auch etliche Sanitäter. Einige der Geiseln

benötigen dringend ärztliche Hilfe. Ich komme jetzt hinunter, sagen Sie Ihren Männern Bescheid, heute sind genug Menschen gestorben.«

»Verstanden, Hilfe ist unterwegs. Der Kontrollraum des Hotels ist gesichert. Die Fahrstühle können wieder benutzt werden.«

»Sehr gut, Captain! Bis gleich.«

Higgens reagierte sofort und schickte zwei weitere Teams in das Gebäude. Er trommelte sämtliche Sanitäter, die er entbehren konnte, zusammen und ließ sie die Teams begleiten. Zur Sicherheit forderte er mehr Personal aus den umliegenden Krankenhäusern an und bat zusätzlich um die Entsendung mehrerer Psychologen. Inzwischen verließen die ersten aus dem sechzehnten Stockwerk befreiten Geiseln das Gebäude. In der Eile hatte der Captain noch keine Zeit gehabt, die ganzen Leichen vor dem Haupteingang entfernen zu lassen. Große Planen deckten die Körper zwar provisorisch ab, konnten aber den bereits teilweise eingesetzten Verwesungsgeruch nicht verhindern. Doch wie immer machte sich Higgens zu viele Gedanken. Die Menschen strömten aus dem Gebäude und beachteten den stinkenden Haufen überhaupt nicht. Viel zu groß war die Freude, dass das Martyrium endlich ein Ende gefunden hatte. Sanitäter und Ärzte nahmen die befreiten Geiseln in Empfang und reichten ihnen Decken und Getränke. Die improvisierten Lazarettzelte füllten sich rasch. In der Ferne hörte der Captain weitere Gleiter und hoffte, dass es sich um das angeforderte Personal handelte.

Johnson hielt die Tür zum Ballsaal auf und winkte Koslowski durch. Plötzlich sprang ihn das kleine Mädchen an, das er eben noch in den Raum zurückgeschickt hatte. Sie umklammerte sein rechtes Bein und hielt sich krampfhaft daran fest.

»Wen haben wir denn da?«, sprach Johnson zu dem Kind. Dann zog er seinen Panzerhandschuh aus und fuhr ihr sanft durch die gelockten blonden Haare. »Willst du nicht lieber bei deinen Eltern bleiben?«, fragte er vorsichtig. Doch Koslowski schüttelte den Kopf.

»Die waren unter den Ersten, die die Terroristen geholt hatten.«

Der General schaute abermals zu dem Kind hinunter und dachte an seine Tochter, die etwa im gleichen Alter war. Kurzerhand nahm er das Mädchen auf den Arm und blickte sie freundlich an. »Verrätst du mir deinen Namen?«, wollte John wissen. Das Kind sah ihn an und schüttelte den Kopf. Dann presste sie sich ganz fest an seinen Schulterpanzer und schlang die Arme um seinen Hals. Johnson wartete noch, bis das erste Team der Antiterroreinheit ankam und übergab die restlichen Geiseln den Kollegen. Mit Koslowski und dem Kind ohne Namen stieg er in den Fahrstuhl und betätigte den Knopf für das Erdgeschoss. Die Kabine setzte sich in Bewegung und wenig später stiegen sie in der Lobby aus.

Higgens stand auf dem Vorplatz und staunte nicht schlecht, als der General aus dem Hotel trat. Auf dem Arm hatte er ein Kind und eine weitere Person begleitete ihn. Dann blieb der Gardist stehen und zeigte auf einen Shuttle. Seine Begleitung ging zu dem Fluggerät hinüber und verschwand im Inneren. John überreichte das Kind einer weiblichen Sanitäterin. Das Mädchen schien zunächst heftigen Widerstand zu leisten, ließ es aber doch geschehen, nachdem Johnson beruhigend auf es eingeredet hatte.

»Warte hier«, sagte Higgens zu Murphy, der noch immer neben ihm stand und schritt zu Johnson hinüber.

»Das war er?«, fragte er geradeheraus und der General nickte.

»Mhm«, machte Higgens und machte ein nachdenkliches Gesicht. »Ich denke«, fuhr er dann fort, »Sie werden mir nicht erzählen, warum diese Person so wichtig für die Kaiserin ist?«

Johnson schüttelte zur Bestätigung den Kopf.

»Wissen Sie, ich habe keine Ahnung, wie Sie das angestellt haben und wahrscheinlich will ich es auch nicht wissen. Ich gehe mal davon aus, dass keiner der Terroristen mehr am Leben ist, der mir meine Fragen beantworten könnte?« Erneut schüttelte der Gardist den Kopf und grinste dabei. »Und jetzt kommen Sie mir mit diesem ganzen geheimen Zeug, top secret und so. Sie waren niemals hier und all diesem Mist.«

»Wissen Sie«, grinste Johnson den Captain an, »ich bewundere Ihren Scharfsinn.«

»Dachte ich mir.« Higgens wirkte niedergeschlagen. »Und wie soll ich das erklären? Was soll ich in meinen Bericht schreiben? Eine Menge Leute haben Sie in das Gebäude gehen sehen. Jede Geisel hat Sie gesehen. Das kann ich unmöglich unter den Tisch fallen lassen.«

»Sie scheinen ein cleveres Kerlchen zu sein«, sagte der Gardist zu dem Captain und klopfte ihm freundschaftlich auf die Schulter. Dennoch sackte Higgens unter dem Schlag leicht in die Knie. »Ihnen wird schon etwas einfallen. Es wird nur eine weitere Geschichte sein, eine weitere Legende um John James Johnson.«

Das waren die letzten Worte des Leibwächters. Dann verschwand er in dem Shuttle, mit dem er gekommen war und mit tosenden Triebwerken hob das Fluggerät ab.

»Wer zum Teufel war das!«, fragte Murphy seinen Vorgesetzten.

»Wen meinst Du?«

»Na den Kerl, der gerade alle Geiseln befreit hat. Der, der alle Terroristen im Alleingang ausgeschaltet hat.«

Higgens sah seinen Freund fragend an, als würde er nicht verstehen, was dieser von ihm wollte.

»Hör auf mich zu verarschen, Boss. Ich meine den Kerl, mit dem du eben noch gesprochen hast?«

»Murphy, du musst dringend aufhören, dich mit Medikamenten vollzupumpen. Ich habe keine Ahnung, von wem du sprichst.«

Mit diesen Worten ließ Higgens seinen Freund stehen und machte sich auf den Weg zurück in sein Kommandozelt. Es gab noch eine Menge zu tun, aber vor allem musste er sich Gedanken machen, was er in seinen Bericht schreiben sollte. Mit einem Lächeln im Gesicht schlug er die Plane zur Seite und trat ein.

Auf dem Vorhof des Hotels blieb ein an sich selbst zweifelnder Sprengstoffexperte zurück, der sich den Kopf kratzte und die Welt nicht mehr verstand.

Kapitel 5

Zeit: 1032

Ort: Frabak-System, Planet: Himpal, Hauptquartier IGD

Higgens rutschte nervös auf dem unbequemen Stuhl hin und her. Vor ein paar Tagen hatte ihn die Nachricht erreicht, dass er sich unverzüglich im Hauptquartier des imperialen Geheimdienstes einfinden sollte. Nun saß er in einem kleinen Wartebereich vor dem Büro des Direktors und konnte sich nicht erklären, was er hier sollte. Es musste mit seinem letzten Einsatz zu tun haben, dessen war er sich sicher. Zugegeben, sein Bericht wies einige Lücken auf, aber das konnte unmöglich der Grund sein, warum ihn der Direktor herbestellt hatte. Außerdem hatte er sich diesbezüglich bereits mit seinem Vorgesetzten auseinandergesetzt. Nein, etwas anderes musste im Gange sein.

Higgens starrte die kahlen Wände an. Der Raum war recht klein und er hatte ihn sich anders vorgestellt. Die Umgebung schien ihm unpassend für einen der mächtigsten Menschen des Imperiums. Die Wände bestanden aus einfachem weißem Plastik und das grelle Licht wurde unangenehm zurückgeworfen und blendete den Captain. Die Vorzimmerdame, die ihn freundlich empfangen und gebeten hatte, auf einem der drei Stühle Platz zu nehmen, schien es nicht zu stören. Sie arbeitete emsig an ihrem Terminal und beachtete den Soldaten nicht weiter.

Higgens fing aus Langeweile an, in der Nase zu bohren. Gedankenversunken schweiften seine Blicke umher, bis sie den der Sekretärin trafen, die ihn mit zusammengezogenen Augenbrauen belustigt ansah. *Scheiße, wie peinlich*, dachte er und zog verlegen den Finger aus der Nase. Dabei grinste er schief und kam sich wie ein Idiot vor. Doch dann lächelte die Frau und hielt ihm unaufgefordert ein Papiertuch hin. Der Captain stand auf und nahm das angebotene Tuch entgegen.

»Danke und Entschuldigung«, murmelte er und wollte sich wieder setzen.

»Direktor Koslowski hat jetzt Zeit für Sie«, erwiderte sie und betätigte einen verborgenen Schalter, der die Tür zum Büro des Direktors öffnete.

Der Captain der Antiterroreinheit betrat unsicher den Raum. Das Ambiente des Vorzimmers wurde in dem Büro fortgesetzt. Es fehlten sämtliche Dinge, die dem Büro eine persönliche Note hätten geben können. Die Wände bestanden ebenfalls aus dem billigen weißen Kunststoff. Der pechschwarze Fußboden bot einen krassen Kontrast und verstärkte das Unbehagen von Higgens.

»Kommen Sie!«, rief Koslowski seinem Besucher zu und winkte ihn an seinen Schreibtisch. »Nur keine Scheu, ich beiße nicht!«, fuhr er fort. Dann stand er auf und kam dem Soldaten entgegen. Higgens blieb abrupt stehen, knallte die Hacken zusammen und salutierte.

»Captain Fred Higgens von der Antiterroreinheit aus Sektor 7 meldet sich wie befohlen, Sir!«

»Um Gottes Willen, stehen Sie bequem«, lächelte der Direktor und hielt dem Captain die rechte Hand zur Begrüßung hin.

Zögerlich nahm der Soldat das Angebot an und drückte die dargebotene Hand. Der Direktor hatte einen überraschend festen Händedruck.

»Sie kommen mir irgendwie bekannt vor, Direktor. Kann es sein, dass wir uns schon einmal begegnet sind?«, fragte Higgens und dachte angestrengt nach. Er kannte dieses Gesicht, konnte es aber nicht unterbringen. Koslowski lächelte freundlich und gab dem Captain ein wenig mehr Zeit, sich zu erinnern. Er hatte gelernt, dass es Menschen besser gefiel, selbst auf mögliche Lösungen zu kommen. Higgens zog die Stirn in Falten, dann blitzte es in seinen Augen und ein Bild baute sich in seinem Inneren auf. Da war General Johnson, wie er mit einem kleinen Mädchen auf dem Arm aus dem Hotel kam. Doch er war nicht alleine gewesen, eine unscheinbare Person war an seiner Seite gewesen. Die Person, wegen der der Gardist von der Kaiserin geschickt worden war, um sie zu retten.

»Natürlich! Sie waren die VIP-Geisel, die der General befreit hat! Jetzt erinnere ich mich.«

»Sie haben eine gute Beobachtungsgabe, wenn man bedenkt, dass Sie mich nur aus der Ferne gesehen haben.«

»Ich vergesse niemals ein Gesicht.«

»Ich habe mit nichts anderem gerechnet. Aber setzen Sie sich doch«, sagte Koslowski und deutete auf den Stuhl vor seinem Schreibtisch. Er selbst nahm wieder dahinter Platz. Dann faltete er seine Hände und legte sie vor sich auf den taktischen Bildschirm, der zur Zeit deaktiviert war.

»Trinken Sie?«, fragte der Direktor und ohne eine Antwort abzuwarten, griff er in eine Schublade und holte eine Kristallkaraffe mit einer braunen Flüssigkeit hervor. Danach brachte er zwei Gläser zum Vorschein, die zum Design der Karaffe passten.

»Vielen Dank, aber ich bin im Dienst«, versuchte der Captain abzuwiegeln.

»Im Grunde genommen sind Sie es nicht mehr.«

Überrascht schaute Higgens sein Gegenüber an. Was hatte das zu bedeuten? Seine größte Angst bestand darin, dass der Geheimdienst ihn rekrutieren wollte. Es war allgemein bekannt, dass der IGD, wenn er jemanden haben wollte, diesen auch bekam. Eine Wahl hatte man nicht, so sagte man.

»Nun machen Sie nicht so ein erschrockenes Gesicht«, lachte der Direktor und füllte die beiden Gläser zur Hälfte mit der braunen Flüssigkeit. »Keine Sorge, Sie werden nicht zum Geheimdienst wechseln«, schien er die Befürchtungen des Captains erraten zu haben. Dann schob er Higgens eines der Gläser hin. »Ich habe eine ganz andere Aufgabe für Sie. Doch nun nehmen Sie erst einmal einen Schluck. Ich will mich ja nicht rühmen, aber das ist ein recht passabler Whiskey.«

Etwas widerwillig nahm Higgens das Glas in die Hand und nippte vorsichtig daran. Sofort schoss eine wohlige Wärme seine Kehle hinunter und wohlwollend schmeckte er den weichen, etwas rauchigen Abgang. Kaum im Magen angekommen, entfaltete der Schnaps sein ganzes Potenzial und beschleunigte Higgens Herzschlag leicht. Der Whiskey schien sich den direkten Weg durch seine Adern zu suchen.

»Na, hatte ich zuviel versprochen?«, fragte der Direktor und genehmigte sich selbst einen kleinen Schluck. Dann stellte er sein Glas auf den Tisch und seine freundliche Mine wechselte von einer Sekunde auf die andere zu einer sehr ernsten.

»Wenn ich nicht mehr im Dienst bin, was bin ich dann?«, fragte der Captain der Antiterroreinheit geradeheraus.

Der Direktor brachte eine Datenfolie zum Vorschein und hielt sie Higgens entgegen. »Unterzeichnen Sie das«, forderte er ihn auf.

»Und das ist was?«

»Ihr Rücktrittsgesuch. Nach den Vorfällen Ihres letzten Einsatzes ist es Ihnen nicht weiter möglich, Ihren Posten länger zu besetzen. Auch wenn die Geiselnahme letztendlich ein gutes Ende genommen hat, so sind viele Menschen ums Leben gekommen, wofür Sie sich die Schuld geben. Damit können Sie nicht länger umgehen und erklären daher Ihren Rücktritt.«

»Aha«, machte der Captain und rollte mit den Augen. Er hatte keine Ahnung, wo das Ganze hinführen sollte. Der Direktor wollte ihn nicht für den IGD rekrutieren.

Wenn es Koslowski nur um seinen Rücktritt gehen würde, hätte er ihn nicht herbestellen müssen. Eine kurze Mitteilung an seine Abteilung hätte genügt. Es musste sich um etwas anderes handeln. Außerdem hatte der Direktor gesagt, er hätte eine Aufgabe für ihn. Irgendwie kam Higgens das Ganze gelegen. Er hatte schon mit dem Gedanken gespielt, den Job hinzuschmeißen. Er fühlte sich nicht mehr wohl in seiner Haut. Er fühlte sich zu mehr berufen. Vielleicht war das jetzt seine Chance. Also entschied er, das Spielchen erst einmal mitzumachen. Ohne zu zögern, unterzeichnete er das Dokument mit seinem rechten Daumen.

»Ich muss zugeben, das ging einfacher als ich gedacht hatte«, sagte Michael Koslowski und kramte eine weitere Datenfolie hervor. »Wollen wir doch mal sehen, wie einfach es weitergeht. Unterzeichnen Sie dieses Dokument.« Erneut hielt er dem Captain eine Folie entgegen, ohne sie loszulassen.

»Und das ist jetzt?«, fragte Higgens und sah seinem Gegenüber fest in die Augen.

»Dieses Schreiben befördert Sie in den Rang eines Commanders und versetzt Sie zu den Special Trooper Einheiten.«

Mit allem hatte Higgens gerechnet, doch damit nicht. Die Überraschung war ihm deutlich anzusehen, was den Direktor veranlasste, mit den Mundwinkel zu zucken. Nach einem kurzen Zögern setzte der ehemalige Captain seinen Daumen auf das Dokument.

»Ich gratuliere Ihnen, Commander Higgens«, sagte Koslowski und reichte dem frisch gebackenen Commander erneut die Hand.

»Danke, Sir.«

»Kommen wir zu Ihrer Aufgabe.« Der Direktor betätigte eine Taste auf dem Schreibtisch und eine verborgene Tür hinter ihm öffnete sich leise. Herein trat eine attraktive Frau. Er schätzte sie auf vielleicht Anfang Dreißig. Ihre dunklen braunen Haare hatte sie zu einem einfachen Pferdeschwanz zusammengebunden. Die Uniform des IGD schmiegte sich an ihren wohlgeformten Körper. Vor dem Direktor kam die Frau zum Stehen und salutierte.

»Kommissarin Isabelle McCollin meldet sich wie befohlen«, schoss es in militärischem Stil aus ihr. Die Stimme klang selbstbewusst und kräftig, ohne unangenehm zu sein.

»Ja, ja«, entgegnete Koslowski und erwiderte den Gruß nur halbherzig. »Immer so förmlich«, beschwerte er sich. Dennoch wusste Higgens sofort, dass dieser Mann nichts anderes von der Frau erwartet hatte. Genau wie bei ihm auch. Der Direktor machte zwar einen auf lieber Onkel, doch ein Higgens ließ sich nicht so schnell täuschen. McCollin stand noch immer stramm und an den Blicken des Direktors erkannte der Commander, dass der es genau so haben wollte. Besonderen Gefallen schien er an der Kreuzdurchdrücken- und Brustraussache zu haben, denn er ließ die Ermittlerin noch einige Sekunden strammstehen. Sein Blick wich nicht von dem üppigen und äußerst attraktiven Busen.

»Stehen Sie bequem«, entließ Koslowski die Kommissarin, die daraufhin in die Habachtstellung wechselte.

»Das«, begann Koslowski, »ist Kommissarin Isabelle McCollin. Eine sehr vielversprechende Ermittlerin, die gerade erst befördert wurde. Ihr alter Herr ist schon sehr lange beim IGD und steht kurz vor der Pension. Isabelle ist eine persönliche Empfehlung von ihm. Da der alte McCollin nicht nur ein geschätzter Kollege, sondern auch einer meiner besten Freunde und Berater ist, vertraue ich seinem Urteil.«

Die beiden vorgestellten Personen nickten einander respektvoll zu. Higgens wusste auf Anhieb, dass er mit dieser Frau bestens auskommen würde. Er schätzte ihr professionelles Auftreten sehr.

»Kommen wir jetzt zu dem Punkt, warum Sie beide heute hier sind. Ich verlasse dieses Gebäude nur äußerst selten. Vielleicht ein- oder zweimal im Jahr und das meistens spontan. So wie vor zwei Wochen, als ich mich auf den Weg nach Primus Prime gemacht habe. Meine Reiseabsichten waren im Hauptquartier knapp zwei Wochen bekannt.« Koslowski löste ein Sensorfeld auf seinem taktischen Bildschirm aus und die Wand hinter ihm zeigte plötzlich VID-Aufnahmen von dem Luxus Hotel, in dem das Geiseldrama seinen Lauf genommen hatte. »Trotz der Tatsache, dass kaum jemand von meiner Anwesenheit auf Primus Prime Kenntnis hatte, gelang es Terroristen, das gesamte Hotel in ihre Gewalt zu bringen. Aus dem einzigen Grund meiner habhaft zu werden. Die ganze Aktion der Terroristen war exzellent durchdacht, geplant und durchgeführt worden. Die Männer waren erschreckend gut informiert und ausgerüstet gewesen. Wissen Sie, es gibt nicht viele, die meine Identität kennen. Geschweige denn mein wahres Gesicht. Sie gehören jetzt zu diesem kleinen Kreis. Wenn ich Ihnen nun erzähle, dass selbst die Vorzimmerdame mich noch nie zu Gesicht bekommen hat, würden Sie mir das glauben? Wie dem auch sei. Wäre ich nicht unter falschem Namen im Hotel abgestiegen, hätten mich die Terroristen erwischt. Der Schaden, der daraus hätte entstehen können, wäre nicht abzusehen gewesen.«

Higgens und McCollin hingen gebannt an den Lippen des Direktors des IGDs. Wenn stimmte, was er sagte, und davon mussten die beiden ausgehen, musste Koslowski ihnen bedingungslos vertrauen. Das erfüllte Higgens mit Stolz und an dem leichten Zucken des rechten Mundwinkels von Isabelle erkannte der Commander, dass es der Kommissarin genauso erging.

»Sie haben die Situation richtig erkannt. Zu meinem Leidwesen muss ich zugeben, oder wenigstens in Betracht ziehen, dass es eine undichte Stelle im Hauptquartier an höchster Stelle gibt. Ich versichere Ihnen, ich werde alles tun, das Leck, sofern es denn eines gibt, zu finden und zu stopfen. Aber bis dahin bleibt alles, was in diesem Raum besprochen wird, unter uns. Verstanden?«

»Ja, Sir«, sagten McCollin und Higgens unisono.

»Gut. Das ist auch der Grund, warum ich auf Sie beide zurückgreife. Ich möchte in jedem Fall vermeiden, dass unsere Gegner Wind davon bekommen, dass wir ihnen auf der Spur sind. General Johnson ist es gelungen, einige Informationen aus einem der Terroristen zu pressen, die uns zu den Hintermännern führen könnten. Isabelle ermittelt bereits in dieser Richtung.«

Koslowski machte eine Pause und nahm einen weiteren Schluck seines Whiskeys. Higgens hatte sein Glas längst vergessen und schenkte dem edlen Getränk keine Aufmerksamkeit mehr. Wenn er es genau nahm, war er wieder im Dienst und dann stand Alkohol nicht zur Debatte.

»Jetzt kommen wir zu Ihnen, Commander Higgens. Ihre Aufgabe wird es sein, ein Team zusammenzustellen. Ein Special Trooper Team. Ich würde es sehr begrüßen, wenn Sie die Mitglieder aus inaktiven Soldaten aussuchen. Nichts soll auf eine offizielle Operation hindeuten. Solange die Möglichkeit besteht, dass der IGD eine undichte Stelle in den höchsten Kreisen hat, darf nichts, absolut gar nichts nach außen dringen. Wenn Sie Ihr Team zusammen haben, setzen Sie sich mit Kommissarin McCollin in Verbindung. Ich unterstelle Ihr Team ihrer Führung. Sie wird Ihnen sagen, wie es weitergeht. Und, Commander«, der Direktor sah Higgens tief in die Augen, »Sie sind mir persönlich für die Sicherheit der Kommissarin verantwortlich!«

»Aye, Sir«, bestätige Higgens aufrichtig und ehrlich. Dennoch schweiften seine Gedanken langsam ab. Er sollte ein Team zusammenstellen, das nicht aus aktiven Soldaten bestand. In Gedanken ging er ein paar Namen durch und verwarf die meisten sofort wieder.

»Wie ich sehe, sind Sie schon dabei, potenzielle Teammitglieder auszusuchen«, lächelte Koslowski und verschaffte damit dem Commander eine Gänsehaut. Der Mann schien Gedanken lesen zu können und Higgens bekam noch mehr Angst vor dem IGD, als er ohnehin schon hatte. Niemand, absolut niemand im Imperium wollte freiwillig etwas mit dem Geheimdienst zu tun haben. Zu viele gruselige Geschichten kursierten um den IGD der Imperatrix. Hatte er dich einmal auf dem Schirm, wurdest du ihn nie wieder los. Und jetzt würde er quasi für ihn arbeiten. Innerlich schüttelte sich Higgens und trotzdem verspürte er eine Erregung, wie er sie seit Jahren nicht empfunden hatte. Es gab endlich wieder etwas Richtiges für ihn zu tun. Hier bot sich ihm die Chance, seine Talente angemessen einzusetzen und nicht in einer Antiterroreinheit verkümmern zu lassen.

»Das war dann alles, Kommissarin McCollin«, sagte der Direktor und Isabelle salutierte zackig. Dann nickte sie noch einmal zu dem Commander hinüber und verschwand durch die Tür aus dem Raum, durch die sie gekommen war. Das Bildmaterial der VID-Aufzeichnung wurde von einer Lücke unterbrochen, die durch das Aufgleiten der Tür entstand. Witzigerweise befand sich die Lücke genau an der Position, an der der Haupteingang des Hotels im VID gezeigt wurde. Optisch sah es so aus, als ob McCollin in dem Hotelgebäude verschwinden würde.

Kaum war die Kommissarin aus dem Raum, sah Higgens den Direktor auffordernd an und wartete darauf, dass der weiterhin seine Gedanken lesen würde.

»Sie haben bestimmt noch einige Fragen, Commander?«, begann Koslowski. »Sie möchten wissen, warum ausgerechnet Sie?«

Commander Higgens nickte. »Wäre interessant zu erfahren, Sir.«

»Ehrlich? Ich hatte Sie zunächst gar nicht auf dem Schirm. Aber Sie scheinen einen Gönner zu haben und wurden mir empfohlen.«

Der Commander wollte den Direktor unterbrechen und nachfragen, wer das gewesen war, doch Koslowski erstickte den Versuch, noch bevor Higgens etwas sagen konnte.

»Vergessen Sie es, Commander. Die Person möchte nicht genannt werden. Dennoch, der Hinweis, den ich erhielt, veranlasste mich, Nachforschungen über Sie zu betreiben. Sie haben eine beeindruckende Akte. Mehrere Auszeichnungen im großen Echsenkrieg. Vorbildliches Verhalten in der Antiterroreinheit. Ihr Vorgesetzter hat mehrere Belobigungen ausgesprochen und in Ihre Akte eingetragen. Es war nur noch eine Frage der Zeit, bis Sie Ihre eigene Einheit bekommen hätten. Die Beförderung zum Commander war schon lange überfällig. Dennoch habe ich mich gefragt, was ein Soldat mit Ihren Fähigkeiten in solch einer Einheit zu suchen hat. Was aber noch viel wichtiger ist, ist die Tatsache, dass Ihre Loyalität dem System und dem Imperium gegenüber nicht zur Frage steht. Es gibt, sagen wir, Menschen, die Ihnen bedingungslos vertrauen und das veranlasst mich, Ihnen das gleiche Vertrauen entgegen zu bringen.«

»Danke, Sir«, nahm Commander Higgens das Kompliment entgegen. »Ich werde Sie nicht enttäuschen.«

»Das weiß ich. Lassen Sie mich überlegen, was Ihnen noch auf der Seele liegen könnte. Sie möchten bestimmt wissen, welche Handlungsfreiheit ich Ihnen zugestehe bei der Auswahl Ihres Teams. Die Frage ist leicht beantwortet, sämtliche. Sie allein sind dafür verantwortlich und haften für die Männer oder Frauen, die Sie rekrutieren. Rehabilitieren Sie, wen Sie wollen. Wenn es Probleme geben sollte, wenden Sie sich an McCollin. Baut Ihr Team Mist, ist das allein Ihr Problem und Sie stehen dafür gerade.«

»Verstanden, Sir«, nahm Higgens befriedigt zur Kenntnis.

»Sonst noch etwas?«, fragte Koslowski.

»Nein, Sir.«

»Gut!«, antwortete der Direktor zufrieden und überreichte dem Commander einen Datenstick. »Sie finden alle benötigten Informationen und die Kontaktmöglichkeiten zur Kommissarin darauf. Dass das alles top secret ist, muss ich sicherlich nicht erwähnen. Auf eine gute Zusammenarbeit!«

Die beiden so unterschiedlichen Männer reichten sich zum Abschied die Hände und Higgens machte sich daran, das Büro zu verlassen.

»Ich habe mit Wohlwollen registriert, dass Sie Ihr Glas nicht mehr angerührt haben, nachdem ich Sie in den Dienst gestellt habe«, rief Direktor Koslowski dem Commander noch hinterher. Sein Grinsen sah er zwar nicht, konnte es sich aber bildlich vorstellen. Zufrieden setzte sich der Chef des IGDs hinter seinen Schreibtisch und ging zum xten Male die Informationen durch, die der Geheimdienst bisher zu dem Fall sammeln konnte. Dank General Johnson konnte er die Ermittlungen in die richtige Richtung lenken.

General Johnson, dachte Koslowski, *auch so ein Mysterium.* Er hatte keine Ahnung, wie der Leibgardist es zustande gebracht hatte, während seines Amoklaufs durch das Hotel, und nichts anderes war das gewesen, noch Zeit für Verhöre gefunden zu haben. Er wollte nicht undankbar sein, dennoch fragte er sich, wie einem einzigen Mann das gelungen war, woran erfahrene Teams gescheitert waren. Er hatte die Imperatrix darauf angesprochen und ihre Worte hallten noch immer in seinen Ohren.

Kossi, hatte sie gesagt, *Kossi, ich untersage dir jegliche Unternehmungen gegen General John James Johnson. Du leitest keine Ermittlungen ein und vergisst die Sache ganz schnell.*

Doch das Vergessen fiel ihm schwer. Irgendetwas stimmte nicht mit diesem Kerl und irgendwann würde er herausfinden, was es war. Zunächst würde er sich aber an die Befehle der Kaiserin halten. Bisher schien Johnson keine Bedrohung für ihn oder das Imperium zu sein. Sollte sich das ändern, würde er zur Stelle sein.

Kapitel 6

Zeit: 1032

Ort: Raumstation Gallaga, unterste Ebene, irgendeine Kneipe

Commander Higgens saß an einem der wenigen Tische und wartete auf seine Verabredung. Das Etablissement entsprach nicht seinen Vorstellungen und er ärgerte sich bereits, dass er dem Treffen zugestimmt hatte. Aber sein Freund hatte schon immer Sinn für das Melodramatische gehabt. Am Ende war ein Ort so gut wie jeder andere. Zu seinen Füßen stand eine kleine Tasche, in der er mehrere Datenfolien gesammelt hatte, die die Akten über mögliche Kandidaten für sein Team beinhalteten.

Der Laden füllte sich und ein unangenehmer Geruch stieg ihm scharf in die Nase. Einige der anwesenden Personen mussten sich seit Tagen nicht gewaschen haben. Es stank widerlich nach Alkohol, Drogen, Erbrochenem und Urin. *Wenn es im Schankraum schon nach Pisse riecht, will ich gar nicht erst wissen, wie es auf den Toiletten stinkt*, dachte Higgens und verzichtete darauf, dem fragenden Kellner eine Bestellung aufzugeben. Er wiegelte den Mann mit der Begründung ab, er warte auf jemanden. Was ja auch stimmte. Hier würde er auf keinen Fall etwas trinken. Es war lange her, dass der Commander in Zivil unterwegs gewesen war. Seine Kampfpanzerung war ihm zu einer zweiten Haut geworden und in diesem Schuppen vermisste er seine gewohnte Kleidung mehr denn je. Außerdem hätte er in seinen Kampfanzug urinieren können. Die Systeme filterten die Fäkalien und konnten bei der nächsten Gelegenheit geleert werden. Eine Bardame schlenderte in seine Richtung. Erstaunt zählte Higgens die Schläge, die sie dabei auf ihr Hinterteil erhielt. Er fragte sich, ob sich die Gäste die Frau, wenn es denn eine war, näher angesehen hatten. Kein Mann bei klarem Verstand würde dieser Person freiwillig an die Wäsche gehen. Bei dem Gedanken an einen klaren Verstand musste der Commander unweigerlich auflachen, denn er war vermutlich der einzige in diesem Laden, für den das galt. Doch das war ein Fehler gewesen, denn sein kurzes Lächeln ermutigte die Bardame dazu, sich einen Weg an seinen Tisch zu erkämpfen. Sie stützte sich mit beiden Händen auf der Tischplatte ab und beugte sich zu ihm herüber. Dabei gewährte sie dem Commander Einblicke in ihr Dekolleté, auf die er liebend gerne verzichtet hätte.

»Hi, Süsser«, säuselte sie ihm mit rauchiger Stimme ins Ohr. »Ich bin Candy.«

»Natürlich bist du das«, antwortet er. »Aber ich bin an deiner Gesellschaft nicht interessiert. Ich bin hier mit jemanden verabredet.«

»Bist du schwul?« sagte die Frau. Es war mehr eine Feststellung, denn eine Frage. In diesem Haus hatte sich noch nie ein Mann mit einer Frau verabredet.

»Ja«, antwortete Higgens viel zu schnell, hoffte aber, dass die *Dame* es ihm abkaufen würde.

»Dachte ich mir schon. Du sitzt hier schon seit einer halben Stunde stocksteif herum. Schade«, sagte sie noch und zwinkerte ihm zu. Dann stürzte sich die Angestellte wieder in die Menge und ließ sich überall begrapschen. Dabei wackelte Candy übertrieben mit ihrem Hintern, sodass dem Commander fast schlecht wurde. Hin und wieder entfernte die Bardame ganz nebenbei eine Hand aus ihrer Bluse.

»Hi, Boss«, sprach ihn jemand von der Seite an und riss ihn damit aus seinen Gedanken.

»Du bist spät dran«, tadelte Higgens seinen Besucher, und zeigte auf den einzigen freien Stuhl am Tisch.

»Sorry, Boss, ging nicht schneller. Ich musste noch auf meinen Informanten warten.«

»Schon gut, Murphy. Aber was in aller Welt hat dich dazu veranlasst, dich mit mir in diesem Drecksloch zu treffen?«

»Alles zu seiner Zeit. Es wird dir gefallen, Boss.«

Higgens verdrehte die Augen ganz auf Higgensart, denn er bezweifelte stark, dass irgendetwas, was mit diesem Schuppen zu tun hatte, ihm gefallen könnte. Hinzu kam, dass er Ratespiele hasste, aber wusste, dass sein Freund diese liebte, also ließ er ihn gewähren.

»Hast du rausgefunden, worum ich dich gebeten hab?«

»Klar, Boss. War nicht so einfach, ihn zu finden. Aber ein Mann mit seinen Fähigkeiten fällt selbst unter seinesgleichen auf.«

»Eine Idee, wie wir ihn kontaktieren können?«

»Hab ich schon erledigt. Wir können uns mit ihm in ein paar Tagen treffen.«

Das zauberte ein Lächeln in das Gesicht des Commanders. Er wollte den Spezialisten unbedingt im Team haben, koste es, was es wolle. Higgens rümpfte die Nase und ihm wurde übel, als er zusehen musste, wie Murphy eine dunkelgelbe Brühe in sich kippte. Er hatte gehofft, sich an den üblen Geruch zu gewöhnen, doch das Gegenteil war der Fall. Je später es wurde, umso mehr stank es. Der Geräuschpegel war ebenfalls auf ein kaum aushaltbares Niveau gestiegen. Gegen seine ursprünglichen Absichten regelte der Commander über seinen Chip seine Sinneswahrnehmungen herunter. Erleichtert atmete er auf, und funkte Murphy über das ICS an, es ihm gleich zu tun. Higgens kramte ein kleines Gerät aus der Tasche und stellte es auf den klebrigen Tisch. Er aktivierte das kleine Dämpfungsfeld und stellte damit sicher, dass ihre Unterhaltung unter vier Augen blieb. Die Möglichkeit, das Gespräch über das ICS zu führen, zog der Commander nicht in Betracht. Es würde bedeuten, dass er militärische Frequenzen benutzen musste. Diese waren zwar absolut abhörsicher, aber was war heutzutage schon sicher? Außerdem wollte er nicht auffallen, und das taten zwei Personen, die sich stundenlang gegenüber saßen und sich anschwiegen, auf alle Fälle.

Higgens griff nach unten und brachte die Datenfolien aus der Aktentasche zum Vorschein. Im letzten Moment entschied er sich dagegen, sie auf den klebrigen Tisch zu legen, und drückte sie seinem Freund in die Hand.

Murphy hatte keine solchen Probleme und legte den Stapel vor sich ab. Während er die Dokumente sichtete, murmelte er immer wieder vor sich hin. Am Ende hatte er aus dem Dutzend sechs aussortiert und übergab die dem Commander.

»Gute Wahl, Boss. Sie sind alle gut, denke ich. Einige kannte ich nicht, aber die, die ich kenne, sind hervorragende Soldaten. Dennoch wären diese Sechs meine Wunschkandidaten. Sie sind nicht nur Spezialisten auf ihrem Gebiet, sondern auch verdammt gute Soldaten. Jedem würde ich mein Leben anvertrauen.«

Der Commander ging die Folien durch und bei dem einen oder anderen zog er die Stirn in Falten. Bis er die letzte Datenfolie nach ganz oben legte.

»Klausthaler? Ist das dein Ernst?«, fragte er verwundert.

»Warum nicht?«, zuckte Murphy die Schultern. »Er ist ein guter Arzt. Warum sich mit einem Sanitäter zufriedengeben, wenn man einen Arzt haben kann?«

»Du weißt aber schon, dass er meistens selber einen Sanitäter braucht? Und hast du gelesen, warum er ausgeschieden ist?«

»Hey, du hast ihn ausgesucht und mich nach meiner Meinung gefragt. Was das Ausscheiden betrifft, jeder Kandidat ist aus irgendeinem Grund nicht mehr im Dienst. Wie du ausdrücklich verlangt hast. Ich musste auf einer Übung ein ganzes Gebäude sprengen, um bei der Antiterroreinheit endgültig rauszufliegen.« Bei dem Gedanken daran musste Murphy zwangsläufig grinsen und seinem Freund erging es ebenso.

»Ich habe davon gehört«, lachte Higgens. »Die Jungs waren ganz schön sauer auf dich.«

»Aber nur, weil ein paar von ihnen neue Trommelfelle benötigten«, sagte der Sprengstoffexperte und fiel in das Lachen ein. Dann genehmigte er sich erneut einen großen Schluck aus seinem schmierigen Krug. Das Glas sah aus, als sei es seit Monaten nicht gereinigt worden.

»Wie kannst du nur so einen Dreck trinken?«, fragte Higgens und schüttelte sich vor Ekel. Die Frage brachte seinen Freund lediglich dazu, noch lauter zu lachen.

»Es müsste gleich losgehen. Er ist gerade hereingekommen«, lenkte Murphy das Thema in eine andere Richtung.

»Wer?«

»Der, wegen dem wir hier sind. Unser letzter Kandidat.«

Murphy zeigte auf eine massige Gestalt, die in einem Kapuzenumhang den Laden betreten hatte und sich einen Platz an der Theke suchte.

»Wer ist das?«

»Och man, Boss, wenn ich es dir jetzt sage, ist es doch keine Überraschung mehr. Du verdirbst mir alles.«

Higgens verdrehte erneut die Augen. »Und was machen wir jetzt?«

»Warten.«

»Worauf?«

»Wirst schon sehen. Lass uns die anderen Kandidaten noch einmal durchsehen. Dann geh ich pissen und die Show dürfte beginnen.«

»Du willst hier auf die Toilette gehen?«

»Warum nicht?«

Higgens schüttelte den Kopf. Wahrscheinlich war es wirklich besser, wenn sie einen echten Arzt im Team hatten, der sich bestens mit Infektionen auskannte.

Nach einer Stunde war es soweit. Murphy hielt einen Typen mit einer Schlägervisage an und flüsterte ihm etwas ins Ohr. Der Commander konnte es nicht verstehen, da die Empfindlichkeit seines Gehörs immer noch heruntergeschraubt war. Der Sprengstoffexperte drückte dem Kerl eine Menge Kredits in die Hand und lächelte.

»So, jetzt kann es losgehen. Komm zu mir rüber, lehn dich zurück und genieß die Show.«

Der Commander nahm seinen Stuhl und platzierte ihn neben dem seines Freundes. Mit Spannung beobachtete er, wie der Schläger zur Bar stapfte und dem Kerl im Kapuzenumhang eine Hand auf die Schulter legte. Zusätzlich brüllte er ihm etwas ins Ohr. Dann ging es schnell, sehr schnell. Der Kapuzenmann griff unter dem Arm des Schlägers durch und packte diesen am Genick. Mit einer ruckartigen Bewegung zog er den Kopf zu sich herunter und knallte ihn mit voller Wucht auf den Tresen. Blut spritzte aus der zertrümmerten Nase des Schlägers und er taumelte nach hinten. Für einen kleinen Moment war es ganz still in dem Bordell, doch die Anwesenden kümmerten sich nicht weiter darum und gingen ihren Tätigkeiten wieder nach.

»Das war es, was du mir zeigen wolltest?«

»Warte ab. Gleich geht es weiter.«

Der Schläger hielt sich die Hände vors Gesicht und warf dem Mann am Tresen, der mit dem Rücken zu ihm saß, böse Blicke zu. Langsam zog er eine etwa zwanzig Zentimeter lange Klinge und stürzte sich auf seinen Kontrahenten. Dieser schwenkte in allerletzter Sekunde zur Seite und das Messer verfehlte ihn nur knapp. Mit einem lauten Krachen bohrte sich die Klinge in den Tresen. Der Angreifer war aus dem Gleichgewicht geraten und stolperte nach vorne. Erneut packte der Mann den Schläger am Genick und knallte dessen Gesicht mehrmals auf die massive Kunststoffplatte. Doch dieses Mal ließ er ihn nicht los, sondern sprang auf und wischte den Tresen mit dem Gesicht des Mannes ab. Am Ende angekommen, stieß er den Angreifer von sich und verpasste ihm mit einer Drehung um die eigene Achse einen Fußtritt, der den Mann durch die Vordertür nach draußen beförderte. Noch immer hatte der Kapuzenmann sein Glas in der Hand und starrte in entsetzte Gesichter. Torkelnd machte er sich auf den Weg zurück zu seinem Platz. Dem Barkeeper signalisierte er von Weitem, dass er ein weiteres Getränk haben wollte.

Higgens sah sich die Szene nachdenklich an. Der Mann war offensichtlich betrunken und dennoch schaltete er den Schläger mit einer Leichtigkeit aus, dass er nicht anders konnte, als eine gewisse Bewunderung zu empfinden. Die Kraft, die der Mann dabei einsetzte, verriet seine militärische Ausbildung. Der Commander dachte angestrengt nach, die Art und Weise, wie sich der Kapuzenmann bewegte, kam ihm bekannt vor.

»War es das jetzt?«, fragte Higgens.

»Nö«, grinste Murphy. »Jetzt geht es erst richtig los!«

Als das vermeintliche Opfer seine Bestellung abholen wollte, stellten sich ihm drei weitere Schläger in den Weg.

»Jetzt machen wir dich fer ... mmpf«, sagte einer zu ihm und erstickte am letzten Wort, als er plötzlich einen Schlag in die Magengrube erhielt. Der ehemalige Soldat stolperte einen Schritt nach rechts, dann wieder nach links. Seine eigene Attacke hatte sich negativ auf sein Gleichgewicht ausgelegt und er musste seinen Körper ausbalancieren, um nicht zu stürzen. Schon waren die beiden anderen Männer heran und deckten den mysteriösen Kerl mit Schlägen und Tritten ein. Keiner konnte einen Treffer landen. Fast spielerisch wich ihr Opfer aus oder parierte lässig die Schläge. Zwischendurch nippte er immer wieder an seinem Krug, bis der leer war. Für ein leeres Glas hatte er keine Verwendung und zerschmetterte es auf dem Schädel des einen Angreifers, der mit einer hässlichen Platzwunde an der Schläfe zu Boden ging.

Der verbleibende Schläger griff nach einem Stuhl und wollte sich auf seinen Gegner stürzen.

»Halt, warte«, lallte der Mann und der Schläger hielt tatsächlich kurz inne. Die Zeit reichte aus, dass er sich den neuen Krug vom Tresen nehmen konnte und sich nach einem großen Schluck seinem Widersacher erneut stellte.

»Weiter«, sagte er nur knapp und grinste schief. In diesem Moment erkannte Higgens ihn.

»Das ist doch nicht?«, stammelte der Captain.

»Doch«, antwortete Murphy zufrieden.

»Das ist Luis Stannis?«

»Jep.«

»Ach du Scheiße«, entfuhr es dem Commander. Die Ausdrucksweise war eher untypisch für ihn, beschrieb aber die Situation ganz gut. Higgens sah mit weit aufgerissenen Augen zu seinem alten Kameraden hinüber. Auch wenn Stannis sich bedingt durch den Alkohol atypisch bewegte, kam ihm der Kampfstil schon die ganze Zeit bekannt vor.

»Was zur Hölle ist mit ihm passiert?«

»Ich habe keine Ahnung. Am besten fragst du ihn das selbst.«

Mehr Aufforderung brauchte der Commander nicht. Er stand auf und ging zu den beiden hinüber. Als sich der Schläger mit dem Stuhl auf Stannis stürzen wollte, hielt Higgens den Stuhl an einem Bein fest. Erstaunt schaute der Angreifer nach hinten. Das Letzte, was er sah, war die massige Stirn des kampferprobten Commanders, die einen Lidschlag später wie ein Hammer in seinem Gesicht einschlug. Bewusstlos sackte er zu Boden.

»Ah«, sagte Stannis. »Endlich einer mit Biss. Komm schon, lass uns tanzen.«

»Lassen Sie den Mist, Stannis, und setzen Sie sich zu uns«, forderte Higgens seinen alten Kameraden auf und blickte ihm dabei tief in die Augen.

»Cap? Bist du das?«, fragte Luis ungläubig und nahm die Kapuze vom Kopf.

»Das heißt jetzt Commander. Und nun kommen Sie, ich hab was mit Ihnen zu besprechen.«

»Aye, Sir«, antwortete der ehemalige Späher und führte seine rechte Hand zur Stirn, was, wenn man es großzügig betrachtete, eine gewisse Ähnlichkeit mit einem militärischen Gruß hatte. Brav torkelte er hinter dem Commander her. Er war so lange Soldat gewesen, dass fest verankerte Automatismen griffen, als der Offizier ihn angesprochen hatte. Sofort verabreichte sich der Ex-Trooper ein Mittel über seinen implantierten Chip, das gegen seine Trunkenheit wirkte. Das System gab die Meldung, dass der Vorrat aufgebraucht war und die letzte Dosis des Medikaments verabreicht wurde. Der Computer empfahl ein dringendes Auffüllen der Bestände.

»Also«, begann Higgens, nachdem er Stannis aufgeklärt hatte, »das ist es, was ich Ihnen anbieten kann. Sie werden wieder in den aktiven Dienst gestellt und wechseln zu den Special Troopern unter mein Kommando.«

»Wollen Sie denn gar nicht wissen, warum ich ausgeschieden bin?«

»Ich weiß es bereits. Aber um Ihre Frage zu beantwort: Nein, interessiert mich nicht. Der Grund wird aus Ihrer Akte gestrichen. Dennoch, eine Bedingung habe ich.«

»Und die wäre?«

»Sie gehen duschen, ziehen neue Kleidung an, putzen sich die Zähne und versprechen mir jetzt in die Hand, keinen Tropfen Alkohol im Dienst zu trinken.«

»Das ist alles?«

»Das ist alles. Sind Sie dabei?«

Stannis musste nicht lange überlegen. Er war ein Vollblutsoldat, was anderes kannte, konnte und wollte er nicht sein. In den letzten beiden Jahren hatte er zahlreiche Jobs gehabt, war aber überall nach wenigen Tagen wieder rausgeflogen. Stannis hatte nur einmal Mist gebaut, der allerdings gereicht hatte, um ihn unehrenhaft zu entlassen. Er wünschte sich nichts sehnlicher, als wieder das tun zu können, was er konnte. Heute war sein Glückstag. *Special Trooper Luis Stannis*, dachte er und der Name erklang wie ein Echo in seinem Kopf.

»Ich bin dabei«, sagte er schließlich voller Stolz und hielt dem Commander die Hand hin.

»Das machen wir nach Ihrer Dusche«, wiegelte Higgens angewidert ab. »Und jetzt will ich so schnell wie möglich raus hier. Sollte ich jemals einen von euch in so einem Schuppen erwischen, schmeiß ich euch hochkantig aus dem Team. Ist das klar?«

»Aye, Sir«, bestätigten die beiden Special Trooper und salutierten. Dann begleiteten sie ihren Teamleader nach draußen.

Kapitel 7

Zeit: 1032

Ort: Frabak-System, Planet: Himpal, Hauptquartier IGD

Isabelle McCollin stand vor ihrem neuen Büro, das sich im Herzen des Hauptquartiers des IGDs befand.

Der Direktor hatte sie persönlich frühzeitig zur Kommissarin ernannt. Zwar hatte er angedeutet, dies auf Empfehlung ihres Vaters getan zu haben, aber ihr kam keine Sekunde in den Sinn, sie könnte es nicht verdient haben.

Unter dem Arm hatte die Ermittlerin einen kleinen Kunststoffbehälter, der ihre wenigen persönlichen Sachen enthielt. Mit der freien Hand strich sie stolz über ihr Namensschild, das rechts neben dem Schott angebracht war. Dann presste Isabelle ihren rechten Daumen auf das darunter liegende Scannerfeld und das Schott verschwand in der Wand.

Mit langsamen Schritten betrat McCollin ihren neuen Arbeitsplatz. Sie ließ sich absichtlich viel Zeit, damit sie jeden Moment genießen konnte. Die Tür schloss sich mit einem leisen Zischen hinter ihr. Isabells Augen wanderten in dem etwa zwanzig Quadratmeter großen Raum hin und her. *Genauso habe ich es mir vorgestellt,* dachte die junge attraktive Frau aufgeregt und ging zu dem kleinen Schreibtisch hinüber, der in der Mitte des Raumes auf einer Drehscheibe stand. Die Wände waren aus weißem Duroplast, jenem vielseitigen Kunststoff, dessen Anwendung kaum Grenzen kannte. In diesem Raum diente er nicht nur zur räumlichen Trennung von den anderen Büros, sondern hauptsächlich als Monitor. Jeder Quadratzentimeter konnte als Projektionsfläche genutzt werden. Sogar der Fußboden und die Decke. Zur Steuerung konnte die Kommissarin entweder den Schreibtisch benutzen oder die KI des Zentralrechners. Die Ressourcen des Superrechners waren begrenzt und nur Kommissare oder noch höher gestellte Mitarbeiter hatten darauf Zugriff.

Isabelle stellte die Transportbox auf dem Tisch ab und holte den einzigen enthaltenen Gegenstand heraus. Vorsichtig, fast liebevoll legte sie den riesigen Blaster, den sie von ihrem Vater zur Beförderung geschenkt bekommen hatte, neben die Box.

»Computer«, sagte die Ermittlerin laut und deutlich in den Raum.

»Willkommen, Kommissarin McCollin«, antwortete die KI sofort mit geschlechtsneutraler Stimme.

»Danke. Wie soll ich dich nennen?«

»Ich habe viele Namen. Sie können sich einen aussuchen.«

»Hast du eine favorisierte Bezeichnung?«

»Viele nennen mich Karl, ich empfinde Gefallen an dieser Bezeichnung«, beantwortete die KI die Frage. Dieses Mal in einer angenehm weichen männlichen Stimme.

»Also gut, dann belassen wir es bei Karl.«

»Wie Sie wünschen.«

Isabelle setzte sich hinter den Schreibtisch. Sie war größtenteils auf Raumschiffen groß geworden, daher störten die fehlenden Fenster sie nicht. Im Gegenteil, so bot der Raum mehr Platz für die Darstellung von Informationen und sie konnte sich voll und ganz auf ihre kommende Aufgabe konzentrieren.

»Akte T45MK01 auf Planquadrat A2«, gab sie der KI ihren ersten Befehl.

»Der Zugriff ist geschützt. Bitte um Authentifizierung.«

Vor der Kommissarin leuchtete ein kleiner roter Kreis im Schreibtisch auf und Isabelle legte ihr rechtes Handgelenk darauf, in dem ihr ID-Chip implantiert war.

»Zugriff gewährt. Öffne Akte T45MK01. Hätten Sie gerne einen speziellen Teil daraus?«

»Ja, alle Informationen, die General John James Johnson zu Protokoll gegeben hat.«

An der gegenüber liegenden Wand erschien die Aussage des Generals. Sie gab die Kenntnisse wieder, die er bei dem Verhör eines Terroristen erhalten hatte.

»Wie verlässlich wird die Aussage des Generals eingestuft?«

»Die Bewertung liegt bei hundert Prozent.«

Das erstaunte die Kommissarin sehr, denn von so einer hohen Einschätzung hörte sie zum ersten Mal. Es gab immer die Möglichkeit von Abweichungen. Das musste nicht einmal ein bewusster Vorgang sein. Umwelteinflüsse konnten zum Beispiel die Sinnesorgane ungewollt täuschen. Die zuverlässigsten Informanten kamen selten über einen Wert von achtzig Prozent hinaus.

»Dann machen wir uns mal an Arbeit«, sagte die Kommissarin voller Tatendrang und fing an, zu lesen.

Kapitel 8

Zeit: 1032

Ort: Algebra-System, Planet: Kos II, Sportanlage

Alexej Juvis lag auf einer kleinen Decke im Schießstand. Er hatte die Kabine siebzehn gemietet und ein Blick auf den Chronometer zeigte ihm, dass ihm maximal noch zehn Minuten blieben. Dann war seine Zeit abgelaufen. Die Betreiber der Anlage sahen es nicht gerne, wenn die Mietzeiten überzogen wurden. Eine Verlängerung konnte sich Juvis nicht leisten. Der Ex-Trooper war wieder einmal total abgebrannt. Seine letzten Ersparnisse hielt Greg Follow in den Händen. Alexejs zweifelhafter Freund verwaltete die Wettgelder, die die Anwesenden auf ihn, beziehungsweise in diesem Fall gegen ihn, gesetzt hatten. Mit dem Geld würde er sich wieder einige Zeit über Wasser halten können. Doch dazu durfte er den letzten Schuss nicht versauen. Vor fünf Minuten war ihm bereits einen Präzisionsschuss gelungen, indem er die vier Zentimeter große Münze aus einer Entfernung von achthundert Metern getroffen hatte. Greg war auf die dämliche Idee gekommen, das Ziel weitere fünfhundert Meter nach hinten zu versetzen, und hatte den Einsatz verdoppelt. Der Idiot spielte mit Geld, das weder Alexej noch er besaßen.

Der Pappkamerad wurde an der Winde nach hinten gezogen. Der Scharfschütze beobachtete den Vorgang durch sein Zielfernrohr und konnte die kleine Münze, die auf das rechte Auge des Pappkameraden geklebt war, kaum noch ausmachen. Dass er einen Teil der Münze bereits herausgeschossen hatte, verschlechterte zusätzlich sein Sichtfeld.

»Das schafft der niemals! Das ist unmöglich!«, rief einer der Wettenden hinter ihm und zustimmendes Gemurmel erklang rund um Alexej.

»Dann erhöhe doch deinen Einsatz, wenn du dir so sicher bist!«, ertönte Gregs schrille Stimme.

Kann der nicht einfach die Fresse halten? fragte sich der Ex-Trooper. Kaum war ihm dieser Gedanke in den Sinn gekommen, blinkte vor ihm ein grünes Lämpchen. Sein Ziel war in der Endposition eingerastet. Alexej blinzelte mehrmals, um durch das Zielfernrohr klare Sicht zu bekommen. Sein Auge war bereits überanstrengt. *Verflucht, Greg! Du und deine große Schnauze. Wir hätten das Geld nehmen sollen. Aber du bekommst ja den Hals mal wieder nicht voll*, dachte Juvis und versuchte, sich zu entspannen, als plötzlich hinter ihm eine tiefe autoritäre Stimme erdröhnte.

»Ich halte die Wette. Doppelt, dass er es schafft.«

»Ich kenn dich nicht«, sagte Greg zu dem Neuankömmling. »Ich nehme keine Wetten von Fremden an.«

Higgens lehnte sich lässig an die Seitenwand der Kabine siebzehn. »Kein Vertrauen in deinen Schützen oder willst du den Gewinn nicht teilen?«, fragte er.

Alexej kannte die Stimme. Nicht, dass er sie jemand Bestimmtem zuordnen konnte, es war vielmehr die Tonart. Die Stimme gehörte einem Mann, der es gewohnt war, Befehle zu erteilen, und das ließ für Juvis nur einen Schluss zu: Hinter ihm stand ein Offizier vom Militär.

»Wie gesagt, Fremder, ich nehme keine Wetten von Leuten an, die ich nicht kenne.«

»Und wenn ich den Einsatz erhöhe? Das Ziel kommt weitere dreihundert Meter nach hinten. Ich sage, der Mann schafft das und verdreifache den Einsatz.«

Greg schluckte schwer. Er hatte bei den jetzigen 1300 Metern schon ein ungutes Gefühl. Er überlegte angestrengt und dann hatte er eine Idee. Sollte der Idiot doch die Wette übernehmen. Er würde einfach gegen Juvis wetten und fett abkassieren.

»Wie du willst. Ist deine Kohle. Ihr habt den Irren gehört, macht eure Einsätze, Leute! Heute ist Zahltag«, rief Greg den Menschen zu, die sich um ihn versammelt hatten. Der Scharfschütze stöhnte auf. »Mich fragt mal wieder keiner?«, beschwerte er sich. Ließ das Ziel aber keine Sekunde aus den Augen und verfolgte es, als es noch weiter nach hinten verschwand. *Delta Whiskey*, dachte er. *Das war's.* Prinzipiell war es kein schwieriger Schuss. Vorausgesetzt der Schütze hatte Erfahrung und verfügte über das entsprechende Equipment. Doch eine moderne Waffe, wie das Militär sie verwendete, konnte sich Alexej nicht leisten. Allein die benötigten Energiezellen sprengten seine finanziellen Möglichkeiten. Seine Waffe war der Nachbau eines uralten Models und verschoss noch Patronen mit eigener Treibladung. Das Gewehr war nicht besonders effizient, aber billig. Die Munition konnte Juvis in seinem Keller selber herstellen.

Somit war er nicht auf die teuren Energiezellen angewiesen.

»Du machst das schon«, sprach Greg seinem Partner Mut zu und kassierte die Wetteinsätze. Dann beugte er sich zu Alexej hinunter und flüsterte ihm ins Ohr: »Alles klar, Kumpel. Du musst nur vorbeischießen. Ich habe gegen dich gewettet. Verfehle das Ziel und wir kassieren heute richtig ab!«

»Jetzt bin ich dran«, sagte Higgens und beugte sich ebenfalls zu dem Scharfschützen hinunter. »Mach den Schuss und du hast wieder einen Job«, war alles, was er zu dem Mann auf dem Boden sagte und sich wieder entspannt an die Trennwand von Kammer siebzehn lehnte.

Juvis verstand sofort. Von diesem einen Schuss hing seine ganze Zukunft ab. Der Offizier hatte ihm gerade in Aussicht gestellt, wieder in den aktiven Dienst aufgenommen zu werden. Vor acht Jahren war der Scharfschütze rausgeflogen und schlug sich seitdem mehr schlecht als recht durchs Leben. Sie gaben ihm die Schuld für die Vorfälle auf der Diamond Station. Er hatte den Scharfschützen Larkin Perkins ausgebildet und dabei dessen Geisteskrankheit nicht erkannt. Perkins war völlig durchgedreht und hatte viele unschuldige Menschen ermordet. Später kam noch heraus, dass der Psychopath sein Unwesen schon von Beginn seiner Ausbildung an getrieben hatte. Juvis war einer, wenn nicht sogar der Talentierteste seines Fachs gewesen, und er sah einer ruhmreichen Karriere entgegen. Doch er war auch jung und unerfahren gewesen. Er hatte gemerkt, dass mit Perkins etwas nicht stimmte, doch er hatte es nicht wahrhaben wollen, denn Perkins legte ein unglaubliches Geschick vor. Juvis' Vorgesetzten blieb gar nichts anderes übrig, als ihn unehrenhaft aus den imperialen Streitkräften zu entlassen. Tief in seinem Inneren wusste der Scharfschütze, dass es seine eigene Schuld war. Das war einer Gründe, warum er keinen Groll gegen das Militär schob und sich nichts sehnlicher wünschte als wieder dabei zu sein. Jetzt bot sich ihm die Chance. Er musste nur diese verfluchte Münze treffen. Eine Münze, die er nicht einmal mehr durch sein Zielfernrohr sehen konnte.

Juvis konzentrierte sich und nahm das Ziel ins Fadenkreuz. Neben ihm stand ein Monitor und eine Drohne übermittelte eine Großaufnahme der Münze.

Der Scharfschütze ließ langsam die Luft aus den Lungen und simulierte das Durchziehen des Abzuges mehrere Male. Damit beruhigte er seinen Puls und sein Körper entspannte sich. Ein letztes Mal ließ er die Luft entweichen und hielt den Atem an. Sein linker Zeigefinger zog den Abzug vorsichtig durch und es gab einen lauten Knall. Das Projektil verließ den Lauf mit knapp achthundert Metern pro Sekunde und schlug zwei Sekunden später in den Pappkameraden ein.

Juvis spielte die Aufzeichnung der Drohne in Slowmotion ab und deutlich war zu erkennen, wie das Projektil ein kleines Stück vom oberen Rand der Münze abtrennte. Nur einen Millimeter höher oder zur Seite, und der Scharfschütze hätte sein Ziel verfehlt.

»Spinnst du?«, rief Greg erschrocken aus. »Was soll der Scheiß?«

Juvis stand auf und stellte das Gewehr an die Seitenwand. Dann drehte er sich zu seinem Partner um.

»Halt die Fresse«, blaffte Alexej Greg an, »und verpiss dich endlich!«

Greg überlegte einen Moment, ob er sich auf einen Streit mit dem Ex-Soldaten einlassen sollte, entschied sich aber dagegen. Wütend knallte er dem Commander das Geld vor die Füße und stampfte davon. Wenigstens hatten die anderen mehr Sportsgeist. Auch wenn einige eine beträchtliche Summe verloren hatten, beglückwünschten sie den Schützen zu dem scheinbar unmöglichen Treffer. Sie gingen zwar ohne Geld nach Hause, dafür nahmen sie eine Geschichte mit, die sie noch lange erzählen konnten.

Higgens stieß sich mit dem Rücken von der Trennwand ab und reichte dem Scharfschützen die Hand.

»Mein Name ist Commander Fred Higgens. Willkommen im Team, Special Trooper Alexej Juvis.«

Kapitel 9

Zeit: 1032

Ort: Frabak-System, Planet: Himpal, Hauptquartier IGD

Kommissarin McCollin saß seit Stunden in ihrem Büro und zog das Netz um die Hintermänner des Terroranschlags auf Primus Prime immer dichter.

Im Grunde war ihre Arbeit gar nicht so schwer. Sie erforderte lediglich Disziplin, Konzentration, eisernen Willen und Zeit. *Kombinationsgabe schadet auch nicht*, dachte sie. Dann spielte Isabelle die VID Aufnahme einer Überwachungskamera zum hundertsten Mal ab und fragte sich, was sie übersah. Es musste etwas in der Aufnahme zu finden sein, dessen war sie sich sicher.

Ein kleines Icon blinkte auf Isabelles Schreibtisch und kündigte eine eingehende Nachricht an. Sie wischte mit der Hand über die blinkende Anzeige und warf die Message an die Wand. Sofort öffnete sich die Mitteilung von Commander Higgens, der ihr die ersten drei Namen der Soldaten nannte, die wieder in den aktiven Dienst aufgenommen werden sollten. McCollin hatte den Commander nur einmal kurz persönlich getroffen, aber noch nicht die Gelegenheit gehabt, mit ihm zu sprechen. Dennoch machte Higgens einen sympathischen und kompetenten Eindruck auf sie. Die Ermittlerin ging die Namen durch.

»Karl. Akte Murphy, Scott. Dienstnummer 35791134991. Auf mein Terminal«, wies sie die KI an und der Computer suchte die entsprechende Akte im System. Wenig später hatte die Ermittlerin die Daten vor sich. Aufmerksam las sie die einzelnen Eintragungen. Bei der letzten musste sie unwillkürlich lächeln. Der Sprengstoffexperte hatte ein ganzes Übungsgebäude in die Luft gejagt, von dem er nur eine Tür aufsprengen sollte. Dieser Mann wollte absichtlich ausscheiden, damit sein ehemaliger Vorgesetzter ihn rekrutieren konnte. Die Rechnung war auch zu hundert Prozent aufgegangen. Mit ein paar kleinen Änderungen machte die Kommissarin einen Wechsel zu den Special Troopers. Sie fälschte das Antragsformular und die Ausbildungsbestätigung. Hinzu kam ein Aufnahmegesuch, dem Isabelle unter falschem Namen nachkam. Somit war Scott Murphy ab sofort ganz offiziell bei der Spezialeinheit, mit allen Privilegien und Bezügen.

Der nächste Name war Luis Stannis. Der Ex-Trooper hatte einen Drang zum Alkohol und legte sich gerne mit den falschen Leuten an. Im Suff hatte er einen Vorgesetzten, der eine Schlägerei beenden wollte, in die der Soldat verwickelt gewesen war, fast getötet. Auch diese Akte fälschte Isabelle. Den Angriff auf einen Vorgesetzten strich sie ganz und minderte das Ganze auf wiederholte leichte Körperverletzung unter Kameraden ab. Dann suspendierte sie Stannis für ein Jahr und fälschte auch hier das Bewerbungsformular für die Spezialeinheit. Natürlich bestand der Trooper die Ausbildung und wurde aufgenommen.

Alexej Juvis war ein besonderer Fall. Selbst McCollin war der Meinung, man hatte einen Sündenbock gesucht und dem jungen talentierten Soldaten die Schuld in die Schuhe geschoben. Dabei lag das Versagen eindeutig bei anderen Stellen. Larkin Perkins hatte sämtliche psychologischen Tests bestanden. Es war ihm gelungen, nicht nur seinen Ausbilder zu täuschen, sondern auch diejenigen, die es hätten erkennen müssen. Ohne schlechtes Gewissen fälschte Isabelle die Akte. Sie entfernte jegliche Verbindung von Juvis zu Perkins und attestierte dem damals jungen Trooper eine außergewöhnliche psychosomatische Stressbelastung, die auf einen Sondereinsatz zurückzuführen war. Diesen stufte McCollin als streng geheim ein und schwärzte einen nicht vorhandenen Bereich in der Akte. Erst überlegte die Ermittlerin, ob sie den Soldaten dienstuntauglich schreiben sollte, entschied sich aber mit einem Grinsen dagegen. Trooper Alexej Juvis wurde in eine Klinik eingewiesen und behandelt. Nach Jahren intensiver und erfolgreicher Therapie wurde der Scharfschütze entlassen und bewarb sich bei den Special Troopers. Die Ausbildung absolvierte er mit Bravour und schloss sie mit Auszeichnung ab. Sie änderte den Namen von Trooper auf Special Trooper Alexej Juvis und wies die ausstehende Zahlung von fast acht Jahren Dienstzeit auf sein Konto an. McCollin lächelte in sich hinein und stellte sich das Gesicht des Scharfschützen vor, wenn er das nächste Mal einen Blick auf sein Konto werfen würde. Murphy und Stannis erhielten ebenfalls eine saftige Nachzahlung. Zur Kontrolle überflog die Kommissarin ihr

Werk und konnte keine Ungereimtheiten entdecken. Dann speicherte Isabelle die Akten und legte diese wieder in das Zentralregister.

»Karl, lösche das Protokoll. Ich habe diese Akten nie gesehen«, sagte die Ermittlerin zu der KI.

»Dazu reicht Ihre Freigabestufe leider nicht aus«, bedauerte die KI. »Die Anweisung kann nicht ausgeführt werden.«

»Bitte hole dir die Berechtigung von Direktor Koslowski.«

»Sehr wohl, Kommissarin McCollin.«

Zufrieden lehnte sie sich in ihren Stuhl zurück. Der Commander hatte ein gutes Gespür bei der Auswahl seines Teams. Noch wusste Isabelle nicht, ob sie das Team überhaupt brauchen würde. Vielleicht konnte sie den Fall auch ohne Außeneinsatz aufklären. Doch der IGD würde nicht ohne stichhaltige Beweise offiziell aktiv werden. Die Anweisungen von Direktor Koslowski waren in dieser Angelegenheit eindeutig. Die Imperatrix hatte eine vollständige und umfassende Aufklärung vom Chef ihres imperialen Geheimdienstes verlangt und Koslowski würde alles tun, um seine Kaiserin nicht zu enttäuschen. Was wiederum die Frage für die Kommissarin aufwarf, warum jemand mit so wenig Erfahrung wie sie auf den Fall angesetzt worden war. Der Direktor vermutete eine undichte Stelle in den eigenen Reihen, was seinen Handlungsspielraum extrem einschränkte. Niemand durfte wissen, dass die Ermittlungen bereits in vollem Gang waren.

Da kam der Kommissarin eine Idee: Finde die undichte Stelle und du findest die Hintermänner. Sofort setzte sie ihre Gedanken in die Tat um und lenkte die Ermittlungen in eine andere Richtung.

Kapitel 10

Zeit: 1032

Ort: Targeos-System, Diamond Station

Higgens hatte weder die Lust noch die Zeit durch das ganze Imperium zu reisen, um sein Team zu rekrutieren. Stannis und Juvis waren eine Ausnahme. Die beiden waren untergetaucht und nur schwer auffindbar gewesen.

Für die restlichen Kandidaten galt das nicht. Darum hatte der Commander den Ex-Soldaten eine Einladung geschickt. Zu seiner Erleichterung hatten alle zugesagt, auch wenn er für die Reisekosten aufkommen musste. Die Abfindung, die er nach seinem Rücktritt aus der Antiterroreinheit bekommen hatte, war restlos aufgebraucht.

Murphy hatte angeboten, sich nach einer geeigneten Umgebung umzusehen, wo der Commander die möglichen Kandidaten treffen konnte. Das hatte Higgens kategorisch abgelehnt. Die Erinnerung an das Dreckloch auf der Raumstation Gallaga reichte, um Übelkeit in ihm aufsteigen zu lassen.

Jetzt saß er in einem gesitteten Lokal. Die Bedienung war freundlich, aber nicht aufdringlich. Der Ober brachte die Getränke und stellte diese mit viel Eleganz auf den Tisch. Dem Commander wurde sein Wasser ebenso förmlich serviert, wie das Glas Saft für sein Gegenüber.

Es war noch recht früh am Morgen und das Lokal kaum besucht. Daher verzichtete der Commander auf ein Dämpfungsfeld und sprach einfach nur leise.

»Also, Doktor Klausthaler, was halten Sie von meinem Angebot?«

»Nur Klausthaler, ich darf nicht mehr praktizieren.«

»Ich weiß. Dennoch möchte ich Sie in meinem Team haben. Sie waren, ach was, Sie sind ein verdammt guter Arzt. Dennoch kann ich Ihnen nur eine Stelle als Sanitäter bieten.«

»Dafür bin ich Ihnen auch dankbar. Aber selbst ein Einsatz als einfacher Sanitäter ist mir nicht möglich«, sagte Klausthaler niedergeschlagen.

»Das lassen Sie meine Sorge sein. Wegen der Wiederherstellung ihres Doktortitels, geschweige denn einer Zulassung als Arzt kann ich nichts für Sie tun. Aber für einen einfachen Sanitäter sollten meine Beziehungen reichen«, grinste Higgens den etwas schüchternen Mann an. Deutlich war dem ehemaligen Arzt anzusehen, wie unangenehm ihm die Angelegenheit war. Noch immer haderte er mit einer Antwort.

»Hören Sie, Klausthaler, ja, Sie waren ein Junkie und haben ordentlich Mist gebaut. Aber Sie haben auch vielen Menschen unter schwersten Bedingungen das Leben gerettet. Mich interessiert nicht, was in der Vergangenheit war. Für mich ist das Hier und Jetzt wichtig. Meinen Informationen nach sind Sie seit Jahren clean und das ist alles, was zählt. Ich biete Ihnen die Möglichkeit, sich einer guten Sache anzuschließen. Wir leben in schwierigen Zeiten und Sie können Ihren Beitrag dazu leisten, das Imperium wieder ein kleines Stückchen sicherer zu machen. Also, kann ich auf Sie zählen?«, bot der Commander an und reichte die Hand über den Tisch. Lange musste der Ex-Soldat nicht mehr überlegen. Er hatte seine Entscheidung getroffen. Herzhaft ergriff er die dargebotene Hand und schüttelte diese enthusiastisch.

»Ich bin dabei. Ich würde alles tun, um wieder dienen zu können«, rief Klausthaler begeistert aus.

»Dann willkommen im Team, Special Trooper Klausthaler.«

In Gedanken war Commander Higgens bei der Kommissarin. Er hatte gestern die frisierten Akten seiner bisherigen Teammitglieder erhalten. Eines musste er zugeben, Fantasie hatte die Frau. Wie sie allerdings den Arzt rehabilitieren wollte, dazu fiel ihm nichts ein und es war zum Glück auch nicht seine Aufgabe.

Commander Higgens blieb alleine am Tisch zurück und wartete auf seinen nächsten Kandidaten. Es war nicht einfach gewesen, an den Mann heranzukommen. Dessen Ausscheiden aus den Truppen war erst knapp ein Jahr her und schon wieder hatte Ashley Goes Probleme mit dem Gesetz bekommen. Es war reiner Zufall, dass ihn die Sicherheit von der Diamond-Station festgenommen hatte. Der Leiter der Stationssicherheit hatte sich anfänglich wenig kooperativ gezeigt und erst nach Rücksprache mit dem IGD den Gefangenen zu einem Treffen mit dem Commander herausgerückt. Dennoch ließ der Leiter der Sicherheit Goes nicht eine Sekunde aus den Augen. Al Zuchkowski stand am Ausgang des Lokals und beobachtete den Ex-Trooper.

»War eine schöne Ansprache, Boss«, sagte Murphy zu seinem Vorgesetzten und zeigte ihm den ausgestreckten Daumen, nachdem Klausthaler gegangen war. Der Sprengstoffexperte saß zwei Tische neben Higgens und hatte ein Mineralwasser vor sich stehen. Er starrte die ganze Zeit auf das Glas, als ob dessen Inhalt ihm schwere gesundheitliche Probleme zufügen könnte. Doch der Commander war eisern, was das betraf. Kein Tropfen Alkohol im Dienst. Zunächst hatte Murphy gedacht, das wäre einfach, doch Higgens hielt sein Team im Zustand permanenter Bereitschaft. Damit waren alle praktisch rund um die Uhr im Dienst.

»Danke, Murphy. Und ich habe Ihnen schon tausendmal gesagt, Sie sollen mich nicht immer Boss nennen. Für Sie heißt es Commander Higgens, wie für alle anderen auch!«

Das war auch eine der neuen Regeln, die der Teamleader aufgestellt hatte. Im Dienst mussten sich alle wieder mit korrektem Rang und *Sie* ansprechen. Selbst unter den Soldaten galt die Regel. Jedenfalls wenn sich das Team im Dienst befand. Ein Teufelskreis.

»Sorry, Commander Higgens«, gab Murphy klein bei. Er wusste, eine Diskussion würde nichts bringen.

»Akzeptiert. Wer ist der Nächste?«

»Ich denke, wir sollten uns jetzt den Waffenexperten vornehmen, diesen Ashley Goes. Ich befürchte, der Mann von der Stationssicherheit wird sonst nie gehen. Und wenn ich ehrlich bin, finde ich den Mann unheimlich.

Ich habe das Gefühl, seine künstlichen Augen starren mich die ganze Zeit an.«

»Das wird daran liegen, dass sie es auch tun. Mir ist das auch aufgefallen. Eines seiner Augen hat Sie fokussiert und das andere mich. Dann holen Sie mir diesen Goes.«

»Aye, Sir.« Special Trooper Murphy erhob sich und ging zu dem Mann hinüber, den hier alle nur BullsEye nannten. Er selbst hätte sich nie getraut, den Spitznamen des stämmigen Kerls zu benutzen. Obwohl der Name sehr passend war, wie Murphy fand. Der Mann hatte einen wahren Stiernacken und war fast so breit, wie er groß war. Dabei schätzte der Trooper Zuchkowski auf mindestens 1,85 Meter. Deutlich zeichneten sich die Muskeln unter der Uniform ab. Die Augen waren durch künstliche Implantate ersetzt worden und der Kommandant der Sicherheit machte daraus kein Geheimnis. So ganz konnte Scott das nicht verstehen. Die medizinischen Möglichkeiten waren schon lange so weit fortgeschritten, dass er sich ein neues Augenpaar hätte züchten lassen können. Doch aus irgendeinem Grund hatte Zuchkowski darauf verzichtet.

»Wir würden jetzt gerne mit Mr. Goes sprechen«, sprach Murphy den Kommandanten an. Dieser verzog keine Mine, sondern fixierte den Soldaten ein paar Sekunden. Dann wandte er sich ab und ging nach draußen. Wenige Augenblicke später erschien er mit seinem Gefangenen, den er in Handschellen hereinführte.

»Ist das notwendig?«, fragte Murphy und zeigte auf die Fesseln.

»Der Mann bleibt so lange in Handschellen, wie ich es für richtig halte. Goes ist ein Verbrecher der übelsten Sorte«, donnerte BullsEye mit tiefer Stimme, die Murphy regelrecht zusammenzucken ließ.

»Wie Sie wollen«, zuckte der Trooper mit den Schultern und legte dem Gefangenen eine Hand auf die Schulter. Dann führte er ihn zum Tisch des Commanders und setzte ihn dem Teamleader gegenüber auf einen Stuhl. Danach nahm er wieder Position an seinem Tisch ein und starrte auf das Glas Wasser. Obwohl seine Kehle bereits extrem trocken war, konnte er sich nicht dazu überwinden, etwas davon zu trinken. Nicht in einer Bar, auch nicht in einer wie dieser. Es gab Prinzipien, die es nicht zu verraten galt.

»Trooper Ashley Goes. Waffenexperte. Zeigt besonderes Geschick mit dem Umgang von Waffen aller Art. Meisterschütze mit Handfeuerwaffen. Spezielle Fähigkeiten im Umgang mit bewaffneten Fahrzeugen. Erstklassiger Shuttle- und Kampfpilot«, las Higgens die Akte von Goes laut vor.

»Das mit dem Trooper war einmal«, fiel ihm der Ex-Soldat ins Wort. Eine Eigenschaft, die der Commander partout nicht ausstehen konnte. Trotzdem versuchte Higgens, sich zu beherrschen.

»Was nicht verwunderlich ist, wenn man bedenkt, dass Sie in Ihrer Dienstzeit mit Waffen gehandelt haben. Waffen, die der imperialen Armee gehörten.«

Der Seitenhieb hatte gesessen und brachte Goes vorläufig zum Schweigen. Das war etwas, worauf er nicht stolz war, auch wenn er selbst es als nicht besonders schlimm empfand. Viele Soldaten machten einträgliche Geschäfte nebenbei. Er war nur so blöd gewesen, sich erwischen zu lassen. Trotzdem fand er, dass er ungerecht behandelt worden war. Eine Ermahnung hätte in seinen Augen auch gereicht. Vielleicht noch ein Disziplinarverfahren, aber ihn gleich unehrenhaft zu entlassen? Die Entscheidung konnte Ashley nicht nachvollziehen. Sein ganzes Leben hatte er dem Imperium geopfert und war in jede Schlacht gezogen, in die sie ihn geschickt hatten. Er hatte nur ausgemusterten Scheiß verhökert. Es war doch niemand zu Schaden gekommen. Auf die Frage, was die Armee gerade jetzt von ihm wollte, fand er keine Antwort. Sein Verstand wühlte in seinen Erinnerungen und versuchte, etwas zu finden, was seine Anwesenheit hier erklären konnte. Goes' schlimmste Befürchtung war, dass man ihn nachträglich noch für irgendeinen Mist zum Sündenbock machen wollte.

»Wissen Sie, Trooper Goes«, das *Trooper* betonte Higgens besonders, »das Militärgericht war Ihnen gegenüber sehr gnädig gestimmt. Allein Ihren Verdiensten haben Sie es zu verdanken, dass Sie nicht für viele Jahre eingefahren sind. Es scheint Ihnen allerdings keine Lehre gewesen zu sein. Ihnen wird erneut Waffenschieberei vorgeworfen. Sie haben versucht, zwei Kisten mit schweren Blastern auf der Station zu verkaufen. Geladenen Blastern, wie ich anmerken möchte. Sie sind doch

Waffenexperte, da können Sie sich doch sicher vorstellen, was passiert, sollte jemand diese Waffen an Bord einer Raumstation abfeuern? Nur das beherzte Eingreifen der Stationssicherheit konnte Schlimmeres verhindern.«

Goes rutsche auf seinem Stuhl herum. Seine gefesselten Hände lagen auf dem Tisch und er fühlte sich extrem unwohl. Im Grunde hatte der Commander recht. Was hatte er sich nur dabei gedacht? Sicher, er war so schlau, niemals einen schweren Blaster auf einer Raumstation abzufeuern. An der falschen Stelle konnte das zu einer Katastrophe führen und im ungünstigsten Fall viele Menschenleben kosten.

»Was soll ich Ihnen dazu sagen«, begann Goes kleinlaut. »Ich habe darüber gar nicht nachgedacht. Ich habe nur das schnelle Geld gesehen.«

»Nicht nachgedacht? Das scheint ein generelles Problem von Ihnen zu sein. Aber darum sind Sie heute nicht hier. Ich bin weder Ihr Ankläger noch Ihr Richter. Vielmehr bin ich zu Ihnen gekommen, um Ihnen ein Angebot zu machen.«

»Abgemacht! Ich bin dabei«, rief Goes eilig aus.

»Aber Sie wissen doch noch gar nicht, worum es geht«, schmunzelte Higgens.

»Ist mir völlig egal. Wenn Sie mir ein Angebot machen möchten, dann werde ich nicht in den Knast müssen. Alles ist besser. Sie haben ein Selbstmordkommando für mich? Ich bin dabei. Sie benötigen irgendetwas? Ich besorge es Ihnen. Nur schicken Sie mich nicht in den Knast.«

Higgens kam ins Grübeln und in ihm keimten ernste Zweifel auf, ob seine Wahl wirklich die richtige war. Der Mann stellte ein Risiko dar. Doch der Commander ließ die kriminellen Machenschaften außen vor. Goes hatte mehrfach bewiesen, welche Bereicherung er für seine Kameraden war. Vielleicht fehlte es ihm an ein wenig Rechtsbewusstsein, an Fähigkeiten, Mut, Loyalität und Tapferkeit aber sicher nicht.

»In Ordnung. Dann willkommen im Team, Special Trooper Ashley Goes. Sie sind ab sofort wieder in den Dienst gestellt. Aber ich warne Sie, leisten Sie sich auch nur den geringsten Fehler, sperre ich Sie persönlich ein und werfe den Schlüssel weg. Verstanden?«

»Verstanden, Sir. Ich werde Sie nicht enttäuschen«, rief der frischgebackene Special Trooper aus und konnte sein Glück kaum fassen. Dann sprang er so plötzlich auf, dass sein Stuhl nach hinten umfiel. Das Poltern hörte sich extrem laut an in dem ansonsten so leisen Lokal. Goes störte sich nicht daran und hob ungeschickt die gefesselten Hände und salutierte. Damit zwang er den Commander auf die Beine, um den Gruß zu erwidern.

»Sie dürfen wegtreten! Spezial Trooper Murphy wird Sie zu den anderen bringen.«

Higgens setzte sich wieder, trank sein Glas in einem Zug leer und schenkte sich aus der Karaffe, die auf dem Tisch stand, sofort nach. Jetzt hatte er noch zwei Kandidaten, dann war sein Wunschteam komplett.

Kapitel 11

Zeit: 1032

Ort: Frabak-System, Planet: Himpal, Hauptquartier IGD

McCollin öffnete die Datei, die sie von Commander Higgens erhalten hatte. Der Commander hatte weitere Ex-Soldaten für sein Team gewinnen können. Mit großem Interesse las sie die Akte von Doktor Rainer Klausthaler, einem begnadeten Feldchirurgen, der in die Abhängigkeit von Medikamenten geraten war. Völlig zugedröhnt hatte Klausthaler eine Operation durchgeführt und dabei einen schweren Fehler gemacht. Der Patient war an den Folgen gestorben. Es folgte ein langwieriger Prozess vor dem Militärgericht, in dem der Arzt am Ende seine Zulassung verloren hatte und unehrenhaft aus der Armee entlassen worden war. Seitdem tat der Mann Buße und kümmerte sich um hilfsbedürftige Personen. Der IGD hatte Klausthaler schon länger auf dem Schirm und beinahe wäre es zu einer Verhaftung gekommen, da er trotz Verbot seine Dienste im Verborgenen anbot. Doch es kam nie dazu, der ehemalige Arzt musste einen Gönner innerhalb des Geheimdienstes haben, was daran liegen konnte, dass er seine Dienste ausschließlich kostenlos für Menschen zur Verfügung stellte, die sich keine teure Behandlung leisten konnten.

Der Mann tat Isabelle leid, doch viel konnte sie nicht für ihn tun. Ihn als Sanitäter wieder aufzunehmen konnte jetzt schon Ärger bedeuten. Der Kommissarin blieb nichts anderes übrig als alle Daten zu löschen, die Klausthaler jemals als Arzt geführt hatten. Dass der Soldat seine medizinische Ausbildung bei den Truppen genossen hatte, erleichterte ihre Arbeit, da sie auf alle Daten zugreifen konnte. Gewissenhaft löschte die Ermittlerin die Studienzeit und die damit verbundenen Prüfungen. Danach nahm sie sich die Einsätze vor und entfernte auch diese. Als sie fertig war, wies nichts mehr darauf hin, dass es jemals einen Doktor Rainer Klausthaler gegeben hatte. In seiner Dienstzeit machte der Trooper eine Ausbildung zum Sanitäter. Sie fügte den Namen Klausthaler bei einigen Einsätzen ein, ließ ihn aber nicht weiter auffallen. Nach dem Krieg quittierte er den Dienst und stellte letztes Jahr einen Antrag auf Wiederaufnahme. Es folgte die Bewerbung bei den Special Troopers mit erfolgreicher Aufnahme und Abschlussprüfung. Nun teilte sie den neuen Spezialisten dem Team von Higgens zu.

Der nächste Kandidat bereitete der Kommissarin Bauchschmerzen und zum ersten Mal war sie mit der Wahl des Commanders nicht einverstanden. Ashley Goes war aus gutem Grund aus der kaiserlichen Space Navy geflogen. Er war ein Waffenschieber schlimmster Sorte und anscheinend immer noch dick im Geschäft. Doch der IGD konnte ihn auf frischer Tat ertappen und bei einem Waffendeal in Gewahrsam nehmen. Über die Qualitäten des Ex-Soldaten gab es keine Diskussion.

Dennoch fragte sich Isabelle, ob Higgens wusste, welches Risiko er mit dem Mann einging. Direktor Koslowski hatte sehr deutlich klargemacht, dass der Commander für jeden einzelnen bürgte und wenn einer Mist baute, müsste er den Kopf hinhalten. Letztendlich konnte es der Ermittlerin egal sein, also fälschte sie auch die Akte von Goes. Sie konnte sich aber nicht dazu durchringen, dem Mann eine reine Weste zu verschaffen. Sie milderte die Straftaten nur etwas ab, sodass die einen Rausschmiss gerade noch so verhinderten. Eine Nachzahlung des Solds bekam der Trooper natürlich nicht.

Zum Schluss hatte Higgens noch Sac Kensing auf der Diamond-Station aufgetrieben und für seine Sache gewinnen können. Der Trooper war viele Jahre spielsüchtig gewesen und hatte alles verloren. Am Ende auch seinen Platz in der Armee. Es hatte lange gedauert, bis Kensing sich seine Spielsucht hatte eingestehen können. Als es so weit war, begab sich der Soldat in Therapie, was seine Entlassung aber nicht mehr verhindern konnte. Es missfiel der IGD Agentin, dass Sac Kensing von den Truppen fallen gelassen worden war. Der Mann war krank und nicht verantwortlich für seine Taten. Wenn man die ganzen Belobigungen und Auszeichnungen des Kommunikationsspezialisten in Betracht zog, hatte er das nicht verdient. Ohne schlechtes Gewissen frisierte McCollin die Akte und machte aus Kensing einen Special Trooper, der eine ordentliche Soldnachzahlung zu erwarten hatte, plus der Ausgaben, die er für seine Therapie vorgestreckt hatte.

Jetzt fehlte Commander Higgens nur noch ein Mann, und sein Team wäre komplett. Er bat die Kommissarin um Hilfe, weil sein Wunschkandidat der Einladung nicht gefolgt war, und er ihn nicht hatte ausfindig machen können. Isabelle suchte nach dem Namen und wurde schnell fündig. Sie staunte nicht schlecht, denn im Grunde musste sie Cliff Hutsons Akte nicht überarbeiten. Der ehemalige Special Trooper hatte seinen Dienst quittiert und war freiwillig ausgeschieden. Der Technik- und Computerexperte bot seine Fähigkeiten auf dem freien Markt an und hatte inzwischen ein kleines Vermögen gemacht. Die Ermittlerin versuchte, den aktuellen Aufenthaltsort des Spezialisten auszumachen, und staunte nicht schlecht, als es ihr nicht gelang. Hutson war vor sechs Monaten vom Radar des IGD verschwunden. *Also ganz zum Anfang*, dachte McCollin.

»Karl, wo ist der Special Trooper Cliff Hutson zum letzten Mal gesehen worden?«, fragte sie die KI.

»Special Trooper Hutson wurde das letzte Mal auf Jutha im Kollos-System gesehen. Er hat dort von 1030 bis 1031 gelebt und eine private Sicherheitsfirma gegründet. Vor 179 Tagen trat er noch einmal in Erscheinung. Hutson übernahm den Personenschutz eines einflussreichen Geschäftsmanns aus Demaska, der Hauptstadt von Jutha. Er wurde von zahlreichen Kameras aufgenommen. Nach einem Besuch in einem Restaurant kam er nicht mit seinem Klienten heraus. Ein Angestellter von Hutson hat den Personenschutz übernommen. Seitdem fehlt jede Spur von ihm«, antwortete die KI ohne Verzögerung.

»Was ist mit den Aufnahmen? Er muss das Restaurant ja irgendwann verlassen haben?«

»Es sind keine Daten verfügbar. Ich habe die folgenden zwei Tage geprüft, Hutson hat das Lokal nicht verlassen.«

»Das ist unlogisch.«

»Das ist richtig, Kommissarin McCollin.«

»Gibt es einen Hinterausgang?«

»Ja, dieser liegt aber außerhalb der Überwachungskameras.«

»Dann wissen wir, wie er verschwunden ist, nur noch nicht warum. Starte die Gesichtserkennungssoftware und lade das Profil von Hutson in die Software. Fange mit den Aufnahmen vom Tag des Verschwindens bis eine Woche danach an. Beginne am Raumhafen.«

»Darf ich Sie darauf hinweisen, dass es sich dabei um sehr umfangreiches Material handelt? Die Suche könnte mehrere Sunden oder gar Tage dauern.«

»Hast du etwas Besseres zu tun?«, fragte Isabelle die KI im Scherz.

»Natürlich nicht. Entschuldigen Sie. Beginne mit der Suche.«

»Schon gut, Karl. Berücksichtige, dass Hutson sein Aussehen verändert haben könnte. Ich bin mir bewusst, dass das die Suchzeit erheblich verlängern wird«, schob sie schnell hinterher.

»Parameter angepasst, Suche läuft«, gab die KI emotionslos zur Auskunft.

Es dauerte ganze zwei Tage, bis die KI den ersten Treffer auswarf. Der Raumhafen in Demaska war eine Sackgasse gewesen, und Isabelle hatte die Suche auf die kleineren Start- und Landefelder ausgedehnt. Warum sie sich so sicher war, dass der Ex-Soldat den Planeten verlassen hatte, konnte sie nicht an etwas Bestimmtem festmachen. Es war mehr eine innere Eingebung. Doch der erste Treffer war eine Fehlermeldung. Die KI überprüfte das Ergebnis mehrfach und kam zu dem Resultat, dass es sich nicht um die gesuchte Person handelte.

Du bist gut, dachte McCollin und meinte damit Hutson. Der Mann hatte es verstanden, seine Spuren zu verwischen. Nach einem weiteren Tag hatte Karl die Suche ohne Ergebnis abgeschlossen. Isabelle hatte getan, was in ihren Möglichkeiten lag und wollte schon aufgeben, da kam ihr ein Gedanke.

»Karl, gab es in der vorgegebenen Zeit andere Raumschiffe, die von der Planetenoberfläche ins All gestartet sind?«

»Die Flugsicherheit hat in der Woche 231 Flüge registriert.«

»Auf den Schirm«, verlangte die Kommissarin und ging jeden einzelnen Start durch. Dann sortierte sie alle Flüge aus, die nicht in Frage kamen. Sollten sich die übrig gebliebenen als ergebnislos herausstellen, konnte Isabelle sie immer noch in die Nachforschungen einbeziehen. Am Ende waren es keine zwanzig Starts, die als potenzielle Treffer blieben.

»Karl, untersuche die Flüge. Verfolge jeden einzelnen und greife auf die Protokolle der Raumschiffe zu. Ich will wissen, wer und wann an Bord eines Schiffes gegangen ist, und warum das nicht auf dem offiziellen Weg geschah.«

Die Kommissarin hatte Lunte gerochen und in ihren Augen loderte das Feuer der Erregung. Jetzt war sie in ihrem Element. Wie im Rausch starrte sie stundenlang auf die VID Aufnahmen, die im Schnelldurchlauf an der gegenüberliegenden Wand abgespielt wurden. Daneben hing das Gesicht von Hutson in Großaufnahme. Immer wieder stoppte die Aufzeichnung und die Software verglich die Gesichtspartien genauer. Doch auch hier gab es keine Übereinstimmung.

Wo steckst du?, dachte Isabelle und nahm sich erneut die Shuttlestarts vor, die sie zuvor aussortiert hatte. Bei einem wurde die Ermittlerin stutzig. Das Protokoll hatte nur einen Fluggast. Diesen hatte sie bereits überprüft und er war der, der er vorgab, zu sein. Dennoch störte sie das Ziel des Fluges. Warum flog ein gut betuchter Immobilienmakler zu einer Wartungsplattform? Und warum dockte der Shuttle nur wenige Minuten an? Aber vor allem, warum war der Makler wenig später wieder auf dem Planeten gelandet?

»Karl, untersuche Flug G45Z34. Suche nach allen Unregelmäßigkeiten. Ich will alles über den Besitzer des Shuttles wissen. Welche Beziehung hat er zu der Wartungsplattform? Gibt es eine Verbindung zwischen dem Makler Samuel Ahabi und Cliff Hutson?«, befahl die Kommissarin der KI aufgeregt. Wenn man nur lange genug suchte, fand man immer etwas. Das war eine der ersten Regeln, die Isabelle McCollin in ihrer Ausbildung zur Agentin gelernt hatte. Ihr Vater hatte immer zu ihr gesagt: »Wenn du nichts findest, grab tiefer. Wenn du immer noch nichts findest, grab noch tiefer.«

»Daten ausgewertet«, unterbrach Karl die Gedanken der Ermittlerin, die voller Spannung auf das Ergebnis wartete. »Samuel Ahabi hat den Shuttle alleine betreten. Außer ihm befand sich nur der Pilot, der eine knappe Stunde zuvor den Shuttle betreten hatte, an Bord. Die Kameraüberwachung ist auf dem Landeplatz unzulänglich und lässt keine Gesichtserkennung zu. Anhand des gespeicherten Bewegungsmusters von Cliff Hutson, könnte es sich bei dem Piloten um den Gesuchten handeln. Die Wahrscheinlichkeit liegt bei 84 Prozent. Es gibt auch eine Verbindung zwischen Hutson und Ahabi. Hutson hatte für einige Wochen den Personenschutz des Maklers übernommen.«

»Und?«, fragte sie ungeduldig, als die KI die Ausführungen nicht fortführte.

»Das ist alles.«

»Wie, das ist alles? Was ist mit der Plattform? Wer ist von Bord gegangen? Was hat Ahabi damit zu tun?«

»Die Wartungsplattform ist im Besitz des Maklers. Es existieren keine Aufnahmen, die ausgewertet werden können.«

»Was ist passiert, als der Shuttle wieder auf dem Planeten gelandet ist?«

»Samuel Ahabi ist ausgestiegen und in sein Büro gefahren.«

»Mein Güte!«, rief McCollin aufgeregt. Dann rief sie sich wieder in Erinnerung, dass sie es nur mit einem

Computerprogramm zu tun hatte. Einem recht hoch entwickelten, aber dennoch nur einem Programm. Anders als auf Kriegsschiffen, reagierte die KI des Zentralrechners des Hauptquartiers lediglich auf Anweisungen. Selbstständiges Handeln war nicht erwünscht. »Wann ist der Pilot ausgestiegen?«, wollte die Kommissarin wissen.

»Nicht an den nächsten beiden Tagen. Länger habe ich das nicht beobachtet.«

»Ha!«, rief McCollin aus und sprang auf. »Hab ich dich!« Sie ging zur Wand und starrte auf ein Standbild der Plattform.

»Haben in der nächsten Zeit andere Schiffe die Wartungsplattform angeflogen oder hat sich die Plattform einem Schiff genähert?«

»Beides. Es gab eine Materiallieferung und der Frachter LIMBUS hat die Plattform zu Wartungszwecken angefordert. Es gab Probleme mit einer Frachtluke.«

»Wer ist der Captain der LIMBUS? Was haben wir über ihn?«

Karl brauchte nur den Bruchteil einer Sekunde um die Akte anzuzeigen. Captain Mat McDonald kommandierte den Frachter für den Sunrise Holding Konzern seit mehreren Jahren. Interessanter war jedoch die Tatsache, dass McDonald früher Pilot bei der Space Navy war.

»Ja«, flüsterte die Kommissarin, »jetzt hab ich dich, Hutson. Du bist gut, keine Frage, aber ich bin besser. Schlau, wirklich schlau, dir von einem alten Kameraden helfen zu lassen. Er war dir sicher noch etwas schuldig«, dachte Isabelle laut. »Karl, verfolge die Route des Frachters und suche Unregelmäßigkeiten in der Passagier- und Mannschaftsliste.«

»Daten ausgewertet. Die LIMBUS hat einen Techniker zu viel an Bord. Einen gewissen Darius Drooger. Es gibt keine Aufzeichnungen, wann der Mann angeheuert hat. Die Sunrise Holding hat auch niemanden mit diesem Namen auf der Gehaltsliste.«

»Wann und wo ist Drooger von Bord gegangen?«

»Der Techniker verließ das Schiff auf Umbo III und ist nicht wieder an Bord gekommen.«

»Greife auf die Überwachungsdaten zu und mache den Aufenthaltsort von Darius Drooger aus.«

Kapitel 12

Zeit: 1032

Ort: Kronos-System, Planet: Umbo III, Ort: Feen

Higgens betrat das hohe Glasgebäude und wurde direkt in der Empfangshalle vom hauseigenen Sicherheitspersonal abgefangen.

»Sir, dürfte ich Ihren Ausweis sehen? Hier haben nur Bewohner oder angemeldete Besucher Zutritt«, sprach ihn einer der drei stämmigen Wachleute an.

»Mein Name ist Commander Higgens. Ich bin im Auftrag Ihrer Majestät hier. Ich möchte zu Mr. Drooger«, stellte Higgens sich vor. Das mit der Majestät stimmte zwar so nicht, war aber auch nicht gelogen. Koslowski hatte erwähnt, dass die Imperatrix auf einer Aufklärung des Falls bestand. Da der Direktor auf direkten Befehl der Kaiserin handelte, galt das auf indirekte Weise auch für ihn.

»Haben Sie einen Termin bei Mr. Drooger? Ich habe keinen Eintrag dazu«, sagte der Sicherheitsmann, der ihn angesprochen hatte. Seine beiden Kollegen positionierten sich langsam zur linken und rechten Seite von Higgens.

»Nein, habe ich nicht. Aber wie gesagt, ich bin im Auftrag ihrer kaiserlichen Majestät hier. Das sollte Ihnen reichen«, antwortet der Commander und wusste, was gleich passieren würde. In Gedanken ging er die nächsten Sekunden durch.

»Hören Sie, auch wenn Sie die Kaiserin persönlich wären, hier haben nur Personen Zutritt, die hier wohnen oder einen Termin haben. Da Sie weder das eine tun noch das andere haben, fordere ich Sie auf, das Gebäude zu verlassen.« Der Wachmann legte seine Hand lässig auf seinen Schlagstock, der links im Hüftgürtel steckte. Seine beiden Kollegen folgten dem Beispiel.

»Ist das euer Ernst?«, versuchte Higgens, das Unvermeidliche noch zu verhindern. Tief in seinem Innern wünschte er, dass der Wachmann es sich nicht anders überlegen würde. Die letzten Wochen waren anstrengend gewesen und es hatte sich eine Menge an Aggressionen in ihm aufgestaut.

»Ich fordere Sie zum letzten Mal auf, verlassen Sie unverzüglich das Gebäude«, gab der Sicherheitsmann nicht nach und zauberte damit ein Lächeln auf die Lippen des Soldaten. *Entweder die sind blöd oder blind oder beides*, dachte der Commander. Niemand, der an seiner Gesundheit interessiert war, legte sich freiwillig mit einem Special Trooper an und ein Blick auf seine Uniform sagte jedem, in welcher Einheit er diente.

Ohne Vorwarnung packte Higgens den Rädelsführer am Kragen und zog den völlig überraschten Mann mit einem kräftigen Ruck zu sich herüber. Die Nase des Wachmanns zertrümmerte auf der Stirn des Commanders. Noch bevor Higgens einen Blutspritzer abbekommen konnte, stieß er den Mann von sich. Benommen taumelte der Verletzte nach hinten. Seine Kollegen hatten es in der Zwischenzeit geschafft, ihre

Schlagstöcke zu ziehen, und griffen simultan an. Higgens duckte sich unter einem Schlag weg und fing den Stock des zweiten Mannes mit der Hand ab. Mit einem beherzten Tritt in die Kniekehlen brachte er diesen zu Fall und verpasste ihm auf dem Weg zum Boden einen Faustschlag ins Gesicht. Deutlich spürte der Commander, wie dessen rechtes Jochbein unter seinem Schlag nachgab. Bewusstlos sackte der Angreifer zusammen. Jetzt blieb nur noch einer über. Higgens fackelte nicht lange und streckte den Verbliebenen mit einem einfachen Roundhouse-Kick nieder. Seine verstärkte Muskulatur schleuderte den Wachmann mehrere Meter durch die Empfangshalle. Achtlos schritt der Soldat an den jammernden Gestalten vorbei und hielt auf den Pförtner zu, der sich hinter seinem Tresen versteckt hatte. Higgens betätigte die kleine Glocke, die vor ihm stand und einen leisen hellen Ton von sich gab. Langsam kam ein Mitte 50-jähriger Mann zum Vorschein und hielt die Hände nach oben, als ob er mit einer Waffe bedroht würde.

»Nehmen Sie die Hände runter«, forderte er den Pförtner auf. »Ich tue Ihnen nichts. Es sei denn, Sie versuchen, mich aufzuhalten.«

Der Hausangestellte schüttelte verängstigt den Kopf.

»Gute Entscheidung. Wo finde ich das Apartment von Mr. Darius Drooger?«

»Das darf ich Ihnen nicht sagen«, stammelte der Pförtner. »Und außerdem habe ich die Polizei gerufen. Sie wird jeden Moment hier sein«, schob er schnell hinterher.

»Sehen Sie die Wachleute hinter mir?«, fragte Higgens unbeeindruckt und zeigte mit dem Daumen über seine Schulter.

»Ja.«

»Möchten Sie sich zu denen gesellen?«

»Nein.«

»Dachte ich mir, und nun geben Sie mir das Stockwerk und die Apartment-Nummer.«

Der Mann schaute auf seinen Monitor, den Higgens nicht sehen konnte, da er hinter dem Tresen verborgen war.

»Oberstes Stockwerk, Apartment A7-3.«

»Danke«, sagte der Commander höflich und drehte sich Richtung Aufzüge. »Ach ja,«, fiel ihm noch ein, bevor er ging, »sagen Sie der Polizei, sie soll die drei Männer unter Arrest nehmen.«

»Was? Warum?«, rief der Pförtner erschrocken aus und starrte den Commander an.

»Wegen Angriffs auf einen hohen Offizier und wegen Behinderung eines Gesandten der Kaiserin«, antwortete Higgens und stieg in den Aufzug.

Der Antigravitationsschacht hielt in der 52. Etage und der Teamleader der Special Trooper Einheit begab sich nach rechts. Im Aufzug hatte er den Lageplan studiert und fand schnell das gesuchte Apartment. Er wollte gerade den Türsummer betätigen, da glitt das schwere Panzerschott plötzlich zur Seite.

»Kommen Sie herein, Commander Higgens«, rief ihm eine Stimme aus dem Inneren zu.

Irritiert betrat der Offizier die Suite. Ein langer Flur führte ihn direkt in einen riesigen Wohnraum, der von drei Seiten mit Fensterscheiben umgeben war. Die Glasscheiben reichten vom Boden bis zur Decke und boten einen beeindruckenden Ausblick auf die Skyline von Feen. Es dämmerte bereits und die vielen Lichter wirkten fast magisch. Higgens schaute sich um und entdeckte Hutson auf einem Sofa, das sehr bequem aussah. Vor sich auf dem Tisch stand ein Glas mit einer rötlichen Flüssigkeit und der Commander musste nicht lange raten, um zu wissen, was sich in dem Glas befand. Hutson stand auf und beachtete den Commander kaum. Anstatt ihn richtig zu begrüßen, ging er an ihm vorbei zu seiner Wohnküche, die aussah, als sei sie noch nie benutzt worden. Der Ex-Soldat griff in die Kühleinheit und brachte zwei kleine Flaschen zum Vorschein.

»Wasser oder kalte Limonade?«, fragte er. »Etwas anderes Alkoholfreies habe ich leider nicht im Haus«, entschuldigte sich der ehemalige Elitesoldat. Hutson kam gar nicht auf die Idee, dem Commander einen Drink anzubieten. Er selbst hatte nie im Dienst getrunken und konnte sich nur schwer vorstellen, dass der Offizier es anders hielt.

»Wasser«, sagte Higgens nur knapp und schaute sich weiter in dem Luxusapartment um. Dem Computerspezialisten schien es recht gut zu gehen. Teurer Marmor zierte den Boden und es waren kunstvolle Muster aus edlen Materialien eingearbeitet. Die Couch roch nach echtem Leder, was ein Zeichen dafür war, dass sie noch recht neu sein musste. An den Wänden hingen teure Bilder. Jedenfalls nahm Higgens an, dass sie teuer gewesen sein mussten, auch wenn er nichts von Kunst verstand.

Hutson, alias Drooger kam zum Commander und drückte ihm ein Glas Wasser in die Hand.

»Wollen Sie sich setzen?«, bot er ihm an. Doch Higgens schüttelte mit dem Kopf.

»Ich stehe lieber«, schlug er das Angebot aus und ließ den Soldaten nicht aus den Augen.

»Dachte ich mir schon«, antwortete Cliff und nahm auf der Couch Platz. »Was kann ich für Sie tun, Commander? Sie haben sich viel Mühe gemacht, mich aufzuspüren, und ich bin brennend daran interessiert, wie es Ihnen gelungen ist.«

»Betriebsgeheimnis«, grinste Higgens.

Hutson lächelte. Er hatte nicht damit gerechnet, dass der Offizier es ihm verraten würde. Auch wenn es im Grunde ärgerlich für ihn war, denn er hatte gedacht, seine Spuren perfekt verwischt zu haben.

»Okay, Sie haben mich gefunden. Was wollen Sie von mir? Ich bin mir keiner Schuld bewusst. Oder irre ich mich?«

»Sie meinen, ob Sie etwas angestellt haben? Nein, nicht dass ich wüsste.«

»Dennoch sind Sie hier. Es muss wichtig sein, ansonsten hätten Sie die drei Sicherheitsleute nicht krankenhausreif geprügelt.«

»Ach die! Die waren keine besonders große Herausforderung«, grinste Higgens.

»Das stimmt wohl, vor allem nicht für einen Special Trooper. Es ist eben schwer, gutes Personal zu bekommen. Aber lassen wir die Spielchen, Commander, was wollen Sie von mir.«

»Ganz einfach - Sie.«

»Mich?«

»Ja, ich möchte Sie in meinem Team haben. Ich möchte, dass Sie wieder in den Dienst der Kaiserin treten und als Special Trooper dienen.«

Hutson lachte laut auf und wischte sich Tränen aus den Augen, die nicht da waren.

»Das kann unmöglich Ihr Ernst sein. Warum sollte ich das tun? Sehen Sie sich um. Alleine diese Suite kostete mehr als ich in meinem ganzen Leben bei den Troopern verdienen könnte. Sorry, Commander, wenn das Ihr Anliegen ist, dann waren Ihre Bemühungen vergebens.«

»Ich glaube nicht. Sagen Sie, Hutson, wann haben Sie das letzte Mal diese Wohneinheit verlassen?«

»Ich wüsste nicht, was das damit zu tun haben soll.«

»Ich denke, eine ganze Menge. Für mich sieht es aus, als wären Sie auf der Flucht. Der ganze Aufwand, den Sie betrieben haben, um von der Bildfläche zu verschwinden. Da muss etwas dahinter stecken, das Ihnen eine Scheißangst macht.«

»Selbst wenn es so wäre, ich bin hier völlig sicher.«

Jetzt lag es an dem Commander, laut zu lachen, was ihm echte Tränen bescherte.

»Sicher? Wenn ich Sie finden konnte, dann können das andere auch. Und wenn Sie sich auf diese drei

Clowns aus der Lobby verlassen möchten, dann bitte sehr.«

Hutson dachte angestrengt nach und konnte die Argumentation von Higgens nicht von der Hand weisen. Früher oder später würden sie ihn finden, das war sicher. Später würde ihm allerdings besser gefallen.

»Ich kann ganz gut auf mich selbst aufpassen«, versuchte er es noch einmal.

»Das glaube ich Ihnen aufs Wort. Aber ein ganzes Special Trooper Team kann das auf alle Fälle besser. Was ist passiert, Hutson, warum sind Sie untergetaucht?«

Der Ex-Elitesoldat rieb sein Kinn und focht einen inneren Kampf mit sich aus. Konnte er dem Commander trauen?

»Warum ich?«, wollte er zunächst wissen, bevor er den Offizier einweihen würde.

»Weil Sie einer der Besten sind. Ganz einfach, und weil Ihr Profil dem entspricht, was ich suche.«

»In Ordnung, Commander. Vor ein paar Monaten, ich befand mich noch auf Jutha, wurde ich für einen Job angeheuert«, Cliff stoppte und schauten dem Commander tief in die Augen, »ich kann mich darauf verlassen, dass alles, was ich sage, diesen Raum nicht verlässt?«

»Selbstverständlich«, nickte Higgens und meinte es auch so. Was immer Hutson ihm jetzt erzählte, er würde es für sich behalten. »Aber sollte mir nicht gefallen, was Sie mir erzählen, behalte ich mir das Recht vor, mein Angebot zurückzuziehen.«

»Das ist nur fair. Also, vor ein paar Monaten wurde ich angeheuert. Ich mache manchmal auch ein paar Dinge, sagen wir es einmal so, die vielleicht nicht ganz legal sind. Ich sollte mich in ein Überwachungssystem hacken und die Kameras lahmlegen. Zunächst dachte ich, es würde sich nur um einen normalen Raubzug handeln, darum nahm ich den Job an. Die Bezahlung war verdammt gut. Nachdem der Kontakt hergestellt war, kam es zu einem ersten Treffen. Und da habe ich erfahren, worum es wirklich ging. Ich sollte mich in eine Hotelanlage hacken, und es ging um Entführung und Geiselnahme. Aber so einen Scheiß mache ich nicht. Ich meine, ein paar reiche Schnösel um ihren Schmuck und ein bisschen Bargeld erleichtern, okay. Aber Entführung, Geiselnahme? Nein, damit wollte ich nichts zu tun haben.«

Bei dem Commander klingelten die Alarmglocken. Das konnte unmöglich Zufall sein.

»Also sind Sie ausgestiegen?«, fragte er nach.

»Ja. Das heißt, ich habe es versucht. Mein Auftraggeber war von der Idee wenig begeistert. Immerhin kannte ich bereits einen Teil des Plans. Er schickte mir zwei seiner Männer auf den Hals.«

»Und?«

»Ich habe mich um sie gekümmert. Aber das waren keine Anfänger, das waren Profis. Wissen Sie, Commander, der Anführer von denen ist ein richtig brutales Schwein, und ich war mir sicher, er würde mehr Männer schicken und nicht aufhören, bis sie mich erledigt hatten. Darum plante ich meine Flucht und bin untergetaucht.«

Higgens wusste genau, was Hutson meinte, als er sagte, er habe sich um die Männer, die ihm die Terroristen auf den Hals geschickt hatten, gekümmert.

»Was ist mit den Leichen?«, fragte der Commander geradeheraus.

»Was soll mit ihnen sein?« Hutson verstand die Frage nicht.

»Könnten die zu einem Problem werden? Kann man Sie damit in Verbindung bringen, wenn jemand die Todesfälle genauer untersucht?«

»Nein.«

Higgens dachte einen Moment intensiv nach. Es gefiel ihm nicht, dass Hutson in kriminelle Machenschaften verwickelt war. Immerhin schien er etwas wie ein Gewissen zu haben und ließ die Finger von den dicken Dingern. Er nahm einen Schluck Wasser und musste zugeben, dass fast alle seine Teammitglieder irgendwelche krummen Sachen am Laufen gehabt hatten. Unter normalen Umständen hätte er keinen von ihnen ausgewählt, nicht einmal Murphy, obwohl er ihn am ehesten als Freund bezeichnete. Aber der Sprengstoffexperte war unberechenbar. Doch er musste nehmen, was er kriegen konnte und unter den ganzen Kandidaten hatte er diejenigen ausgesucht, die noch am wenigsten Dreck am Stecken hatten. Außer Goes, der war schon ein anderes Kaliber. Waffenschieberei war kein Kavaliersdelikt.

»Also gut«, begann Higgens und erzählte dem Computerspezialisten alles über die Geiselnahme auf Primus Prime.

»Hört sich ganz nach den Typen an, die mich angeworben hatten. Wäre auch ein zu großer Zufall, sollte es sich dabei um eine andere Gruppe handeln. Und die sind alle tot?«

»Ja.«

»Ein Grund mehr, mir keine Sorgen mehr zu machen. Was sollte mich jetzt noch dazu bewegen, wieder zu den Special Troopern zu wechseln? Die Typen stellen keine Gefahr mehr für mich da.«

»Die vielleicht nicht, aber die Drahtzieher konnten bisher nicht ermittelt werden. Soweit ich weiß, gehen die Terroristen davon aus, dass sie verraten wurden«, log der Commander. »Ich kann mir gut vorstellen, dass die Hintermänner Sie für einen möglichen Kandidaten halten. Was denken Sie?«

»Verdammt«, fluchte Hutson und kratzte sich am Kopf. »Das scheinen einflussreiche Leute zu sein.«

»Davon können wir ausgehen. Hutson, ich gebe Ihnen die Chance, sich nicht mehr verstecken zu müssen. Keiner legt sich mit einem ganzen Trupp Special Trooper an. Bei uns sind Sie sicher und außerdem haben Sie die Möglichkeit-, vom Gejagten zum Jäger zu werden, denn das wird es sein, was wir tun werden. Unsere Mission besteht darin, den Hintermännern das Handwerk zu legen. Also, sind Sie dabei?«

Higgens hatte den Mann fast, das konnte er dem Ex-Soldaten ansehen. Es fehlte nur noch ein kleiner Ruck.

»Wie lange habe ich Bedenkzeit?«, fragte Hutson und kratzte sich erneut am Kopf.

»Ich gebe Ihnen zehn Sekunden«, grinste der Commander und zählte im Sekundentakt mit den Fingern den Countdown stumm herunter.

»Ach Scheiße, Commander!«

Doch Higgens zählte unbeirrt weiter und es waren nur noch drei Finger übrig, bis die Frist abgelaufen wäre.

»In Ordnung«, sagte Hutson. »Sie haben mich. Ist sowieso scheiß langweilig geworden. Ehrlich gesagt, habe ich keine Lust mehr, mich ständig umzusehen und über die Schulter zu schauen. Ich bin dabei.«

»Dann willkommen im Team, Special Trooper Cliff Hutson«, lächelte Higgens und hielt dem reaktivierten Soldaten die Hand hin, die dieser ergriff und schüttelte.

»Ich werde das bestimmt bereuen«, murmelte Hutson. »Warten Sie einen Moment, ich pack noch ein paar Sachen zusammen.« *Ich werde das sowas von bereuen*, dachte er. Hutson schnappte sich eine Tasche und suchte ein paar Sachen zusammen. Auf dem Tisch lagen mehrere VID-Folien, die er schnell zusammenschob und einpackte. Auf einer war gerade zu sehen, wie die Polizei das Gebäude betrat und der Pförtner hektisch auf die Beamten einredete.

Kapitel 13

Zeit: 1032

Ort: Frabak-System, Planet: Himpal, Hauptquartier IGD

»Karl, gib mir eine Liste der Personen, die von den Reiseplänen von Direktor Koslowski gewusst haben oder hätten wissen können«, wies Kommissarin McCollin die KI an. Es dauerte ungewöhnlich lange, bis der Computer die gewünschten Namen auflistete. Zu Isabelles Freude war der Personenkreis sehr eingeschränkt und es standen nur sechs Namen an der Wand.

»Welche davon wussten es sicher und wer von ihnen hätte es wissen können?«

Die KI teilte die Liste in zwei Spalten und schob einen Namen auf die rechte Seite. Natürlich war Koslowskis Name unter denjenigen, die sicher von seiner Reise wussten. Isabelle war Profi genug, um den Direktor nicht aus dem Kreis der Verdächtigen zu streichen. Dass der Chef des imperialen Geheimdienstes etwas mit der Sache zu tun hatte, war äußerst unwahrscheinlich. Immerhin war er das Opfer gewesen. Aber die Ermittlerin würde eine Beteiligung erst ausschließen, wenn sie dafür Beweise hatte. Konzentriert betrachtete sie die Namen. Zwei kannte sie persönlich und konnte sich nur schwer vorstellen, dass einer der beiden die undichte Stelle war, wenn es denn überhaupt eine gab. Trotzdem blieben es Verdächtige.

Isabelle hatte tief gegraben und seit Wochen tausende Dateien durchwühlt, hunderte Stunden VID Material gesichtet und war im Grunde genommen nicht sehr viel weiter gekommen. Sie musste unbedingt den Maulwurf ausfindig machen. Nur so hatte die Ermittlerin eine Chance, den Drahtziehern auf die Schliche zu kommen.

»Wie lange liegt der erste Vermerk zurück, dass der Direktor verreisen wollte bis zu seiner tatsächlichen Abreise?«

»Zwölf Tage«, antwortete die KI sofort.

»Zeige mir alle Nachrichten von den Personen auf der Liste, die das Hauptquartier in diesem Zeitraum verlassen haben.«

Eine wesentlich längere Liste erschien an der Wand und McCollin stöhnte auf. Es würde eine ganze Weile dauern, bis sie jede einzelne Übermittlung überprüft hatte. Wenn Isabelle ehrlich war, versprach sie sich nicht viel davon. Es wäre zu einfach und sie konnte sich nicht vorstellen, dass jemand so dämlich war, aus dem Hauptquartier mit den Terroristen in direkten Kontakt zu treten. Dennoch begann die Kommissarin mit der Sisyphusarbeit.

»Zugriff verweigert«, meldete Karl, als McCollin die nächste Datei öffnen wollte. Sofort horchte sie auf. Das sollte nicht passieren, da sie extra für diese Untersuchung die höchste Sicherheitsstufe erhalten hatte.

»Wer hat die Datei erstellt?«

»Es tut mir leid. Die Information steht nicht zur Verfügung. Der Zugriff wird Ihnen verweigert.«

»Wer hat den Zugriff limitiert?«

»Zugriff verweigert.«

»Das ist aber merkwürdig«, dachte die Ermittlerin laut. »Das bedeutet, die Informationen liegen vor, aber du darfst sie nicht preisgeben?«, fragte Isabelle.

»Ihre Schlussfolgerung ist korrekt. Alle eingehenden und ausgehenden Nachrichten werden gespeichert. Ein Löschen ist nicht möglich. Aber sie können geschützt werden, wenn die entsprechende Berechtigung vorliegt.«

McCollin war sofort Feuer und Flamme. Der Maulwurf meinte also, er sei clever. *Nicht clever genug*, dachte die Ermittlerin. »Karl, streiche alle Namen auf der Liste, die nicht die Berechtigung haben, eine Datei derart zu schützen.«

Die KI tat wie befohlen und von den sechs blieben nur zwei übrig. Die Kommissarin lehnte sich in ihren Stuhl zurück und starrte auf die Liste. Sämtliche Farbe wich aus ihrem Gesicht. Das konnte einfach nicht stimmen. Was aber noch viel schlimmer war, es brachte sie einfach nicht weiter. Sie musste unbedingt mehr in Erfahrung bringen. Was beinhalteten die Mitteilungen und wohin sind sie gegangen?

»Karl, filtere alle Daten und behalte nur die Datensätze, deren Zugriff für mich gesperrt ist«, wies die Ermittlerin die künstliche Intelligenz an.

»Drei Datensätze entsprechen den Kriterien«, gab Karl bekannt.

»Sind sie alle vom selben Verfasser?«, fragte McCollin, doch die KI schwieg. »Ich habe gefragt, ob sie alle von derselben Person stammen.« Noch immer schwieg der Computer.

»Ich verstehe, du hast deine Anweisungen. Du sollst mir ja auch gar nicht sagen, wer dir die Anweisungen gegeben hat, nur, ob es immer ein und dieselbe Person war. Das dürfte nicht gegen deine Programmierung verstoßen.«

»Die Nachrichten wurden von einer einzigen Person verschlüsselt und codiert«, gab Karl nach erneuter kurzer Pause zu.

»Wurde dabei das gleiche Terminal verwendet?«

»Ja.«

»Haben die Mitteilungen alle den gleichen Bestimmungsort?«

»Ja.«

»Mhm«, dachte die Ermittlerin. Einer der beiden Namen, die in großen Buchstaben an der gegenüberliegenden Wand standen, war ihr gesuchter Mann. Doch ohne stichhaltige Beweise konnte sie keinen der beiden aufs Korn nehmen. Dann kam ihr eine Idee.

»Karl, wo befindet sich der nächste Bewahrer im Hauptquartier?«

»Ebene vier, Sektor A. Er nennt sich Nummer 9.«

»Danke«, sagte Isabelle und eilte aus ihrem Büro und dem Aufzug entgegen. Sie fand das Maschinenwesen dort, wo die KI es gesagt hatte. Mit einem mulmigen Gefühl trat sie näher an den Bewahrer heran. Sie hasste diese Wesen aus tiefster Seele. Das Maschinenvolk hatte so viel Leid über die Menschen gebracht, dass allein der Gedanke daran, einen von ihnen um Hilfe zu bitten, eine starke Übelkeit ihn ihr aufsteigen ließ. Doch Isabelle fasste all ihren Mut zusammen und schob ihre

Abneigung für ein paar Augenblicke zur Seite. Nur weil sie die Maschinen nicht leiden konnte, hieß es ja nicht, sie nicht für ihre Zwecke benutzen können.

»Guten Tag, Nummer 9«, sprach sie den Bewahrer an.

»Guten Tag, Kommissarin McCollin. Kann ich Ihnen behilflich sein?«

Es wunderte sie nicht, dass das Maschinenwesen ihren Namen kannte. Diese verfluchten Besetzer wussten einfach alles.

»In der Tat komme ich zu Ihnen, um Sie um Rat zu bitten.«

»Das ist sehr erfreulich und es wäre mir ein Vergnügen, Ihnen behilflich sein zu können.«

Die Ermittlerin trug ihr Anliegen vor und Nummer 9 erklärte sich bereit, Isabelle in ihr Büro zu folgen.

»Um diese Dateien handelt es sich?«, fragte der Bewahrer.

»Ja. Ich würde gerne den Inhalt lesen. Doch ich kann sie nicht öffnen. Ich weiß weder, von wem sie sind, noch wohin die Mitteilungen verschickt wurden.«

Das Maschinenwesen wirkte einen Moment abwesend, dann fokussierten sich seine mechanischen Augen wieder auf McCollin.

»Das ist recht seltsam. Es ist mir nicht möglich, die Daten zu entschlüsseln. Es handelt sich um eine sehr komplexe eins zu eins Verschlüsselung. Ohne die Gegenstelle ist da nichts zu machen. Aber ich kann Ihnen sagen, von welchem Terminal die Nachrichten verschickt wurden und wer der Empfänger war.«

»Das ist großartig! Das würde mir schon sehr helfen.«

»Die Eingabe erfolgte über das Terminal in der Ebene 63 Sektor C, Raum 390. Der Empfänger befand sich auf Phönix. Ich überspiele Ihnen die exakten Koordinaten.«

Sofort erhielt die Kommissarin die Information auf ihrem Terminal im Schreibtisch.

»Ich müsste Sie um noch etwas bitten. Es wäre sehr hilfreich, wenn dieses Gespräch unter uns bleiben könnte. Ich möchte den Verräter nicht frühzeitig aufschrecken.«

»Selbstverständlich«, bestätigte die Maschine und verließ die Ermittlerin wieder. Im Grunde interessierte sich der Bewahrer nicht für die Belange der Menschen. Er machte pflichtbewusst eine Meldung an sein Kollektiv und nahm seine Position in Ebene 4 wieder ein.

Isabelle blieb aschfahl alleine in ihrem Büro zurück. Sie wusste nun, wer der Verräter war, auch wenn sie es nicht wahrhaben wollte und alles infrage stellte, woran sie glaubte. Jetzt musste sie das nur noch beweisen. Sie brauchte den Decodierungsschlüssel und den konnte sie nur auf Phönix erhalten.

»Karl, sende Commander Higgens eine Nachricht. Er soll sich mit seinem Team auf der PEGASUS einfinden. Ich werde ihn dort treffen.«

Die KI reagierte sofort und führte den Befehl aus. Doch sie führte noch einen anderen Befehl aus und meldete den unerlaubten Zugriff auf die Dateien. Irgendwo im Hauptquartier blinkte eine kleine Lampe und informierte den Verräter darüber, was die Ermittlerin herausgefunden hatte.

Kapitel 14

Zeit: 1032

Ort: Boulder-System, an Bord der PEGASUS

Commander Higgens hatte sein Team in einem der vier Trainingsräume der PEGASUS versammelt und musterte einen nach dem anderen. Hinter den Elitesoldaten lagen jetzt mehrere Stunden harten Trainings und die Kleidung der Spezialisten war von Schweiß getränkt. Higgens kannte keine Gnade, wenn es um die Ausbildung seiner Männer ging. Völlig erschöpft schnaufte der eine oder andere und hielt sich die Hüften. Murphy, Hutson und Goes schienen topfit zu sein. Doch die anderen hatten mit dem Training schwer zu kämpfen.

»Auf, Jungs«, forderte der Commander sein Team auf. »Ich will noch mindestens zehn Runden sehen!«

Ein allgemeines Stöhnen ging durch die Reihen und Klausthaler brachte seinen Unmut durch die Verwendung von diversen Schimpfwörtern zum Ausdruck, die einem die Schamesröte ins Gesicht treiben konnten.

»Kommt schon! Keine Müdigkeit vortäuschen«, rief Murphy seinen Kameraden zu und übernahm die Spitze. In gemächlichem Joggingtempo setzte er sich in Bewegung und lief den etwa zwanzig Meter breiten und fünfzig Meter langen Raum an der Wand entlang. Er versicherte sich, dass ihm alle folgten, und erhöhte allmählich das Tempo. Wenig später kam er wieder an seinem Teamleader vorbei und grinste ihm frech ins Gesicht.

Dann zog er erneut etwas an und Klausthaler stolperte hinter ihm her. Higgens schüttelte mit dem Kopf. Es würde Monate dauern, aus diesem zusammengewürfelten Haufen eine gut funktionierende Kampfeinheit zu machen. Es war nicht fair, das wusste er. Die meisten waren seit Jahren außer Dienst und damit außer Form, doch darauf konnte er keine Rücksicht nehmen.

»Schneller!«, befahl er. »Nun legt euch mal ins Zeug!«

Das Schott öffnete sich und McCollin trat ein. Sie war erst vor ein paar Minuten eingetroffen und wollte keine Zeit verlieren.

»Kommissarin McCollin«, begrüßte Higgens die Ermittlerin und reichte ihr die Hand.

»Commander«, nickte sie ihm zu und nahm die dargebotene Hand. »Das ist also Ihr Team«, sagte sie und zeigte auf die Soldaten, die gerade an den beiden vorbei kamen. Klausthaler bildete mittlerweile das Schlusslicht und hinkte fast eine halbe Runde hinterher. Stannis und Juvis ließen sich ebenfalls zurückfallen und sprachen dem Sanitäter Mut zu. Doch dieser schien am Ende seiner Kräfte zu sein. Jetzt wurden auch die Vordersten immer langsamer und warteten auf die Nachzügler. Außer Goes, der unbeirrt seine Runden zog. Es bildete sich eine richtige Traube um Klausthaler und Higgens konnte zunächst nicht sehen, was da passierte. Die Traube setzte sich wieder in Bewegung und nahm an Tempo auf. Als die Truppe erneut an ihm vorbei zog, stieg ihm der unangenehme Geruch von Schweiß in die Nase. Isabelle zog ebenfalls die Nasenlöcher zu, lächelte aber.

Als Hutson vorbeikam, verdrehte er sich regelrecht den Hals nach der attraktiven Schönheit und wäre beinahe gestolpert, doch seine Kameraden zogen ihn einfach weiter mit sich.

»Was machen sie da?«, fragte die Kommissarin.

»Sie funktionieren als Einheit«, antwortete Higgens voller Stolz. »Special Trooper Klausthaler ist im Moment das schwächste Glied in der Truppe. Die anderen lassen ihn nicht zurück. Ich tippe darauf, dass sie ihn tragen.«

»Ihn tragen? Bei dem Tempo?«

»Sieht ganz danach aus.«

»Beeindruckend«, staunte McCollin und sah den Soldaten weiter zu, wie sie sich mit ihrem Kameraden abquälten.

»Da stimme ich Ihnen zu. Ehrlich gesagt, bin ich selber überrascht über den Teamgeist, der anscheinend bereits vorhanden ist.«

»Und was ist mit dem einen da vorne? Ich meine den, der da so alleine läuft?«

»Da arbeiten wir noch dran«, antwortete der Commander und verzog das Gesicht. Er hatte von Anfang an kein gutes Gefühl bei dem Waffenspezialisten gehabt. Nicht zum ersten Mal fragte er sich, ob die Entscheidung, Goes ins Team zu holen, die richtige war. »Was kann ich für Sie tun?«, wechselte Higgens das Thema und betrachtete die Kommissarin. Sie hatte die typische schwarze Uniform des Geheimdienstes an. Kleine goldene Knöpfe am Kragen wiesen sie als Kommissarin aus. Sie hatte die dunkelbraunen Haare zu einem einfachen Zopf nach hinten gebunden. Das brachte ihr hübsches Gesicht noch mehr zur Geltung. Die Uniform schmiegte sich an ihren wohlgeformten Körper und der Commander musste zugeben, dass diese Frau mehr als *nur* attraktiv war.

»Ich stehe vor einem Problem, wir stehen vor einem Problem«, verbesserte sich Isabelle.

»Meinen Sie mit wir uns beide oder betrifft es das ganze Team?«, fragte der Commander und zog eine Augenbraue nach oben.

»Es geht um unsere Mission.«

»Warten Sie einen Moment bitte«, sagte Higgens und rief durch die Halle: »Männer, alles antreten!«

Die Elitesoldaten trabten umgehend heran und stellten sich schwer keuchend in einer Reihe auf.

»Achtung!«, brüllte Higgens und das Team knallte mehr oder weniger die Hacken zusammen.

»Das«, er zeigte auf Isabelle, »ist Kommissarin Isabelle McCollin. Sie ist die Leiterin unserer Mission.«

Simultan führten die Männer die Hand zum militärischen Gruß. Hutson kam nicht darum herum, die Frau mit großen Augen anzustarren. Er war allerdings nicht der Einzige. Besonders der üppige Vorbau der Geheimagentin fand besondere Aufmerksamkeit bei den Soldaten.

»Wenn Sie dann alle damit fertig sind, meine Titten anzustarren, dürfen Sie sich rühren«, sagte Isabelle mit ernstem Gesicht.

Cliff Hutson bekam sofort rote Ohren und schaute verlegen auf den Boden. Auch seine Kameraden wandten endlich den Blick etwas höher und schauten der Missionsleiterin in die Augen. Higgens Mundwinkel zuckten leicht nach oben. Die Frau war tough, das musste er ihr lassen, und das war auch gut so. Sie würden eine Menge Zeit zusammen verbringen und es gefiel ihm, zu wissen, dass die Agentin mit solchen Situationen umgehen konnte.

»Ihr habt die Kommissarin gehört. Augen gerade aus! Rührt euch!«, befahl der Commander und stellte die Soldaten einen nach dem anderen vor. Isabelle kannte die Männer bisher nur von Fotos und natürlich deren Akten, die sie persönlich frisiert hatte. Höflich nickte sie jedem zu, wenn sein Name genannt wurde.

»Also gut. Ich werde Sie nun über unsere Mission aufklären. Der Commander wird Ihnen sicher berichtet haben, dass Terroristen versucht haben, den Direktor des Geheimdienstes zu entführen. Zum Glück konnte das durch das beherzte Eingreifen der Antiterroreinheit verhindert werden. Unsere Aufgabe ist es, die Hintermänner ausfindig zu machen, die den Auftrag erteilt haben und sie festzunehmen. Vorzugsweise lebend. Meine Ermittlungen haben mich zu einem kleinen Planeten im Boulder-System geführt. Das System liegt am Rande des Imperiums und es wird eine Weile dauern, bis wir dort ankommen werden. Das primäre Ziel der Mission ist es, die Drahtzieher zu verhaften. Sekundäres Ziel ist es, eines Dechiffrierungsschlüssels habhaft zu werden, mit dem Nachrichten aus dem Hauptquartier des Geheimdienstes entschlüsselt wurden. Wie es aussieht, gibt es eine undichte Stelle in unseren eigenen Reihen.«

»Sie sagten, wir hätten noch ein Problem?«, erinnerte Higgens die Agentin.

»Ja. Es missfällt mir, mit einem schweren Kreuzer der imperialen Space Navy in das System einzudringen. Das würde mit Sicherheit die Verbrecher aufschrecken, und wenn sie erst einmal untergetaucht sind, wird es unmöglich sein, sie aufzuspüren. Darum werden wir solange auf der PEGASUS bleiben, bis ich eine Lösung für das Problem habe.«

»Darf ich sprechen, Mam?«, fragte Hutson.

»Sicher, wenn Sie etwas dazu beitragen können? Ich bin für Vorschläge offen.«

»Ich habe da einen Kumpel. Der Captain eines Frachters, der für die Sunrise Holding fährt. Er schuldet mir noch einen Gefallen. Ich könnte ihn kontaktieren. Es ist nicht ungewöhnlich, dass Frachterkapitäne eigene lukrative Auftrage annehmen, wenn sie dafür am Gewinn beteiligt werden. Wenn der IGD den Mann gut bezahlt, wird er uns bestimmt hinbringen.«

»Das ist ein interessanter Vorschlag, Special Trooper Hutson. Sie können den Captain aus meinem Büro benachrichtigen. Ich verfüge über eine Kommunikationseinheit für die Nachrichtenbojen. Folgen Sie mir.«

McCollin verabschiedete sich von Higgens, drehte sich um und verließ die Trainingshalle. Hutson grinste, hob seinen Kopf und ging ihr hinterher. Murphy klopfte ihm auf die Schulter und flüsterte ihm ins Ohr: »Gute Jagd.«

»Die Show ist vorbei«, rief Higgens. »Ihr habt euch genug ausgeruht. Ich wollte zehn Runden sehen, habe aber vergessen, mitzuzählen. Also fangen wir von vorne an.«

Die Soldaten stöhnten auf und begannen widerwillig von Neuem zu laufen.

Was auch immer im Büro der Ermittlerin geschehen war, seit diesem Tag fühlte Hutson sich nicht mehr wohl, wenn McCollin in der Nähe war. Er vermied jeglichen Blickkontakt und sprach nur das Nötigste mit der Frau. Murphy bohrte und fragte ihn Löcher in den Bauch, doch der Computerexperte blieb stumm und war nicht willens, seinen Kameraden Bericht zu erstatten.

Es dauerte nur drei Tage, bis Captain Mat McDonald mit der LIMBUS eintraf. Hutson und der Frachterkapitän begrüßten sich wie alte Kumpels, was sie auch waren. Warum McDonald seinem Freund etwas schuldete, blieb deren Geheimnis.

Higgens ließ die Ausrüstung zusammenpacken und auf den Frachter bringen. Ebenso das Team, das sich schon freute, dass die Schinderei in den Trainingsräumen endlich ein Ende fand. Jedoch hatten sie die Rechnung ohne den Einfallsreichtum des Commanders gemacht. Da die LIMBUS keine wirkliche Fracht hatte, waren die Frachträume leer und Higgens nahm einen für sich und sein Team in Anspruch. Die nächsten drei Wochen, so lange würde der langsame Frachter zum Boulder-System brauchen, war dieser Raum das Zuhause der Special Trooper Einheit. Hier würden sie trainieren, essen und schlafen. Dem Commander blieben nur diese drei Wochen, um aus dem zusammengewürfelten Haufen eine eingeschworene Truppe zu machen. Er wollte die Zeit nutzen, so gut er konnte.

McCollin schaute von Zeit zu Zeit vorbei und begutachtete den Trainingsfortschritt der Soldaten. Es erstaunte sie sehr, wie ein paar Tage körperliche Betätigung bereits Wirkung zeigten. Die Soldaten sahen von Tag zu Tag fitter aus.

»Wie machen sie sich?«, fragte McCollin bei einem ihrer Besuche.

»Gut. Es wird langsam«, antworte Higgens. »Geben Sie mir ein Jahr und es wird eine der besten Special Einheiten, die es jemals gab.«

»Tut mir leid, Commander, die Zeit haben wir nicht. In vierzehn Tagen müssen sie einsatzbereit sein.«

»Das war auch nur eine rein rhetorische Feststellung. Die Männer sind gut und jeder wirklich ein Könner seines Fachs. Machen Sie sich keine Sorgen, wir werden bereit sein, wenn es soweit ist.«

»Ich mache mir keine Sorgen. Sie scheinen ein gutes Händchen bei der Auswahl gehabt zu haben und ich vertraue Ihnen. Der Direktor hätte keinen Besseren als Sie finden können.«

»Sie schmeicheln mir«, lächelte Higgens. »Wissen Sie schon, wie es auf Phönix weitergehen soll?«

»Im Großen und Ganzen, ja. Ich habe ein paar Koordinaten, die unser Ziel sein werden. Phönix ist nicht besonders dicht besiedelt. Der Planet besteht zu achtzig Prozent aus Sumpflandschaft. Es gibt nur wenige Siedlungen, die ein einigermaßen erträgliches Leben ermöglichen.«

»Ich habe das Exposé über Phönix gelesen und kann mir nur schwer vorstellen, warum jemand freiwillig dort leben sollte. Es ist heiß, es ist feucht und es ist stickig. Die Sümpfe erstrecken sich über tausende Quadratkilometer und sind kaum passierbar. Überall lauern Gefahren. Sei es von wilden fleischfressenden Tieren oder kleinen giftigen Insekten und Reptilien.«

»Das ideale Versteck für Terroristen?«, fragte Isabelle ironisch und zeigte dem Commander ein bezauberndes Lächeln.

»Wohl wahr«, schmunzelte er. »Sie sollten aber nicht immer so verführerisch lächeln«, ermahnte Higgens die Kommissarin mehr im Scherz. Es war seine Art Komplimente zu machen.

»Verführerisch? Ich?« McCollin lachte laut auf. Hutson, der keine fünf Meter neben den beiden auf dem Fußboden saß und seine Waffe zusammensetzte, blickte zu der Ermittlerin auf und verzog kurz das Gesicht. Dann konzentrierte er sich wieder auf seine Arbeit.

»Nicht, dass mir das etwas ausmachen würde. Ich bin dagegen immun.«

»Natürlich sind Sie das.«

»Wie dem auch sei. Meine Männer könnten es jedoch falsch verstehen und sich animiert fühlen, Ihnen den Hof zu machen. Das ist das Letzte, was ich in dieser Einheit gebrauchen kann. Ich möchte vermeiden, dass einer Mist baut, nur weil er Sie beeindrucken möchte.«

»Ihre Sorge ist unbegründet. Ich bin an niemandem aus Ihrem Team interessiert.«

»Das mag sein, das heißt aber nicht, dass es anders herum genau so ist.«

»Sie missverstehen mich. Ich bin allgemein nicht an Männern interessiert.«

»Oh«, sagte Higgens und musste schmunzeln. »Was dagegen, wenn ich das den Jungs mitteile?«

»Nein, wieso? Ich habe noch nie ein Geheimnis aus meiner sexuellen Ausrichtung gemacht.«

»Dazu haben Sie auch keinen Grund. Bleibt zu hoffen, dass niemand von meinen Männern Sie bekehren will.«

Jetzt lachte die Ermittlerin aus vollem Hals und ihr schossen Tränen vor Lachen in die Augen. »Sie gefallen mir, Commander. Ein Mann, ganz nach meinem Geschmack«, sagte Isabelle und schaute in das verdutzte Gesicht des Commanders. Er brauchte einige Sekunden, dann fiel er in das Lachen ein. *Er wäre eine Ausnahme wert,* dachte McCollin, behielt aber ihre Gedanken für sich.

Die nächsten Tage waren geprägt von harten Übungen. Higgens war beeindruckt von den Soldaten, die in so kurzer Zeit eine Beziehung zueinander aufbauten. Es ging ihm in erster Linie nicht darum, die Männer zu schleifen, sondern er wollte ein Gefühl der Zusammengehörigkeit ins Leben rufen, und das gelang ganz hervorragend. Die Männer fingen an, sich auch in der Freizeit miteinander zu beschäftigen. Sie redeten, spielten Karten, lachten und lernten sich näher kennen. Der Commander hielt sich meistens raus und ließ die Jungs machen. Nur einmal musste er eingreifen, als Murphy auf die Idee kam, ein Lagerfeuer in der Frachthalle anzuzünden.

Etwas über drei Wochen brauchte die LIMBUS um das Boulder-System zu erreichen und das Team war dabei, die Ausrüstung in den Shuttle zu verfrachten.

»Wer ist unser Pilot?«, fragte McCollin, die neben der Shuttlerampe stand und das Verladen beobachtete.

»Goes«, antwortete der Commander.

»Ich hatte auf Murphy getippt.«

»War auch mein erster Gedanke. Goes hat noch Probleme, sich vollständig in das Team zu integrieren. Irgendwie bleibt er immer ein wenig auf Abstand und die anderen spüren das. Es erhöht nicht unbedingt seine Beliebtheit. Murphy ist ein passabler Pilot, doch Goes ist der qualifiziertere Mann dafür. Das ist einer der Gründe, warum ich ihn im Team haben wollte. Er hat ein ausgesprochenes Talent, wenn es darum geht, mit Fahrzeugen umzugehen. Dabei scheint es ihm egal zu sein, ob er sich in der Luft oder am Boden aufhält. Hinzu kommen seine Fähigkeiten im Umgang mit den verschiedensten Waffengattungen.«

»Sie müssen sich nicht vor mir rechtfertigen, Commander. Ich kenne seine Akte und ich kann verstehen, warum Sie ihn ausgewählt haben. Dennoch steht es mir nicht zu, Ihre Entscheidungen zu beurteilen«, sagte die Kommissarin ernst und blickte Higgens fest in die Augen.

»Sehr diplomatisch ausgedrückt«, lächelte er zurück. »Lassen Sie uns an Bord gehen, die Jungs sind fertig.«

Der Shuttle war groß genug und bot jedem einen Sitzplatz. Die meisten saßen bereits und hatten die Sicherheitsgurte angelegt. Der Teamleader zeigte der Kommissarin ihren Platz und ging nach vorne zur Kanzel. Dabei folgte er Goes, der ebenfalls auf dem Weg ins Cockpit war. Auf dem Weg stoppte Murphy seinen Vorgesetzten.

»Mir gefällt das nicht. Ich meine, dass Goes den Shuttle fliegt. Irgendwie ist der komisch und ich bin mir nicht sicher, ob wir ihm vertrauen können.«

»Dir ist schon klar, das ich das gehört habe?«, fragte der Waffenexperte, der ebenfalls stehengeblieben war. Grinste Murphy aber frech an. »Keine Sorge, ich bringe uns schon heil hinunter. Weißt du, was mir nicht gefällt? Dass das ein ziviler Shuttle ist. Das bedeutet, keine Waffen und *das* gefällt mir überhaupt nicht.«

Der Sprengstoffexperte klappte die Kinnlade hinunter und es sah aus, als ob er einen Spruch loswerden wollte. Doch die Blicke von Higgens ließen ihn schweigen.

Die LIMBUS hatte eine Parkposition im Orbit von Phönix eingenommen und Kapitän McDonald verhandelte mit der Flugsicherheit und bot seine Dienste an. In der Zwischenzeit erhielt das Special Trooper Team Starterlaubnis und der Shuttle schob sich behäbig aus dem Hangar. Der Pilot steuerte das kleine Schiff weg vom Frachter und berechnete den Eintrittswinkel, um in die Atmosphäre des Planeten zu tauchen. Wenn seine Berechnungen stimmten, und das taten sie in der Regel, sollten sie in knapp einer Stunde die Zielkoordinaten erreichen, die McCollin ihm gegeben hatte. Sie wollten etwas abseits der größten Siedlung, Fort Lattery, landen und zunächst die Lage checken. Erst dann konnte das Team sein weiteres Vorgehen planen. Goes war noch immer verstimmt darüber, mit einem unbewaffneten zivilen Schiff zur Planetenoberfläche zu fliegen. Der Shuttle war langsam und reagierte nur träge auf seine Steuerkommandos. Mit einem Kampfboot wären sie schon längst unten gewesen. Die Landungsboote waren speziell für schnelle Atmosphäreneintritte konzipiert worden und konnten der enormen Hitze, die bei einem Eintritt entstand, besser widerstehen. Mit dem jetzigen Schiff war das nicht möglich und der Trooper musste einen flacheren Winkel nehmen, damit sie nicht verglühten.

Goes hatte den kritischen Teil gerade hinter sich gebracht, da schrillte plötzlich der Näherungsalarm. Routiniert überprüfte er die Anzeigen und suchte nach dem Hindernis, das den Alarm ausgelöst haben könnte.

»Scheiße«, fluchte er laut. »Scheiße, Scheiße, Scheiße.«

»Was ist los?«, brüllte Commander Higgens den schrillen Ton nieder und stürmte ins Cockpit.

»Raketenbeschuss!«, brüllte Goes zurück und zog den Shuttle in eine enge Linkskurve. Der Teamleader wäre fast gestürzt, konnte sich aber noch rechtzeitig mit beiden Händen am Rahmen des Schotts festhalten.

»Was? Von wo?« Die Stimme von Higgens überschlug sich.

»Keine Ahnung. Lange kann ich ihr nicht ausweichen. Sie wird ferngelenkt.«

Erneut vollzog der Pilot ein gewagtes Manöver und riss die Maschine steil nach oben. Die Rakete rauschte unter dem Schiff durch und beschrieb eine Kurve, um sich erneut auf den Shuttle zu stürzen.

»Murphy, beweg deinen Arsch hierher!«, schrie der Commander zu seinem Freund. Doch das war unnötig, denn der Trooper zwängte sich bereits an dem Teamleader vorbei, warf sich in den Sessel des Co-Piloten und stellte den Alarm aus, noch während er die Sicherheitsgurte anlegte. Verbissen beobachtete er die Rakete auf den Instrumenten, die ihrem Shuttle schon wieder sehr nahe kam.

»Commander, ich würde es begrüßen, wenn Sie sich wieder hinsetzen und anschnallen. Aber warten Sie das nächste Ausweichmanöver ab. Festhalten!«, brüllte Goes und merkte erst jetzt, dass er nicht mehr gegen den schrillen Alarmton anbrüllen musste. Er hatte sich so sehr auf die Instrumente konzentriert, dass ihm nicht aufgefallen war, dass Murphy den Ton bereits abgestellt hatte. Dann zog er das Schiff in eine enge Rechtskurve und drückte den Steuerstick ruckartig nach unten. Der Shuttle ging in einen steilen Sturzflug über.

»Das war knapp«, sagte Murphy und schaute zu seinem Kameraden hinüber. »Was soll ich machen?«, fragte er weiter.

»Keine Ahnung. Genieß die Aussicht von hier vorne. Solange du keine versteckten Waffen findest, mit denen wir die Rakete abschießen können oder ein paar Täuschkörper, kannst du rein gar nichts tun.«

Erneut raste der Sprengkopf auf sie zu. Goes war klar, dass er nicht ewig ausweichen können würde. Irgendwann würde ihn sein Glück verlassen. Er hämmerte auf die Steuerung ein und versuchte, die Maschine aus dem Sturzflug abzufangen. Fast hatte er es geschafft. Die

Rakete erwischte beinahe die Antriebssektion. Goes hatte darauf spekuliert, dass die heißen Abgase des Antriebs den Sprengkörper zur Detonation bringen würden. Das wäre immer noch besser als ein Volltreffer. Seine Gebete wurden zum Teil erhört und die Rakete explodierte keine fünf Meter hinter dem Shuttle. Leider war er mit dem Schiff nicht schnell genug aus der Gefahrenzone gekommen. Die Detonation griff auf den Antrieb über, die Hecksektion des Shuttles verging in einer gewaltigen Explosion und wurde herausgerissen. Alles innerhalb des Schiffs, was nicht befestigt war, flog durch die komplett fehlende Heckpartie nach draußen. Die Passagiere wurden kräftig durchgeschüttelt und McCollin knallte mit der rechten Schulter heftig gegen die Bordwand, was sie vor Schmerzen aufschreien ließ. Funken regneten von der Decke und aus einer geplatzten Leitung schoss heißes Hydrauliköl. Ansonsten verhielten sich die Soldaten ruhig. Sie hatten im großen Echsenkrieg gedient und kannten die Gefahr. Darum verfiel niemand in Panik. Für die Kommissarin galt das nicht. Krampfhaft hielt sie sich an ihrem Vordersitz fest. Ihr Atem ging schnell und Isabelle stand kurz vor einer Panikattacke.

»Beruhigen Sie sich«, funkte Stannis sie an, der neben ihr saß. »Hören Sie auf meine Stimme. Alles wird gut. Goes ist ein guter Pilot. Er wird uns heil hinunter bringen«, redete er weiter beruhigend auf die Ermittlerin ein. Über ihnen platzte eine weitere Leitung und heißes Öl ergoss sich über den Helm von McCollin. Entsetzt riss sie die Augen auf und versuchte hektisch, mit den gepanzerten Handschuhen das Schmiermittel vom Visier zu wischen, mit dem Ergebnis, dass sie gar nichts mehr sehen konnte.

»Hören Sie auf meine Stimme, Kommissarin. Das ist nur Öl. Die Kampfanzüge halten das spielend aus.« Jetzt zahlte es sich aus, dass der Commander darauf bestanden hatte, die Anzüge bereits anzulegen und die Helme zu versiegeln. »Atmen Sie langsam und tief durch die Nase ein. Lassen Sie die Luft langsam wieder aus den Lungen«, versuchte Stannis es wieder. Zur Unterstützung atmete er selber lautstark tief durch die Nase ein und wieder aus.

»Mach weiter«, sagte Klausthaler, der die Vitalwerte der Agentin überprüfte. »Es scheint zu wirken.«

»Commander, hinsetzen! Wir gehen runter!«

Higgens nickte und kämpfte sich durch den Qualm auf seinen Platz zurück. Vorsichtig schob er eine elektrische Leitung beiseite, aus der Funken sprühten. An seinem Sitz angekommen, legte er eilig die Sicherheitsgurte an. Ohne Antrieb sackte das kleine Schiff in die Tiefe.

»Was ist mit den Steuerdüsen?«, fragte Murphy.

»Ohne Antrieb?«, hielt Goes dagegen.

»Ich könnte die Energiezellen für die sekundären Systeme auf die Steuerdüsen umleiten.«

»Könnte klappen. Mach das!«

Der Trooper fummelte an der Konsole herum und leitete die gesamte Energie zu den verbliebenen Steuerdüsen um.

»Das wird nicht viel bringen. Du hast nur einen Versuch und ein paar Sekunden Schub. Nutze sie gut!«, sagte Murphy und zog seine Sicherheitsgurte fester. Schmerzhaft schnitten die Kunstfasern in sein Fleisch. Plötzlich ertönte ein Pfeifen.

»Sind das wir?«, fragte er knapp und Goes wusste sofort, was sein Kamerad meinte.

»Ja«, antwortete er und kämpfte mit dem Steuerstick. Die kleinen Tragflächen des Shuttles waren nicht für einen kontrollierten Gleitflug geeignet.

»Heilige Scheiße. Wir sind viel zu schnell«, fluchte Murphy.

»Erzähl mir was Neues«, blaffte Goes zurück und zog ebenfalls nochmals an seinen Gurten. »Das wird eine ordentliche Bruchlandung.«

»Die Imperatrix beschützt«, grinste der Sprengstoffexperte und sah gespannt aus dem Cockpit.

Der hat sie doch nicht mehr alle, dachte Goes und drückte die Taste für den Bordfunk.

»Die gute Nachricht, wir sind noch nicht tot. Die schlechte, wir werden es wahrscheinlich gleich sein. Alle für den Aufprall vorbereiten«, warnte er das Team und konzentrierte sich wieder auf den Absturz. Er wartete bis zur letzten Sekunde und zündete dann die Steuerdüsen. Der Shuttle wurde merklich abgebremst, stabilisierte sich für einen Moment und krachte in den Urwald. Goes hatte es geschafft, das Schiff einigermaßen in eine horizontale Lage zu bringen, und verwendete die Bäume, um ihren Flug weiter abzubremsen. Er betete zu allen Göttern, dass kein dickerer Baum dabei war, an dem der Shuttle zerschellen konnte. Immer wieder krachten Baumstämme gegen den Rumpf. Einer knallte auf die Scheibe des Cockpits, die unter dem enormen Aufprall nachgab und zersprang. Heißer Wind schlug den beiden Piloten entgegen und ein fauliger Geruch durchflutete den Shuttle. Der letzte Stamm schleuderte das Schiff um 180 Grad herum, dann sackte es mindestens zehn Meter nach unten und schlug auf dem sumpfigen Boden auf. Eine fast zehn Meter hohe Wasserfontäne schoss in den Himmel. Dann trat Stille ein.

»Status«, forderte Higgens über Funk im Teamkanal und löste seinen Gurt.

»Klar«, sagte Murphy.

»Klar«, gaben Stannis und Juvis ihren Status durch.

»Klar«, folgten Hutson, Goes und Kensing.

»Klar«, meldete auch Klausthaler. Die Statusmeldung der Ermittlerin blieb aus.

»Kommissarin McCollin?«, fragte Higgens mit sorgenvoller Stimme nach. Bekam aber keine Antwort.

»Klausthaler? Was ist mit der Kommissarin?«

Der Sanitäter griff über sein Anzugsystem auf die Werte der Agentin zu.

»Sie lebt und scheint unverletzt. Eine Prellung der rechten Schulter und eine Platzwunde am Kopf, das ist alles. Sie ist beim Aufprall bewusstlos geworden.«

Der Commander atmete erleichtert aus. Es grenzte an ein Wunder, dass sie es alle mehr oder weniger unverletzt überlebt hatten, wenn man von ein paar Prellungen absah.

»Hutson? Komm mal her«, rief Murphy aus dem Cockpit. »Dein Kumpel McDonald ist dran.«

Hutson stürmte nach vorne. Das waren gute Nachrichten. Er musste ihnen unbedingt ein zweites Shuttle schicken.

»Hier ist Cliff. Hörst du mich?«, sagte Hutson in die Funkanlage.

»Laut und deutlich. Meine Fresse, was für eine Show. Das sah ganz schön knapp aus von hier oben.«

»Bin ich froh, deine Stimme zu hören. Das kannst du laut sagen. Mat, wir brauchen deine Hilfe. Du musst... .«

»Sorry, Kumpel, aber ich muss gar nichts«, unterbrach ihn der Kapitän der LIMBUS.

»Was? Was soll das heißen?«

»Ist nichts Persönliches, Cliff, aber das Angebot war einfach zu gut, dass ich es hätte ausschlagen können.«

»Ich verstehe immer noch nicht. Du bist mir noch was schuldig. Erinnerst du dich?«

»Ach nun lass den Scheiß mit den alten Kamellen. Ich schulde dir gar nichts. Auf Jutha hast du deinen letzten Gefallen eingefordert, mein Freund. Wir sind quitt!«

»Du dreckige Ratte ...«, begann Hutson.

»Ach komm schon. Ein einziger Funkspruch hat mir mehr eingebracht, als ich in den nächsten zehn Jahren verdienen kann. Erspare mir also deine Beleidigungen. Aber um der alten Zeiten willen verrate ich dir noch etwas. Ich habe die Meldung rausgegeben, dass ihr abgestürzt seit und eure Position durchgegeben. Mehrere Shuttles sind zu euch auf dem Weg und ich wette, die sind kein Begrüßungskomitee. Wenn ich also du wäre, würde ich die Zeit lieber nutzen, um von dort zu verschwinden. Ihr habt etwa zwei Stunden Zeit, bis sie euch erreichen.«

»Ich bringe dich um. Ich schwöre, ich bringe dich um«, sagte Hutson. Seine Stimme bebte vor Wut.

»Kann es kaum erwarten«, spottete McDonald und kappte die Verbindung.

»So ein verfluchter Mist. Dieser dreckige Scheißkerl.« Der Trooper war außer sich vor Wut und wollte es einfach nicht wahrhaben, dass ihn sein Freund verraten hatte. Im Krieg hatten sie Seite an Seite gekämpft und zusammen allerhand brenzliche Situationen durchgestanden. Mehr als einmal hatte Cliff seinem Kameraden das Leben gerettet.

»Ich bringe den Scheißkerl um«, wiederholte er sich.

»Von mir aus, aber erst nachdem ich ihn umgebracht habe, danach kannst du mit ihm machen, was du willst«, warf Murphy ein.

»Hinten anstellen, ich mache ihn zuerst kalt«, hielt Goes dagegen, was ihm böse Blicke von seinen beiden Teammitgliedern einbrachte. »Ich sage euch was«, winkte Ashley beschwichtigend ab, »wenn wir den Mist hier hinter uns haben, legen wir das Schwein gemeinsam um. Doch nun sollten wir machen, dass wir hier rauskommen. Der Shuttle fängt an zu sinken. Wenn die Heckpartie unter Wasser gerät, saufen wir ab wie ein Stein.«

Hutson stellte sich kurz vor, wie sie gemeinsam McDonald vierteilten, und fand Gefallen an dem Gedanken. »Abgemacht«, sagte er und verließ das Cockpit, um den anderen Bescheid zu geben, damit sie sich beeilten.

Stannis und Juvis brachten gerade die bewusstlose Kommissarin nach draußen und Kensing warf einen Rucksack nach dem anderen hinaus, wo Klausthaler sie auffing. Fast die gesamte Ausrüstung war noch an Bord. Es hatte auch etwas Gutes, wenn der Vorgesetzte darauf bestand, Taschen immer sicher zu verstauen. Bis auf die Piloten waren alle draußen und hatten sich an Land begeben.

»Zeit zu gehen«, sagte Scott und öffnete seinen Gurt.

»Geh du schon mal voraus, ich komme nach«, antwortete Ashley mit schmerzerfüllter Stimme.

»Was ist los?«, fragte ihn sein Kamerad.

»Nichts weiter«, keuchte Goes kraftlos. »Es ist nichts, und nun sieh zu, dass du hier raus kommst. Die Mühle kann jeden Moment untergehen.«

Das Wasser war mittlerweile ins Innere gedrungen und das Schiff kippte langsam nach hinten. Sobald die Heckpartie die Oberfläche erreichte, würden die Wassermassen ungehindert in den Shuttle strömen und es innerhalb weniger Sekunden zum Sinken bringen.

»Vergiss es!«, antwortete der Co-Pilot und sah sich Goes genauer an. Ein zwei fingerbreiter Ast hatte sich in dessen linken Oberschenkel gebohrt. Der Aufprall musste gewaltig gewesen sein, dass er den Kampfanzug durchschlagen hatte. Murphy versuchte, den Sicherheitsgurt des Verletzten zu lösen.

»Vergiss *du* es! Das hab ich schon versucht. Die Verriegelung klemmt. Der Aufprall muss sie beschädigt haben.«

Immer mehr Wasser drang ein und reichte den Troopern bereits bis zu den Knöcheln. Der Shuttle ächzte und neigte sich mit einem Ruck nach hinten, blieb aber zum Glück erneut stehen.

»Bring dich in Sicherheit. Du kannst nichts für mich tun.«

»Ich hatte gesagt, vergiss es. Wir kommen hier beide raus.«

»Murphy, was ist da drinnen los? Kommt sofort heraus. Die Kiste säuft gleich ab«, funkte Higgens ihn an.

»Nicht jetzt, Boss, hab zu tun.«

Der Trooper überlegte fieberhaft und zerrte wie ein Wahnsinniger am Verschluss, doch dieser ließ sich einfach nicht öffnen.

»Was soll das, Scott? Seien wir ehrlich, ihr könnt mich doch so oder so nicht leiden. Ich bin halt kein Teamplayer. Rette wenigstens dich.«

»Was genau an *vergiss es* hast du nicht verstanden?«, erwiderte Murphy und zog sein Kampfmesser. Dann versuchte er, die Haltegurte zu durchtrennen.

»Die Fasern sind mit Panzercarbon verstärkt, mit deiner Picke hast du da keine Chance. Selbst eine Vibroklinge kommt da kaum durch.«

»Murphy!«, drang wieder die Stimme des Commanders aus dem Helmfunk. »Raus da! Jetzt! Das ist ein Befehl!«

Der Trooper steckte das Messer weg und ignorierte Higgens. Dann kramte er in einer seiner Taschen herum und brachte eine kleine Tellersprengladung zum Vorschein. Die Sprengkapsel war nur wenige Millimeter dick und hatte einen Durchmesser von vier Zentimetern. Er zog den Klebestreifen auf der Rückseite ab und klebte die Ladung auf den Kreuzverschluss der Gurthalterung, die in Höhe des Brustkorbs von Ashley lag.

»Jetzt willst du es also selbst erledigen«, witzelte Goes und fing an, zu husten.

»Pass auf. Dein Anzug hat die Wunde bereits versorgt und die beschädigte Stelle versiegelt. Sauerstoff haben wir für mindestens eine halbe Stunde. Wir warten, bis der Shuttle mit Wasser vollläuft und dann zünde ich die Ladung. Das Wasser sollte die Sprengung abmildern. Wenn du frei bis, ziehe ich dich raus und wir schwimmen nach oben.«

»Sollte?«

»Eine andere Option haben wir nicht.«

»Du wirst mir ein Loch in die Brust sprengen!«, beschwerte sich Goes und verzog bei dem Gedanken das Gesicht.

»Nein, werde ich nicht«, sagte Murphy bestimmt und nach kurzem Zögern fügte er hinzu: »Na gut, vielleicht ein kleines.«

Der Pilot hatte keine Zeit mehr zu antworten, denn der Shuttle sackte nach hinten und die Heckpartie erreichte die Wasseroberfläche. Tausende Liter des brackigen Sumpfwassers strömten in das Innere.

Higgens stand mit weit aufgerissenen Augen am Ufer und musste ansehen, wie das kleine Schiff binnen Sekunden sank. Noch immer waren zwei seiner Männer an Bord. Murphy, der Idiot, hatte seinen Befehl verweigert und war untergegangen. Vorher hatte er noch die Meldung durchgegeben, dass Special Trooper Goes verletzt und eingeklemmt sei.

Blasen stiegen nach oben und zerplatzten an der Oberfläche. Nach dreißig Sekunden war von dem Shuttle nichts mehr zu sehen. Ein paar kleine Wellen zogen ihre Kreise, dann war es unerträglich still.

»Klausthaler?«, fragte der Commander und der Trooper trat zu ihm herüber. »Was sagen die Werte?«

»Das Wasser stört die Verbindung. Ich kann keine Werte empfangen.«

Higgens starrte noch fünf Minuten in den Sumpf und hoffte auf ein Wunder. Er konnte es einfach nicht akzeptieren. Sein Freund und Kampfgefährte, mit dem er so viel durchgemacht hatte, Seite an Seite gegen die Seisossa im großen Echsenkrieg gekämpft hatte, sollte nicht mehr sein.

»Packt eure Sachen, wir müssen hier weg«, befahl er seinem Team mit schwerem Herzen.

»Aber wir können doch nicht ...«, warf Juvis ein.

»Doch, wir können und wir müssen«, unterbrach ihn der Teamleader. »Truppen sind zu uns unterwegs und ich würde es vorziehen, nicht mehr hier zu sein, wenn sie eintreffen.«

Die Soldaten nahmen die Ausrüstung auf und schnallten sich die Rucksäcke um. Sterben gehörte zum Geschäft eines Soldaten. Kensing nahm das Gepäck von Stannis, damit dieser die immer noch bewusstlose Kommissarin tragen konnte. Der Späher war der kräftigste in der Gruppe und es würde ihm nichts ausmachen, die zierliche Frau zu tragen, auch wenn der Kampfanzug alleine schon ein beträchtliches Gewicht hatte. Im Grunde genommen hätte jeder die Ermittlerin tragen können. Sie alle waren Elitesoldaten und verfügten über militärische Aufrüstungen ihres Körpers. Neben einem verstärkten Skelett gehörten auch ein erhöhtes Reaktionsvermögen und eine verstärkte Muskulatur dazu. Sie waren keine Supermänner, doch einem *normalen* Menschen weit überlegen. Aus eigener Erfahrung wusste der Commander, dass auch die Terroristen bei der Geiselnahme auf Primus Prime über derartige Aufrüstungen verfügt hatten, was ihren Vorteil wieder wettmachte. Darum mussten sie so schnell wie möglich von hier verschwinden.

Der Commander nahm seine eigene Ausrüstung auf und warf sie sich schwermütig über die rechte Schulter. Er blickte noch einmal zu dem großen Gewässer, in dem seine Männer umgekommen waren und wollte gerade den Befehl zum Abmarsch geben, als plötzlich eine Hand durch die Wasseroberfläche schoss.

»Was zum Teufel ...«, stammelte Higgens und warf seinen Rucksack zu Boden. Sein Sturmgewehr ließ er achtlos fallen, stürzte ins Wasser und ergriff den Arm, der aus dem Wasser ragte. Mit aller Kraft zog er den Körper an die Oberfläche. Als er den Trooper fast gänzlich herausgezogen hatte, erkannte er, warum es ihm so schwergefallen war. An den Beinen des Troopers krallten sich zwei Hände fest.

»Hier rüber«, brüllte Higgens zu seinem Team, die Soldaten kamen angelaufen und halfen ihm, die beiden Körper an Land zu ziehen.

Die Kampfanzüge von Murphy und Goes waren komplett mit ekligem grünbraunem Schlamm überzogen und der Commander wusste zuerst nicht, wer von ihnen wer war, da die Namensschilder nicht zu lesen waren. Er griff auf die Daten zu, die sein Anzugsystem auf seinem Head-up-Display zeigte und versuchte so, die beiden Körper auseinanderzuhalten. Doch die Sensoren der Kampfpanzerung der beiden Geretteten waren ebenfalls verdreckt, und lieferten keine Daten.

Einer der geborgenen Trooper öffnete seinen Helm und warf ihn achtlos zur Seite. Zum Vorschein kam das grinsende Gesicht von Special Trooper Scott Murphy.

»Wolltet ihr etwa ohne uns gehen?«, fragte er ernst und sah seine abmarschbereiten Kameraden an.

»Na du hast vielleicht Nerven«, blaffte Juvis ihn an. »Wir dachten, ihr seid tot!«

»So schnell bringt man einen Murphy nicht um. Hey, Doc, kümmern Sie sich um Goes, er ist am Bein verletzt«, forderte Scott seinen Kameraden auf. Klausthaler eilte zu dem Verletzten und untersuchte dessen Beine. Vorsichtig schob er den Schlamm beiseite und fand schnell den kleinen Ast, der drei Zentimeter aus dem Oberschenkel des Waffenspezialisten ragte.

»Dafür brauche ich mehr Zeit«, sagte er. »Das Beste wird sein, wir nehmen ihn so mit. Der Anzug hat die Erstversorgung übernommen und die Blutung gestoppt. Aber die Dosis Schmerzmittel, die Goes sich zugeführt hat, war zu hoch. Er ist ziemlich benebelt. Und Murphy, nenne mich nicht Doc. Ich bin nur ein Sanitäter.«

Scott grinste darauf nur und wuchtete sich auf die Beine. Seine Kameraden klopften ihm auf die Schulter und nannten ihn einen Teufelskerl. Higgens sah sich die Szene schweigend an und musste sich beherrschen, seinen Freund nicht niederzuschlagen. Er hatte Befehle missachtet und das musste Konsequenzen haben. Doch jetzt war nicht der richtige Zeitpunkt dafür.

»Abmarsch!«, befahl er und warf Murphy dessen Rucksack zu. »Wie müssen hier weg! Stannis, übernehmen Sie die Führung.«

»Aye, Sir«, antwortete der Trooper und rückte sich die Kommissarin auf der Schulter zurecht. Dann stapfte er tiefer in den Sumpf hinein. Die anderen folgten ihm. Murphy grinste noch immer und bereute seine Entscheidung nicht. Es war ein verdammt gutes Gefühl, das Leben seines Kameraden gerettet zu haben. Tief in sich bereitete er sich auf die Moralpredigt von Higgens vor. Doch jetzt, in diesem Moment, konnte ihm niemand seine Glücksgefühle nehmen. Er hob seinen Helm auf und trottete den anderen, ein Lied pfeifend, hinterher.

Kapitel 15

Zeit: 1032

Ort: Boulder-System, Planet: Phönix, in den Sümpfen

Special Trooper Stannis führte die Truppe tiefer in die Sümpfe. Eine Karte des Gebietes gab es nicht und er kannte nur die grobe Richtung. Immer wieder musste er die Route wechseln, weil ein Areal unpassierbar war. Zum Glück war die Kommissarin wieder zu sich gekommen und Stannis musste sie nicht mehr tragen. Der Sanitäter hatte die Wunde an ihrem Kopf angesehen und gemeint, es sei nur halb so wild. Die Ermittlerin hatte beim Absturz vergessen, die Nackenversteifung zu aktivieren. Darum war ihr Kopf beim Aufprall hin und her geschleudert worden. Irgendwann war sie mit der Schläfe gegen das Visier geschlagen und hatte das Bewusstsein verloren.

Sie kamen nur langsam voran, was zum einen an dem verletzten Goes lag und zum anderen an der Unerfahrenheit von McCollin. Ihre Bewegungen waren unsicher und mehrfach stolperte die Frau über Wurzeln oder andere Hindernisse, die ihr im Weg lagen. *Sie ist keine Soldatin*, rief sich der Späher immer wieder in Erinnerung und versuchte, so viel Verständnis aufzubringen, wie er konnte. Doch selbst der verletzte Waffenexperte humpelte schneller voran, als die Kommissarin in dieser Umgebung laufen konnte. Goes hatte noch kein Wort gesagt, seit er von den Totgeglaubten wieder auferstanden war. Etwas beschäftigte den Trooper und er wirkte in sich gekehrt.

Sie waren jetzt drei Stunden unterwegs und ihre Verfolger waren ihnen sicher schon auf der Spur. Stannis ärgerte sich darüber, dass er sich nicht absetzen und mehr Informationen über die Männer in Erfahrung bringen konnte, die ihnen nachsetzten. Aber er konnte die Gruppe auf keinen Fall allein lassen. Ohne seine Führung würde sie nicht sehr weit kommen. Der Sumpf bot zu viel Gefahren. Die falsche Richtung konnte den Tod bedeuten oder sie konnte sich hoffnungslos verirren. An die gefährlichen Tiere wollte der Späher gar nicht erst denken. Aber es wurde langsam dunkel und er schätzte, sie konnten höchstens noch dreißig Minuten weitergehen. Bis dahin musste Stannis einen sicheren Lagerplatz gefunden haben. Für ihre Verfolger galt das Gleiche. Im Dunklen im Sumpf herumzulaufen war lebensgefährlich. Insgeheim wünschte sich der Späher, dass die Terroristen so blöd waren und versuchten, die Verfolgung auch bei Dunkelheit fortzusetzen. Glauben konnte er es aber nicht. Ihre Feinde kamen von diesem Planeten und kannten die Umgebung. Sie würden ebenfalls auf Nummer sicher gehen und rasten. Das Special Trooper Team würde ihnen schon nicht weglaufen und am Morgen konnte die Hetzjagd weitergehen. Darum hielt Luis an seinem Plan fest, der vorsah, einen sicheren Lagerplatz für die Gruppe zu finden, um sich dann in der Nacht davonzuschleichen und nach den Terroristen Ausschau zu halten.

Special Trooper Kensing ging direkt hinter dem Späher und kam nicht daran vorbei, dessen Fähigkeiten zu bewundern. Die Bewegungen seines Kameraden waren geschmeidig, leise und vor allem sicher. Er machte keine Geräusche und Sac fragte sich, wie er das machte. Er achtete intensiv auf seine eigenen Geräusche und hörte das Schmatzen seiner Kampfstiefel, wenn er diese aus dem Schlamm, der allgegenwärtig zu sein schien, zog. Warum war das nicht auch bei Stannis so?

»Wie kommt es, dass du so sicher hier im Sumpf bist?«, funkte Kensing den Späher an und stellte damit die Frage, die sich die anderen auch schon gestellt hatten.

»Ob du es glaubst oder nicht, ich bin im Sumpf groß geworden.«

»Wie, du bist im Sumpf aufgewachsen?«, fragte Sac und konnte sich das von Luis schwer vorstellen. Der Trooper war einer der Gebildetsten von ihnen. Er war stets gut informiert, seine Umgangsformen höflich und zurückhaltend. Stannis‘ ruhiges und besonnenes Verhalten passte für Kensing nicht in das Bild eines Halbwilden, der irgendwo abgeschottet von der Außenwelt sein Leben gelebt hatte.

»Mein Vater«, begann Luis zögerlich, »war ein recht spezieller Mensch. Nach dem Tod meiner Mutter hat er mit meinem Bruder und mir die Siedlung verlassen und ist in die Sümpfe gezogen. Ich war noch ganz klein, drei Jahre oder so. Er wollte mit der Zivilisation nichts mehr zu tun haben. Er gab der Regierung die Schuld am Tod meiner Mutter.«

»Und da ist er mit einem kleinen Kind in eine so gefährliche Umgebung gezogen? Hört sich für mich nicht besonders verantwortungsbewusst an.«

»Was soll ich dazu sagen? Ich bin heute hier, oder? Also hat es mir nicht geschadet. Er lehrte meinen Bruder und mich, wie wir im Sumpf überleben, wie wir ein Teil der Natur werden konnten. Dabei hat er immer darauf geachtet, dass auch die anderen Aspekte des Lebens nicht zu kurz kamen. Er brachte mir Lesen und Schreiben bei. Ist ja nicht so gewesen, dass wir wie Wilde gelebt haben. Wir waren schon an die Zivilisation angeschlossen und hatten jederzeit Zugang zum Netz.«

»Und wie kam es, dass sich dein Vater so gut mit dem Leben im Sumpf auskannte?«

»Er war ein Späher, wie ich, und in der Gemeinde einer der Führer. Er zeigte den Leuten den Weg durch die Sümpfe. Unser Planet lag weit weg vom Geschehen und wir gehörten zu den äußeren Kolonien, wohin sich nur selten einer verirrte. Wirtschaftlich hatten wir nicht viel zu bieten und lebten autark von dem, was uns unsere Umgebung bot. Im Grunde wie Phönix, nur am anderen Ende des Imperiums.«

»Und wie bist du zu den Troopern gekommen?«

»Das ist eine andere Geschichte. Vielleicht erzähle ich sie dir ein anderes Mal. Jetzt ist genug mit der Fragestunde«, sagte Stannis und etwas in seiner Stimme sagte Sac, dass er es dabei bewenden lassen sollte.

Ein paar Minuten später stoppte der Späher die Gruppe und gab Higgens zu verstehen, an dieser Stelle Rast machen zu wollen. Der Späher hatte einen trockenen Ort gefunden, der von den umliegenden Bäumen gut geschützt war. Luis hatte die Gruppe so lange laufen lassen, wie er meinte, verantworten zu können. Doch jetzt war es so dunkel geworden, dass man kaum die Hand vor Augen sah. Sicher, mit den Sensoren der Anzüge hätten sie noch weiter marschieren können, doch das menschliche Auge sah mehr als so manche Sensoren, und er wollte die Gruppe keiner Gefahr aussetzen. Am Himmel leuchteten die beiden Monde nur schwach in einem tiefen Blau und konnten kaum durch das dichte Blätterdach dringen.

Die Rast war dringend nötig. Klausthaler musste sich um die Verletzten kümmern und die Kommissarin wirkte erschöpft. Sie war diese Strapazen nicht gewöhnt und keines ihrer speziellen Trainings als Agentin des Geheimdienstes hatte sie auf solch eine Situation vorbereitet. Die Schwerpunkte lagen ganz woanders.

»Kein Feuer«, sagte Stannis. »Das könnte Tiere anlocken, statt sie fernzuhalten. Außerdem wissen wir nicht, wie dicht unsere Verfolger uns auf den Fersen sind. Lasst die Helme geschlossen und achtet darauf, die Luftfilter regelmäßig zu wechseln. Verhaltet euch leise«, schob er hinterher und ging zu Higgens hinüber.

»Ich denke, wir sind für die Nacht hier erst einmal sicher. Wir sollten Wachen aufstellen«, sagte er zu dem Commander.

»Ich bin wirklich froh, Sie in meinem Team zu haben. Ohne Sie wären wir verloren«, antwortete Higgens ehrlich und erntete dafür ein aufrichtiges Lächeln des Spähers.

»Ich mache nur meinen Job. Dennoch muss ich Sie bitten, mich von der Truppe entfernen zu dürfen.«

»Was? Wo wollen Sie hin?«

»Ich würde mich gerne etwas umsehen und herausfinden, wer uns verfolgt und womit wir es zu tun haben.«

»Aber sagten Sie nicht, es sei in der Nacht gefährlich, herumzulaufen? Ich meine, mich erinnern zu können, dass Sie das als Selbstmord bezeichnet haben.«

»Das ist soweit auch richtig, doch das gilt nur für Sie und die anderen. Nicht für mich. Sie haben sicher mitbekommen, dass ich Kensing erzählt habe, ich sei in den Sümpfen groß geworden.« Der Commander nickte zur Bestätigung.

»Das war nicht nur so dahingesagt. Vertrauen Sie mir, Commander Higgens. Ich bin schneller zurück als Sie glauben. Ich schätze, in drei oder vier Stunden. Länger sollte es nicht dauern. Auch wenn es dunkel ist, komme ich alleine wesentlich schneller voran.«

Der Teamleader musterte den Späher und nickte dann erneut. Was Stannis sagte, ergab Sinn. Sie würden nicht ewig weglaufen können. Irgendwann würde sich das Team dem Feind stellen müssen, und da war es besser, wenn sie wussten, was auf sie zukam. Außerdem hatte sich an den Missionsparametern nichts geändert. Sie waren immer noch hier, um einen Auftrag zu erledigen, und Special Trooper Teams erledigten immer ihre Aufträge.

»Okay«, sagte Higgens. »Aber wir müssen uns noch unterhalten, wie wir unser Ziel erreichen wollen. Ich kann auch Karten lesen und mir ist noch nicht ganz klar, wie wir über hundert Kilometer durch diesen Dschungel überwinden sollen.«

»In Ordnung. Das Gespräch können wir nach meiner Rückkehr führen. Mir ist einiges aufgefallen, was ich gerne mit Ihnen besprechen würde. Machen Sie sich nicht zu viele Sorgen, Commander, wir schaffen das schon.«

»In der Regel ist es meine Aufgabe, meinen Männern Mut zuzusprechen«, lachte Higgens leise. »Viel Glück«, sagte er dann. »Kommen Sie schnell und gesund wieder. Das Team braucht Sie dringender als jemals zuvor.«

Der letzte Satz ließ den Späher breit grinsen.

»Das war jetzt sehr klischeehaft oder?«, fragte der Commander und Stannis nickte. »Wir sind ja noch nicht so lange ein Team und es ist unser erster Einsatz. Aber dennoch, wir brauchen Sie«, fuhr der Teamleader fort.

»Schon okay. Ich weiß, was Sie meinen. Sie können sich auf mich verlassen.«

Dann nahm Luis seinen Helm ab und drückte ihn seinem Vorgesetzten in die Hand.

»Passen Sie gut darauf auf. Ich hole ihn mir später wieder.«

»Ist das eine gute Idee, den Helm abzunehmen?«

»Wahrscheinlich nicht, doch er würde mich nur behindern. Wenn ich die Systeme einschalte, bin ich von weitem leicht auszumachen mit den ganzen Lichtern. Außerdem könnte eine aktive Energiezelle geortet werden. Bei ausgeschaltetem System behindert der Helm aber nur meine Sicht.«

Dann bückte sich der Trooper und schmierte sich den stinkenden, nach Fäulnis riechenden, braungrünen Schleim ins Gesicht. Higgens verzog angewidert das seine. Wenn das der Preis war, ohne Helm herumlaufen zu können, würde er liebend gerne darauf verzichten. Der Teamleader hörte ein Geräusch von hinten und drehte sich eine Sekunde zu seinen Männern um. Als er wieder nach vorne sah, war von Stannis nichts mehr zu sehen. Er schaltete die Systeme seines Kampfanzuges auf Suchmodus, doch der Späher blieb verschwunden.

Der Kerl ist unheimlich, dachte er und schüttelte sich, als ob er damit das gruselige Gefühl loswerden könnte.

Klausthaler hatte in der Zwischenzeit Goes‘ Bein aus dem Anzug geholt und desinfizierte die Wunde. Die Kommissarin hatte darauf bestanden, dass der Trooper zuerst behandelt wurde. Die Erstversorgung des Kampfanzugs hatte Schlimmeres verhindert, dennoch waren die Bedingungen, unter denen der Sanitäter arbeiten musste, alles andere als optimal.

»Das muss operiert werden«, sagte Klausthaler und sah nicht glücklich aus.

»Wo ist das Problem?«, fragte Goes. »Sieh nur zu, dass ich bis zum Morgengrauen wieder auf den Beinen bin.«

»Ich bin kein Arzt mehr, sondern nur Sanitäter. Ich weiß nicht, wie der Commander es geschafft hat, mir wenigstens diese Zulassung zu beschaffen, aber ich werde die auf keinen Fall aufs Spiel setzen. Ich darf den Eingriff nicht vornehmen. So sind die Vorschriften.«

»Willst du mich verarschen?«, blaffte Ashley ihn an. »Du hast schon mitbekommen, dass ein Ast in meinem Bein steckt, oder? Nun hol das verdammte Ding da raus!«

»Sorry, Kumpel, kann ich leider nicht machen. Außerdem braucht man dafür medizinische Geräte, wie sie nur ein *echter* Arzt hat.«

»Alter!«, Goes sah den Sanitäter ungläubig an. »Das kann nicht dein Ernst sein!«

»Doch ist es. Schau dich doch einmal um. Siehst du hier irgendwo eine sterile Umgebung? Wenn ich dich hier operiere, könnte sich die Wunde infizieren. Wahrscheinlich wüsste ich dann nicht einmal, was die Infektion ausgelöst hat.«

»Glaubst du, den Mist in meinem Bein stecken zu lassen, ist besser? Vielleicht hat sich das schon entzündet oder irgend ein Scheiß läuft schon durch mein Blut.«

»Das ist richtig. Aber an deiner Verletzung bin nicht ich schuld. Wenn du nach der OP draufgehst, schon.«

Ashley schwieg. Es war, als würde er gegen eine Wand reden. Im Grunde konnte er Klausthaler verstehen. Ihm war die Abneigung, die ihm der Sanitäter entgegenbrachte, nicht entgangen. Warum also sollte er seine Karriere für ihn aufs Spiel setzen? Gerade jetzt, wo er rehabilitiert worden war. Murphy trat an Rainer heran und legte ihm eine Hand auf die Schulter.

»Dann war meine ganze Aktion umsonst? Ich habe mein Leben, um Goes zu retten, für nichts und wieder nichts riskiert?«

»Das habe ich sowieso nicht verstanden«, antwortete Klausthaler.

»So wie ich das sehe, hat er uns allen das Leben gerettet. Auch wenn es mir schwerfällt, es zuzugeben, aber, wäre ich euer Pilot gewesen, hätten wir keine Minute durchgehalten. Er hat sich den Arsch aufgerissen und ich denke, wir sind ihm etwas schuldig. Bis auf mich natürlich«, fügte er schnell hinzu. »Ich denke, wir sind quitt. Es mag ja sein, dass sich Ashley bisher nicht besonders gut in das Team eingegliedert hat und er arrogant herübergekommen ist, als wollte er nichts mit uns zu tun haben, aber als es darauf ankam, war er für uns da. Das muss doch was zählen.«

Klausthaler rang mit sich und trug einen inneren Konflikt aus. Auf der einen Seite konnte er es kaum erwarten, sein Handwerkszeug auszupacken und an dem Trooper herumzuschnippeln, auf der anderen Seite war das Risiko extrem groß. Er konnte sich kaum vorstellen, dass er noch eine Chance bekam, wenn er erneut Mist bauen sollte.

Higgens hatte sich dazugesellt und der Sanitäter schaute ihn fragend an.

»Ihre Entscheidung, Trooper. Ich kann das nicht absegnen, aber ich werde Sie auch nicht daran hindern, sollten Sie sich für eine OP entscheiden.«

Das half nicht wirklich. Aber es zeigte auch, dass der Commander ihm vertraute, indem er ihm die Entscheidung überließ. Er betrachtete den verletzten Goes und schüttelte dann mit dem Kopf. Seine Entscheidung war gefallen.

»Verdammt«, fluchte er. »Ich habe einmal einen Eid geleistet.«

»Das ist nicht ganz richtig«, warf die Kommissarin ein. »Nach Ihrer Akte sind Sie nie Arzt gewesen, also haben Sie auch theoretisch niemals einen hippokratischen Eid abgegeben.«

»Danke! Das hilft mir jetzt ungemein. Aber *ich* weiß, dass ich es getan habe. Da können Sie meine Akte frisiert haben, wie Sie wollen«, antwortete er und kramte in seinem Rucksack herum. Schnell fand er das Gesuchte.

»Sac, leg dich hier hin und Scott, du leuchtest mir«, gab Klausthaler seine Anweisungen. Ohne Widerworte gehorchten die beiden Trooper, auch wenn Kensing nicht wusste, was das sollte. Der Sanitäter breitete sein steriles Operationsbesteck auf dem liegenden Soldaten aus. Es war nicht ideal, aber immer noch besser als das Werkzeug auf den dreckigen Boden zu legen. Er holte noch weitere Sachen aus seiner Tasche und gab Goes eine örtliche Betäubung. Dann zog er die gepanzerten Handschuhe aus und tauschte sie gegen ein steriles Paar aus biologisch abbaubarem Kunststoff. Die Wunde spülte er, so gut er konnte, aus. Mit sicherer und ruhiger Hand führte er das Skalpell und machte mehrere tiefe Schnitte um die Wunde. »Commander, könnten Sie das Blut wegwischen«, bat er Higgens und hielt ihm einige Kompressen hin.

»Natürlich«, antwortete der Teamleader und kniete sich neben den Verletzten, der die Augen geschlossen hatte. Ashley war nicht bewusstlos, der Sanitäter hatte ihm lediglich eine örtliche Betäubung gegeben, aber das eigene Blut zu sehen, war immer noch eine andere Sache, als das von Fremden. Der Waffenexperte hoffte, dass alles schnell vorbei sein würde.

»Er hatte Glück«, sagte Klausthaler und war soweit, den Fremdkörper zu entfernen. »Der Ast hat keine wichtige Arterie verletzt, dennoch ist die Wunde recht tief.« Mit diesen Worten zog Rainer das Stück Holz heraus und sofort ergoss sich ein Blutschwall aus dem Bein des Troopers. »Lassen Sie es einen Moment ausbluten, dann ordentlich pressen«, wies er den Commander an. Als Nächstes nahm er einen Minilaser und begann, die verletzten Adern zu schließen. Am Ende drückte er die Wunde zusammen und verschweißte das Gewebe mit dem chirurgischen Instrument.

»Mehr kann ich nicht tun. Jetzt heißt es abwarten, ob es sich entzündet.« Er nahm eine Blutprobe und analysierte sie mit Hilfe der Systeme seines speziellen Anzugs für Sanitäter. »Keine Auffälligkeiten in deinem Blut«, sprach Klausthaler seinen Patienten an. »Du kannst die Augen wieder aufmachen. Obwohl es besser wäre, wenn du das Bein bis morgen schonst.« Ohne nachzufragen, verabreichte er Goes ein Sedativum und Ashley fiel augenblicklich in einen tiefen ruhigen Schlaf.

»Wie ist Ihre Einschätzung?«, fragte Higgens, während der Sanitäter sein Werkzeug zusammenpackte und es in eine Box mit einer sterilen Flüssigkeit legte. Er betätigte einen Schalter an der Box und Mikrowellen erhitzten den Inhalt auf über hundert Grad.

»Die OP ist gut und so steril, wie es unter diesen Umständen möglich war, verlaufen. Bis jetzt weist nichts darauf hin, dass sich die Wunde entzünden könnte. Die Blutprobe ist auch okay. Den Rest wird die Zeit zeigen.«

»Was meinen Sie, wie fit wird er morgen sein?«

»Wie gesagt, Goes hat Glück gehabt und es wurde nicht wirklich viel beschädigt. Ich denke, es wird noch schmerzen, aber ansonsten sollte es ihm morgen wesentlich besser gehen und er das Bein wieder belasten können.«

»Danke, dass Sie es für ihn getan haben. Wir können jeden Mann gebrauchen.«

»Ist es nicht genau der Grund, warum Sie mich für dieses Team ausgewählt haben?«, fragte Klausthaler und verstaute seine Ausrüstung in seinem Rucksack. Dann zog er wieder seine gepanzerten Handschuhe an und nahm seine Waffe auf.

»Ja«, gestand der Teamleader und klopfte dem Sanitäter die Schulter. »Ich wusste, dass ich mich auf Sie verlassen kann.«

Kommissarin McCollin war ungewöhnlich still und sah sich in dem Lager um. Der verletzte Trooper lag an einen Baum gelehnt und schlief tief und fest. Kensing reparierte den Panzeranzug von Goes und Klausthaler unterhielt sich mit dem Teamleader. Murphy hatte sich etwas abseits positioniert und beobachtete den Sumpf in der Richtung, aus der sie gekommen waren. Hutson hatte sich etwa zwanzig Meter neben Murphy hinter einen Baum gestellt und starrte ebenfalls aufmerksam in die Dunkelheit. Die beiden hatten die erste Wache übernommen, ohne dafür extra einen Befehl erhalten zu haben. Die Soldaten funktionierten wie eine Einheit und die Ermittlerin kam sich fehl am Platz vor. Quasi wie das berühmte fünfte Rad am Wagen. Jeder schien seine Aufgabe zu kennen, doch für Isabelle galt das nicht. Was konnte sie schon tun? Sie hatte weder Erfahrungen im Außeneinsatz noch war sie eine Soldatin. Ihr war aufgefallen, dass Stannis über ihre Ungeschicklichkeit sehr verärgert war. Auch wenn er nichts gesagt hatte, störte sie ihn. Die Kommissarin verlangsamte die Gruppe. Dessen war sie sich bewusst und sie musste jetzt sehr schnell lernen, wie man sich in dieser unwirtlichen Umgebung zurechtfand, wenn sie die Mission und das Team nicht gefährden wollte. Bei dem Gedanken an den Späher fiel ihr auf, dass dieser nirgends zu sehen war. Juvis konnte sie ebenfalls nicht ausmachen.

Es gab aber noch eine Sache, die sie unbedingt mit dem Commander besprechen musste, denn Isabelle war sich nun sicher, wer hinter der ganzen Aktion steckte. Nur eine Person wusste, dass sie sich auf den Weg nach Phönix gemacht hatte. Es war ein Test gewesen, damit sie die letzten Zweifel ausräumen konnte. Sie wollte Higgens um ein Gespräch bitten, doch dieser stand bereits bei dem Sprengstoffexperten.

»Murphy, wir müssen uns unterhalten«, sagte er auf einem privaten Kanal, sodass nur sein Freund ihn hören konnte.

»Ich weiß, Boss«, entgegnete Murphy und an seiner Stimme war zu erkennen, dass er wusste, dass es jetzt unangenehm für ihn werden würde.

»Du sollst mich nicht immer Boss nennen. Wie oft habe ich dir das schon gesagt?«

»Tausend Mal, Boss, und wir sollen uns nicht duzen«, grinste Murphy, doch sein Gesicht wurde schnell wieder ernst, als er merkte, dass sein Witz nicht gut angekommen war. Higgens verdrehte die Augen ganz nach Higgensart.

»Kannst du nur einmal Ernst bleiben?«

»Klar, Bo... Aye, Commander. Ich weiß schon, was du sagen willst.«

»Du hast einen direkten Befehl missachtet und jeder hat es mitbekommen!«

»Sorry. Tut mir auch echt leid, aber ich konnte Goes nicht einfach sterben lassen.«

»Das war nicht deine Entscheidung. Ihr hättet beide draufgehen können.«

»Sind wir aber nicht.«

»Stimmt. Trotzdem hast du mich in eine unangenehme Lage gebracht. Du hast einen Befehl missachtet. Was sollte ich deiner Meinung jetzt mit dir machen?«

»Ich weiß es nicht«, sagte Murphy und mied den Blickkontakt.

»Ich bin heilfroh, dass ihr beide es geschafft habt, keine Frage, aber, Scott, das war dein erster und letzter Fehltritt unter meinem Kommando. Hast du das verstanden?«, ermahnte Higgens seinen Freund.

Murphy stutzte, weil der Commander ihn beim Vornamen genannt hatte. Das tat er nie, wenn sie im Dienst waren. Es war schon ungewöhnlich genug, dass er das du benutzte, aber es zeigte Scott, wie sehr es seinen

Vorgesetzten beschäftigte. Er war wieder einmal mit einem blauen Auge davongekommen, doch er wusste, ab jetzt hatte er jeglichen Bonus bei seinem Kumpel verspielt. Ein Eintrag wegen Befehlsverweigerung in seiner Akte wäre einem Rauswurf gleichgekommen und dieses Mal endgültig. Murphy konnte sich nicht darauf verlassen, dass die Kommissarin seine Akte auf ewig sauber hielt. Vor allem nicht, wenn dieser Auftrag beendet war und das Team und die Ermittlerin wieder getrennte Wege gingen.

»Alles klar, Boss. Ich meine, aye, Sir. Wird nie wieder vorkommen.«

»Das wollte ich hören. Wie ich sehe, hältst du bereits Wache mit Hutson. Lasst euch in drei Stunden von Kensing und Klausthaler ablösen. Ich übernehme mit Juvis dann die letzte Schicht.«

»Aye, Sir«, sagte Murphy und salutierte überflüssigerweise.

»Lass den Quatsch«, forderte der Commander Scott auf, schüttelte den Kopf und ging zurück zu den anderen. Auf dem Weg dorthin fing ihn die Kommissarin ab.

»Commander, haben Sie einen Moment für mich?«

»Sicher«, antwortete er und blieb stehen.

»Ich denke, ich weiß, wer hinter dem Terroranschlag steckt«, begann Isabelle ohne Vorwarnung.

»Was?«, fragte der Teamleader überrascht.

»Es wird Ihnen nicht gefallen, doch ich denke, dass Direktor Koslowski hinter allem steckt.«

»Das sind schwere Anschuldigungen. Wie kommen Sie darauf? Er war doch eine der Geisel. Ich hoffe, Sie können das beweisen.«

»Das ist richtig. Ich glaube aber, dass das alles nur ein Trick war. Und wir hier sind, um es zu beweisen.«

»Wie sicher sind Sie sich?«

»Koslowski ist der einzige Mensch, den ich darüber informiert habe, dass ich nach Phönix reisen werde. Meine Ermittlungen waren sehr gründlich und am Ende blieben nur zwei Menschen übrig, die für den Verrat infrage kamen. Der eine war der Direktor und der andere mein Vater. Wie Sie sicher verstehen, habe ich mich zunächst auf Koslowski konzentriert. Nicht, dass ich nicht auch in die andere Richtung gegangen wäre, aber meinem Vater traue ich es einfach nicht zu. Er liebt das Imperium und würde nie etwas tun, was der Imperatrix oder dem Volk schaden könnte. Also habe ich den Direktor darüber informiert, dass ich den Hintermännern auf der Spur bin und ich unbedingt zwecks Beweissicherung hierher muss. Er ist die einzige Person, die das weiß.«

»Sie meinen, er hat McDonald bestochen und uns eine Falle gestellt?«

»Eine andere Erklärung habe ich nicht. Es gibt noch mehr Indizien, die ihn zum Hauptverdächtigen machen. Darum ist unsere Mission so wichtig. Wir müssen unbedingt Beweise finden. Koslowski ist der zweitmächtigste Mann hinter der Kaiserin im Imperium. Wenn er falsch spielt, müssen wir ihm das Handwerk legen. Das ist von enormer Wichtigkeit.«

»Das werden wir«, sagte Higgens überzeugt und dachte an die Konsequenzen. Wenn es ihnen gelingen sollte, belastendes Material gegen den Direktor des IGDs zu finden, und der davon erfuhr, waren sie alle so gut wie tot. »Das werden wir«, wiederholte er und wollte schon gehen.

»Ach, Commander, eines noch. Wissen Sie, wo Stannis und Juvis sind?«

»Natürlich, es sind meine Leute. Juvis hat sich eine gute Position für einen Hinterhalt gesucht und Stannis sieht sich ein wenig um. Vor dem Morgengrauen wird er zurück sein.«

Die Nacht verlief ruhig. Der Späher war schon seit Stunden weg und es dauerte nicht mehr lange, bis sich die ersten Sonnenstrahlen ihren Weg durch das dichte Blätterdach suchen würden. Higgens fing an, sich Sorgen zu machen. Er hatte in der Nacht kaum geschlafen und hielt Ausschau nach dem längst überfälligen Trooper. Die unbekannte Umgebung hatte allen zu schaffen gemacht. Fremdartige Geräusche hielten die ganze Gruppe von einem erholsamen Schlaf ab. Immer wieder schreckte einer hoch, weil er etwas gehört hatte, was er nicht identifizieren konnte. Es konnte sich dabei um alles Mögliche handeln, ein Tier, Pflanzen oder Gasblasen, die in regelmäßigen Abständen aus dem Sumpf emporstiegen und mit einem leisen Knall zerplatzten. Der Commander stellte die Sensoren seines Kampfanzugs auf maximale Leistung und wechselte die Sicht auf Infrarot. Die Sumpflandschaft hatte sich in der Nacht überraschend abgekühlt und Higgens fand es erstaunlich, dass die Temperaturen ab Mittag wieder die fünfzig Grad Marke sprengen würden. Doch auch mit Infrarot konnte er nichts ausmachen. Es gab ein paar kleinere Lebewesen, die größtenteils über den Boden huschten. Es wunderte ihn, dass er bisher noch keine Flugwesen gesehen hatte, bei der Anzahl der Insekten.

Plötzlich räusperte sich jemand hinter ihm und er fuhr erschrocken mit der Waffe im Anschlag herum. Vor ihm stand Stannis und lächelte.

»Meine Güte! Haben Sie mir einen Schrecken eingejagt. Wo kommen Sie denn so plötzlich her?«, fragte er den Späher und ärgerte sich darüber, dass es dem Trooper gelungen war, sich an ihn heranzuschleichen. Bei dem Gedanken, es hätte auch ein Feind sein können, lief es ihm eiskalt den Rücken hinunter und seine Nackenhärchen stellten sich auf.

»Berufsgeheimnis«, antworte Stannis und hatte immer noch ein warmes Lächeln auf den Lippen.

»Soll ich ihn abknallen?«, funkte Juvis auf dem Teamkanal. »Ich hab ihn schon seit ein paar Minuten im Visier.«

Stannis verging das Lächeln und seine Mimik wechselte zu einem skeptischen Gesicht.

»Davon träumst du!«, gab der Späher zurück. Es klang jedoch nicht so überzeugend, wie er es gerne gehabt hätte.

»Glaub, was du willst ...«

»Lass es gut sein, Juvis«, funkte der Commander dazwischen und schenkte seine Aufmerksamkeit wieder dem Kundschafter. »Und?«, fragte er geradeheraus.

»Sieht nicht gut aus. Ich habe das Camp gefunden. Es ist, wie ich es mir gedacht habe. Sie haben einen Fährtenleser dabei. Ich konnte die Gruppe eine Zeitlang belauschen. Er scheint sein Handwerk zu verstehen und kennt sich hier sehr gut aus. Leider kam ich nicht an ihn heran, sonst hätte ich ihn ausgeschaltet.«

»Was kommt da auf uns zu?«

»Ich habe zwei Dutzend Männer zählen können. Alle gut ausgerüstet. Es sind Trooper der planetaren Verteidigungsarmee. Also im Grunde unsere eigenen Leute.«

»Mhm«, machte Higgens und dachte nach. »Bei über zwanzig Mann wird es schwierig mit einem Hinterhalt. Da kann viel schief gehen. Aber beunruhigender ist die Tatsache, dass wir es nicht mit einfachen Terroristen zu tun haben. Die Verschwörung scheint viel größere Kreise zu ziehen als wir angenommen haben, wenn sogar die örtlichen Truppen mit drin stecken.«

»Sehe ich auch so. Aber ich habe unseren Verfolgern ein paar Überraschungen hinterlassen. Wenn es gut läuft, geht der eine oder andere drauf. In jedem Fall werden sie sie aufhalten und wir können unseren Abstand vergrößern. Wir sollten uns jetzt aber auf den Weg machen. Wir brauchen alles an Vorsprung, was wir bekommen können.«

»In Ordnung. Wie geht es Ihnen? Sie haben sicher kein Auge zugemacht letzte Nacht.«

»Nein«, lachte Stannis. »Machen Sie sich keine Sorgen, mir geht es gut. Ich brauche in der Regel nicht viel Schlaf und komme auch mal zwei oder drei Tage ohne aus.«

»Sagen Sie Bescheid, wenn Sie eine Pause benötigen. In Absprache mit Klausthaler habe ich den Konsum von Aufputschmitteln zunächst untersagt.«

»Alles klar.«

Der Sanitäter hatte Goes eine Injektion verabreicht und der Trooper kam langsam zu sich. Seine Augen huschten hin und her und seine Erleichterung war darin zu erkennen, als er in vertraute Gesichter schaute.

»Scheint, als ob ich überlebt habe«, sagte er. Die Stimme war zwar noch etwas zittrig, aber sein Gesicht bekam immer mehr Farbe.

»Kannst Du aufstehen?«, fragte Klausthaler und reichte dem frisch operierten Soldaten die Hand. Ashley packte herzhaft zu und ließ sich auf die Beine ziehen. Automatisch versuchte er dabei, sein linkes Bein nicht zu belasten. Erst, als er stand, verlagerte er immer mehr Gewicht auf das verletzte Bein. Am Ende hob er das rechte an und schwankte ein wenig, doch Klausthaler schien ein Wunder vollbracht zu haben.

»Fast wie neu! Gute Arbeit, Doc«, prahlte Goes und grinste.

»Übertreib es nicht«, mahnte Rainer und las die Vitalwerte des Waffenexperten von seinem Head-up-Display ab. Die Herzfrequenz seines Kameraden stieg ordentlich an, wenn er das Bein belastete. Daraus schloss der

Sanitäter, dass Ashley starke Schmerzen hatte. Doch er spielte den harten Kerl. *Vielleicht ist er ja einer*, dachte Klausthaler und musste seinen Kampfgefährten bewundern. Dann gab er Higgens ein Zeichen, und die Gruppe setzte sich in Bewegung. Stannis hatte erneut die Spitze übernommen und führte das Team durch die Sümpfe ihrem Ziel entgegen.

Sie marschierten fast den ganzen Tag. Goes kam gut voran und stand seinen Kollegen in nichts nach. Er schob die starken Schmerzen einfach beiseite und ignorierte sie. Die Kommissarin überraschte Luis damit, dass sie sich viel sicherer bewegte als am Tag zuvor. Irgendetwas war mit der Frau über Nacht geschehen. Auf jeden Fall lernte sie schnell. Die Sonne stand hoch am Himmel und es wurde immer heißer. Ohne die Anzüge, die auf Kühlung standen, wäre die Hitze unerträglich gewesen. Immer wieder mussten sie größere Umwege in Kauf nehmen, da einige Passagen unpassierbar waren.

Jetzt stand das Team an einem fünfzig Meter breiten Fluss, der sich in beiden Richtungen bis zum Horizont erstreckte. Eine Möglichkeit, den Fluss zu überqueren war nicht zu sehen und Higgens musste entscheiden, wie es weitergehen sollte. Dabei waren seine Alternativen beschränkt. Er konnte seinen Späher losschicken, um ein sicheres Überqueren zu gewährleisten, oder er konnte den direkten Weg mitten durch den Fluss wählen.

Kapitel 16

Zeit: 1032

Ort: Boulder-System, Planet: Phönix, in den Sümpfen

»Paska«, schrie der ranghöchste Offizier der kleinen Eliteeinheit nach seinem Lotsen.

»Hier, Lieutenant Keeps«, rief Paska zurück und bahnte sich den Weg zu seinem Vorgesetzten durch die Reihen der Soldaten. Wenig später stand er vor dem unbeliebten Offizier. Es gab gute Kommandanten, die von ihren Männer wegen ihrer Fairness und ihres kompetenten Führungsstils geschätzt wurden, Keeps gehörte nicht zu dieser Sorte. Er wurde von jedem gehasst und verachtet, was ihn nicht weiter störte, er begrüßte es sogar. Je mehr die Männer ihn fürchteten, umso mehr würden sie ihm gehorchen. Das war seine Devise.

»Was gibt es?«, fragte Paska, nachdem er den Lieutenant erreicht hatte.

»Wie ist Ihre Einschätzung? Wann können wir damit rechnen, den Trupp einzuholen?«, fragte Keeps schroff.

»Ich denke, wir sind ungefähr zwei bis drei Stunden hinter ihnen.«

»Was?«, rief der Lieutenant verärgert aus. »Das haben Sie schon heute Morgen behauptet. Wie kann es sein, dass wir nicht wesentlich aufgeholt haben?«

»Die Gruppe bewegt sich sicherer, schneller und zielstrebiger als erwartet.«

»Es heißt, Sie sind einer der besten Führer durch die Sümpfe, den es auf Phönix gibt. Wie kann es dann sein, dass wir nicht schneller aufholen?«

»Die Gruppe muss einen sehr fähigen Mann dabei haben, der sich in Sümpfen auskennt. Die Spuren belegen das eindeutig. Er führt seine Leute sicher und schnell.«

»Also müssen wir rascher werden. Ziehen Sie das Tempo an«, verlangte Keep und schaute Paska eindringlich an.

»Davon rate ich dringend ab, Lieutenant. Wir sind nicht hinter einfachen Amateuren her. Ich konnte die Spuren von neun Personen zählen. Das ist schon ein kleiner Kampfverband. Wenn wir schneller werden, laufen wir Gefahr, in einen Hinterhalt oder Fallen zu laufen.«

»Reden Sie keinen Unsinn!«, wischte Keeps das Argument seines Lotsen beiseite. »Die Leute sind auf der Flucht, sie befinden sich in einer feindlichen Umgebung und sie wissen, dass wir ihnen auf den Fersen sind. Alles, woran sie denken werden, ist, schleunig zu fliehen. Also ziehen Sie das Tempo an, spätestens morgen will ich die Leichen dieser Leute im Sumpf versenken. Außerdem sind wir ihnen zahlenmäßig weit überlegen. Meine Männer sind alle Profis und werden mit einer Handvoll Leuten kurzen Prozess machen.«

Kaum hatte der Offizier ausgesprochen, gab es einen lauten Knall und eine Druckwelle fegte über die Köpfe der Soldaten hinweg. Zwei Soldaten waren gegen den Rat von Paska weitergegangen und hatte eine Sprengfalle ausgelöst, die Stannis in der Nacht hinterlassen hatte. Für die beiden Soldaten kam jede Hilfe zu spät. Die Sprengladung war nicht besonders groß gewesen, hatte aber ausgereicht, die Körper der beiden zu zerfetzen.

Keeps und der Lotse eilten nach vorne, wo die Detonation stattgefunden hatte und Paska brüllte, dass sich niemand bewegen sollte. Der Fährtenleser, der in diesen Sümpfen aufgewachsen war, näherte sich vorsichtig den leblosen Körpern und schaute sich aufmerksam um. Nicht weit entfernt lag ein schwer verletzter Soldat. Er musste zu nahe am Detonationsherd gestanden haben, denn sein Bauch war aufgerissen und gab den Blick auf seine Innereien frei. Angeekelt wandte Paska sich ab und konzentrierte sich wieder auf den schmalen Weg vor sich. Fast wäre ihm der Näherungssensor entgangen, der nur wenige Millimeter hinter einem Blatt in Kopfhöhe versteckt lag. Anerkennend pfiff er durch die Zähne und suchte nach einem geeigneten Ast. Er fand einen und warf den Stock ein Stück den Pfad entlang, doch nichts passierte. Hinter ihm atmeten einige Soldaten erleichtert auf, doch der Lotse hob warnend die Hand. So einfach konnte es nicht sein. Die Falle war raffiniert platziert und er befürchtete, dass noch andere Faktoren eine Rolle spielen könnten, welche ein Auslösen erzeugen sollten. Vielleicht reichte ein Ast nicht aus und der Sensor reagierte auf Größe, Wärme oder Geräusche. Es konnte auch sein, dass erst das

Zusammenspiel dieser Elemente eine Reaktion provozieren würde.

Keeps kam auf Paska zu, doch dieser legte einen Finger auf die Lippen und bedeutete dem Offizier damit, leise zu sein. Mit geschmeidigen Bewegungen kletterte er den Baum hinauf und nahm den Sensor unter die Lupe. Wie fast jeder Mann im Imperium hatte er im Echsenkrieg gedient und kannte sich ein wenig mit Sprengstoff und Sensorik aus. Es war kein großes Wissen, aber hierfür reichte es. Seine Befürchtungen bestätigten sich, als er den Auslöser näher betrachtete. Paska krallte sich mit dem linken Arm am Baum fest und schnipste mit Daumen und Zeigefinger der rechten Hand vor dem Sensor. Aus dem Ast, der über den Pfad verlief, fielen zwei kleine Tellersprengladungen und detonierten ungefähr in Brusthöhe eines ausgewachsenen Mannes. Die Soldaten wichen erschrocken zurück.

»Heilige Scheiße!«, entfuhr es Keeps und auch er trat den Rückzug an.

Zur Sicherheit schnipste der Fährtensucher noch ein paarmal und kletterte wieder hinunter. Dann suchte er den Weg nach weiteren Fallen ab, fand aber keine.

»Ich denke, es ist sicher«, rief er Keeps zu, der daraufhin zu ihm aufschloss.

»So viel dazu«, sagte Paska ernst. »Das ist höchster Militärstandard. Nichts, was einfachen Truppen zur Verfügung steht.« Die Äußerung brachte ihm einen misstrauischen Blick des Offiziers ein. »Glauben Sie, was Sie wollen, Lieutenant Keeps, aber ich sage Ihnen, wir haben es mit einer Eliteeinheit zu tun. Machen Sie nicht den Fehler und unterschätzen diese Leute. Wenn Sie meine Meinung hören wollen, dann handelt es sich bei dem Trupp um eine Special Trooper Einheit, und glauben Sie mir, das sind die Besten der Besten.«

»Ich kenne solche Einheiten, und wenn Sie mich fragen, sind das auch nur Soldaten. Sie glauben doch nicht etwa den ganzen Scheiß, den man sich über diese Special Trooper erzählt?«

»Ob ich daran glaube oder nicht, spielt im Grunde keine Rolle. Es sind in jedem Fall Profis und ich rate zu äußerster Vorsicht.«

»Verdammt«, fluchte der Lieutenant mehrfach. »Das macht uns noch langsamer. Haben wir eine Alternative?«

»Wir könnten einen anderen Weg einschlagen. Es gibt nicht viele Orte, zu denen die Gruppe gehen könnte. Wenn wir einen Umweg machen, birgt das allerdings die Gefahr, dass wir sie verlieren, wenn ihr Ziel doch ein anderes als angenommen sein sollte. Sollten wir die Spur wirklich verlieren, wird es sehr schwer werden, sie wieder aufzunehmen. Wenn es überhaupt möglich ist.«

»Und wenn wir sie weiter auf direktem Weg verfolgen, wird sich ihr Vorsprung vergrößern. Das ist inakzeptabel. General Straight reißt uns den Kopf ab. Wir müssen den Trupp erledigen, zu jedem Preis. Der General hat uns keinen Spielraum gelassen, und Sie wissen, wie er ist.«

Ja, das wusste der Fährtenleser. Wenn er Keeps schon für grausam hielt, sah der Lieutenant neben dem General wie ein unschuldiges Neugeborenes aus. »Die Imperialen haben keine andere Wahl, wenn sie jemals wieder von diesem Planeten wegwollen. Sie müssen nach Fort Lattery. Das ist der einzige Ort, den sie durch die Sümpfe erreichen können. Dazu müssen sie den Fluss überqueren, das *Tal der Tränen* passieren und die *Ebene der Angst* überwinden. Früher oder später werden wir sie einholen.«

»Gutes Argument. Sie sind ein schlaues Kerlchen, hat Ihnen das schon mal jemand gesagt?«, grinste Keeps zufrieden. Der Gedanke an die *Ebene der Angst* gefiel ihm. Seine sadistische Ader verpasste ihm, bei den Bildern in seinem Kopf, wie die feindlichen Soldaten leiden würden, einen Adrenalinkick. Er schaute zum Sanitäter, der sich um den verletzten Soldaten kümmerte. Doch der Sani schüttelte den Kopf. Daraufhin zog der Lieutenant seine Waffe und erlöste den Mann mit einem Kopfschuss von seinem Leiden. Der Offizier zeigte keine Reue und kein Interesse an dem Mann. Nach ein paar Minuten hatte er den Vorfall bereits vergessen.

Kapitel 17

Zeit: 1032

Ort: Boulder-System, Planet: Phönix, in den Sümpfen

In der Ferne war eine leise Detonation zu hören. Sie kam aus der Richtung, aus der das Team gekommen war. Stannis grinste zufrieden. Jemand musste eine seiner Fallen ausgelöst haben. Er hoffte, dass es besonders viele Verfolger erwischt hatte. Besonders groß war seine Hoffnung nicht, denn die Sprengladungen, die er bei sich gehabt hatte, waren nicht besonders groß gewesen. Wieder erklang das typische Geräusch einer Detonation, die nächste Falle war entfacht worden.

»Eine Ihrer Fallen?«, fragte Higgens den Späher.

»Ich denke, ja. Für meinen Geschmack sind unsere Feinde aber zu nahe. Ich hatte gehofft, sie würden langsamer vorankommen.«

»Was meinen Sie, wie viel Zeit bleibt uns?«

»Schwer zu sagen, ich schätze höchstens zwei Stunden.«

»Dann sollten wir die Zeit gut nutzen. Wo müssen wir jetzt hin?«

»Unser Ziel liegt jenseits des Flusses. Noch etwa achtzig Kilometer. Dort liegt Fort Lattery. Der einzige Ort mit einem Raumhafen. Wenn wir jemals von hier wegkommen, dann von dort. Außerdem war die Siedlung von

Anfang an unser Ziel. Dort befindet sich die planetare Sende- und Empfangsstation.«

»Eine Idee, wie wir über den Fluss kommen? Die Strömung scheint recht stark zu sein.«

»Ich habe die Jungs schon gefragt, leider ist die Ausrüstung von Goes mit dem Shuttle untergegangen. Darunter war auch die Seilpistole. Wir können also keines hinüber schießen. Bleibt nur, dass einer schwimmen muss.«

»Schwimmen?«, fragte der Commander und schüttelte sich. Das letzte Mal, als er geschwommen war, war in seiner Kindheit. Im All bot sich nur selten die Gelegenheit, baden zu gehen.

»Ich muss zugeben, dass es keine gute Idee ist. Ich selbst bin ein auch kein besonders guter Schwimmer, aber etwas anderes fällt mir nicht ein. Wenn wir den Fluss auf- oder abmarschieren, könnte es ewig dauern, bis wir eine geeignete Stelle zur Überquerung finden. Hier am Ufer haben wir kaum Deckung und wären ein leichtes Ziel«, sagte Stannis und sah alles andere als glücklich aus. Als Späher sah er es als seine Aufgabe an, den Fluss als Erster für alle anderen zu überqueren.

»Meine Schwimmtechniken halten sich ebenfalls in Grenzen. Ich kann mich auch nicht daran erinnern, dass in einer Akte der Männer diese Eigenschaft hervorgehoben wurde«, sagte der Commander und dachte nach, doch die Zeit drängte. Eine Alternative fiel ihm nicht ein. Es musste jetzt schnell gehen. Er sah in die entsetzten Gesichter der Trooper, als er den Plan erklärte. Das bestätigte seinen Verdacht, dass niemand scharf darauf war, durch den Fluss zu schwimmen.

»Ich bin eine ganz passable Schwimmerin«, meldete sich Kommissarin McCollin zu Wort und alle Augenpaare richteten sich auf die Frau. »Ich könnte ein Seil mitnehmen und auf die gegenüberliegende Seite schwimmen.«

»Auch wenn ich den Gedanken, Sie in Unterwäsche zu sehen, sehr verlockend finde, werde ich es tun«, warf Goes ein, noch bevor der Commander etwas sagen konnte. »Ihre Künste in Ehren, Kommissarin, aber die Strömung ist sehr stark. Es wird eine Menge Kraft kosten, um durchzukommen. Flüsse sind tückisch und Strömungen erst recht. Glauben Sie mir, ich kenne mich damit aus.«

»Sie kennen sich damit aus?«, fragte der Commander.

»Ist eine andere Geschichte. Ich bin die beste Option.«

»Aber Sie sind verletzt«, merkte Higgens an.

»Ach was. Der Doc hat mich bestens wieder zusammengeflickt und es tut schon gar nicht mehr weh«, log Goes und hüpfte zur Bestätigung auf dem verletzten Bein ein paarmal hin und her.

»Also gut. Dann beeilen wir uns. Jede Minute, die wir warten, kommen die Terroristen näher. Machen wir es so«, befahl der Commander und vertraute auf die Fähigkeiten des Waffenspezialisten. Er sah anscheinend etwas in dem Mann, das kein anderer sah. Selbst McCollin hatte ihren Unmut zum Ausdruck gebracht, als er Goes im Team haben wollte. Higgens konnte es sich nicht erklären, aber irgendetwas Spezielles war an dem Trooper und er bezog das nicht nur auf dessen Fähigkeiten.

Der Waffenspezialist fing an, seinen Kampfanzug auszuziehen. Schwimmen mit der Panzerung war unmöglich, dafür war sie viel zu schwer und unbeweglich. Als Erstes nahm er den Helm ab und legte eine einfache Sauerstoffmaske an, die für Notfälle vorgesehen war. Da sein Rucksack irgendwo auf dem Grund dieser Sümpfe lag, half Murphy ihm mit seiner aus.

»Danke, dass du uns den ganzen Spaß verdirbst«, klagte ihn der Sprengstoffexperte an, als er ihm die Maske reichte und spielte darauf an, dass sich der Trooper seiner Kleidung entledigte und nicht die Kommissarin.

»Mein Körper ist aber auch nicht schlecht«, grinste Goes und spannte seine Muskeln an, was Scott zum Lachen brachte.

»Sorry, Kumpel, aber das ist kein Ersatz«, witzelte Murphy und half seinem Kameraden, den Anzug auszuziehen. Am Ende reichte er Ashley ein Seil und wünschte ihm Glück.

»Bereit?«, fragte der Commander und Goes nickte.

»Bereit«, bestätigte er und stieg in das eiskalte Wasser. Schnell war er bis zum Hals eingetaucht und musste anfangen, zu schwimmen. Die Strömung war stärker, als er vermutet hatte und er kämpfte mit aller Kraft dagegen an. Dennoch wurde er immer weiter abgetrieben. Das Team folgte ihm am Ufer und war inzwischen zum Laufschritt übergegangen.

Der Special Trooper kraulte, als ginge es um sein Leben, und beanspruchte seinen Körper bis an dessen Grenzen und weit darüber hinaus. Seine Arme brannten bereits wie Feuer und der Schmerz in seinem Bein war kaum noch auszuhalten.

Plötzlich streifte ihn etwas, doch Goes konnte nicht erkennen, was es gewesen war. Erneut berührte ihn etwas und Ashley verdoppelte seine Anstrengungen. Es war nicht mehr weit, vielleicht noch zehn Meter, und er hatte es geschafft. Die Strömung ließ auf dieser Seite des Flusses stark nach und das Wasser wurde ruhiger. Da konnte er zum ersten Mal sehen, was mit ihm zusammen im kristallklaren Wasser war. Es sah aus wie ein armdicker, drei Meter langer Aal. Panik stieg in Goes hoch. Auf der Reise hierher hatten alle die Ökologie und Tierwelt von Phönix studiert. Jedenfalls das Wichtigste davon und dazu gehörten eben auch gefährliche Tiere. Diese Aale zählten dazu. Sollte ihn einer beißen, dann war es das für ihn. Noch während er sich darüber Gedanken machte, durchfuhr ein kräftiger Stromschlag seinen Körper und lähmte seine Muskeln. Der Trooper schrie vor Schmerzen auf und ging unter.

Das Team sah erschrocken auf die Stelle, an der ihr Kamerad eben noch zu sehen gewesen war und wartete. Doch es passierte nichts. Murphy machte sich an seinem Helm zu schaffen und es sah aus, als wollte er zu Hilfe eilen.

»Niemand geht ins Wasser«, würgte Commander Higgens den Versuch von Murphy ab.

»Aye, Sir«, erwiderte Scott mit großem Unwillen, hielt sich aber zurück.

Nach gefühlten drei Minuten tauchte Goes endlich wieder auf und kämpfte sich mit letzter Kraft ans rettende Ufer. In der Hand hielt er sein Kampfmesser. Der Teamleader zoomte den Trooper auf dem Head-up-Display näher und erkannte mehrere Bisswunden an dessen Beinen. Schwankend ging Ashley auf einen der nahestehenden Bäume zu und befestigte das Seil an ihm, dann brach er zusammen.

»Hutson, machen Sie das Seil fest. Klausthaler, Sie gehen voraus. Goes scheint verletzt zu sein und benötigt Ihre Hilfe«, gab der Commander seine Befehle, die noch, während er sprach, ausgeführt wurden. Rainer hakte seinen Anzug am Seil ein und warf sich ins Wasser. Mit hastigen Bewegungen zog er sich auf die andere Seite. Es kostete ihn eine Menge Kraft, sich über Wasser zu halten. Die Kampfpanzerung zog schwer an seinem Körper. Drüben angekommen stürzte er sich zu dem Verletzten und gestikulierte wild in Richtung des Teams, dessen restliche Mitglieder sich unterdessen ebenfalls nacheinander hinüber hangelten. Kensing und Stannis hatten die Kommissarin in die Mitte genommen und halfen der Frau, so gut sie konnten. Der Commander bildete das Schlusslicht und als er das andere Ufer erreicht hatte, kappte er das Seil.

»Was ist mit Goes?«, funkte er Klausthaler an.

»Diese scheiß Aale haben ihn erwischt. Er ist nicht mehr bei Bewusstsein. Ich gebe ihm etwas. Er sollte gleich zu sich kommen«, kreischte der Sanitäter mit sich überschlagender Stimme und fummelte hektisch an seiner Ausrüstung herum. Schließlich fand er die gesuchte Injektion und drückte das Gerät an die Halsschlagader des Verletzten. Mit einem leisen Zischen wurde der medizinische Cocktail in den Körper des Troopers gepumpt. Schlagartig riss Goes die Augen auf und starrte den Sanitäter orientierungslos an. Erst langsam kamen seine Erinnerungen zurück.

»Scheiße, Scheiße, Scheiße!«, rief er entsetzt aus. »Ich spüre meine Beine kaum noch!«

»Beruhige dich!«, mahnte Klausthaler, doch der Trooper war in Panik.

»Beruhigen? Bist du bescheuert? Alter, mich haben diese scheiß Aale gebissen! Ich bin am Arsch! Also sag mir nicht, ich solle mich beruhigen.«

Rainer blickte betreten zu Boden, denn er wusste, dass sein Kamerad recht hatte. Die Aale indizierten ihren Opfern beim Biss ein starkes Gift. Hinzu kamen die schweren Schäden, die durch die starken Stromschläge verursacht wurden.

»Reißen Sie sich zusammen, Soldat«, fuhr Higgens den Waffenexperten an. Seine Stimme klang viel härter als beabsichtigt. Aus dem Augenwinkel beobachtete er, wie die Kommissarin erschrocken zusammenzuckte. Doch es zeigte Wirkung.

»Aye, Sir«, gab Goes etwas ruhiger zurück. »Entschuldigung.«

»Angenommen«, sagte der Commander sanfter. Dann suchte er Blickkontakt zu Klausthaler, der langsam den Kopf schüttelte.

»Sorry, Commander, viel kann ich nicht für ihn tun. Er wird nicht laufen können, das Gift breitet sich bereits in seinem Körper aus. Ich kann ihm etwas geben, um ihn zu stabilisieren und die Auswirkungen zu verlangsamen, mehr aber auch nicht.«

»Wir können eine Trage bauen«, schlug Stannis vor. Der Vorschlag war blöd, das wusste er selbst, doch irgendetwas mussten sie doch machen können.

»Was soll das?«, fragte Goes. »Wir wissen alle, was das für mich bedeutet. Ich werde in diesem scheiß Sumpf verrecken, aber bestimmt nicht mit Drogen vollgepumpt und sabbernd auf einer Trage.«

»Sag doch nicht so was«, mischte sich nun auch Murphy ein.

»Warum nicht? Ist doch die Wahrheit. Ihr habt alle die Berichte und Studien gelesen. Welche Behandlung wird nach einem Biss von so einem Drecksvieh dringend empfohlen? Genau, der Betroffene ist innerhalb von zwei bis drei Stunden in einen Meditank zu legen. Bei nur einem Biss! Mich haben ein paar Aale erwischt! Hast du einen Meditank dabei?«, fragte Goes sarkastisch.

Scott wusste nicht, was er darauf sagen sollte und schwieg. Ashley hatte sich freiwillig gemeldet und kannte das Risiko, sie alle kannten das Risiko. Dennoch rechnete er dem Kameraden seinen Mut hoch an. Was der Trooper allerdings jetzt andeutete, gefiel ihm ganz und gar nicht. Alles lief darauf hinaus, den Waffenexperten zurückzulassen.

»Die Zeit drängt, wir müssen eine Entscheidung treffen«, sagte Higgens und ging neben dem Verletzten in die Knie. »Sind Sie sicher? Wir lassen niemanden zurück, das wissen Sie. Wir schaffen das schon irgendwie.«

»Lassen Sie es gut sein, Commander. Wir wissen beide, dass es keinen Sinn ergibt, wenn das Team mich mitschleppt. Geben Sie mir meine Ausrüstung und meine Waffen. Positionieren Sie mich so, dass ich den Fluss gut im Auge habe. Ich werde unsere Verfolger so lange aufhalten, wie es mir möglich ist. Vielleicht kann ich euren Vorsprung ausbauen.«

»Sie müssen das nicht tun. Wir können uns alle auf die Lauer legen und einen Hinterhalt stellen.«

»An Ihrem Gesicht kann ich sehen, dass Sie das selbst für eine blöde Idee halten«, lachte Goes bitter. Er fühlte sich komisch. Der Schmerz in den Beinen war nicht mehr vorhanden und auch die Muskelkrämpfe, die die starken Stromschläge verursacht hatten, waren fast nicht mehr zu spüren. Was immer ihm der Sanitäter gegeben hatte, es wirkte. »Uns verfolgen über zwanzig bis an die Zähne bewaffnete Männer, und wenn Stannis recht hat, und davon können wir ausgehen, sind das keine Anfänger, sondern ausgebildete Trooper. Vielleicht würden wir sie packen, aber es würde Verluste geben, auf beiden Seiten. Das wissen Sie so gut wie ich. Nein, lassen Sie mich zurück. Ich verschaffe Ihnen Zeit.«

»Danke. Wenn das alles vorbei ist, kommen wir Sie holen«, versprach Higgens und stand auf.

»Niemand wird zurückgelassen, nicht einmal die Toten?«, fragte Goes und eine einzige Träne trat aus seinem linken Auge, die er schnell mit der Hand wegwischte.

»Niemand wird zurückgelassen«, bestätigte der Commander. »Vor allem nicht die Toten.«

»Sie wollen den Mann wirklich hier lassen?«, fragte die Kommissarin entsetzt und baute sich vor Higgens auf.

»Von wollen kann keine Rede sein. Aber uns bleibt keine andere Wahl. Goes hat recht, dies ist nicht der geeignete Ort, um ein Gefecht auszutragen. Nehmen wir ihn mit, werden uns die feindlichen Soldaten schnell eingeholt haben.«

»Aber das ist sein Todesurteil!«, beschwerte sich McCollin. »Ehrlich, ich konnte den Mann am Anfang nicht besonders gut leiden«, flüsterte Isabelle, »und ich hielt es für einen Fehler, ihn in das Team zu holen. Doch ich habe mich geirrt. Ihr Instinkt war richtig. Goes hat sich als wertvolles Mitglied dieser Gruppe erwiesen. Das hat er nicht verdient!«

»Es geht nicht darum, ob er es verdient hat oder nicht. Ich tue das nicht gerne, das können Sie mir glauben.«

»Ich bin die Missionsleiterin, ich könnte Ihnen befehlen, den Soldaten mitzunehmen.«

»Das könnten Sie, sollten Sie aber nicht. Frau Kommissarin, Goes ist Soldat, schon sein ganzes Leben lang. Für ihn wäre es der schlimmste Tod, den er sich nur vorstellen könnte, wenn er elendig auf einer Trage sterben würde. Lassen Sie ihn würdevoll gehen. Er ist ein Trooper mit Leib und Seele und das ist genau der Tod, den er sich wünscht. Ich erwarte nicht von Ihnen, dass Sie das verstehen. Ich kann Sie nur bitten, das Richtige zu tun.«

McCollin dachte einen Moment nach und schaute zu Ashley hinüber. Das Team verabschiedete sich bereits von ihm, hatte ihn wieder in seine Kampfpanzerung gesteckt und hinter einer dicken Wurzel in Stellung gebracht. Klausthaler gab ihm zwei Injektionsdosierungen und erklärte Goes, wann und in welchen Abständen er die Mittel nehmen sollte. Der Späher montierte sein Sturmgewehr etwa zehn Meter neben Goes an einem Baum und übertrug die Steuerung der Waffe auf das Anzugsystem seines Kameraden. Zunächst wollte Ashley das nicht zulassen, weil Stannis nur noch seine Handfeuerwaffe blieb, doch der Trooper winkte ab und meinte, zur Not würde ihm ein Messer reichen. Die Ermittlerin glaubte ihm das sofort. Murphy platzierte ein paar Sprengladungen in Ufernähe und übergab Goes die Auslöser.

Für das gesamte Team stand fest, dass der Waffenexperte seine letzte Reise antreten und sich so teuer wie möglich verkaufen würde. *Warum fällt es mir so schwer, das ebenfalls zu akzeptieren?*, dachte Isabelle. »Also gut, Commander«, gab sie sich geschlagen. Higgens hatte recht, sie musste das nicht verstehen und würde es wahrscheinlich auch nie tun. Diese Soldaten waren etwas ganz Besonderes. Sie folgten einem mysteriösen Kodex, der für eine einfache Geheimagentin nicht zugänglich war. Auch wenn sich die Teammitglieder erst wenige Wochen kannten, waren sie zu einer Familie geworden. McCollin wurde bitter bewusst, dass sie nicht dazugehörte. Sie würde nie ein Teil dieser Gemeinschaft sein.

Die Gruppe machte sich abmarschbereit und Stannis studierte nochmals die Karte, bevor es weiterging.

»Commander?«, rief Ashley nach dem Teamleader.

»Ja, Special Trooper Goes?«, antwortete Higgens und trat zu dem Mann.

»Ich wollte mich bedanken, dass Sie es mir ermöglichen, einen ordentlichen Abgang zu machen.« Der Trooper versuchte, optimistisch zu klingen, was ihm aber nicht gelang.

»Hören Sie auf mit dem Unsinn«, fuhr ihn der Commander an. »Wenn sich hier einer bedanken muss, dann sind wir das. Ihr Opfer wird nicht umsonst sein. Wir werden den Schweinen das Handwerk legen, das schwöre ich. Und um die Typen, die uns verfolgen, werden wir uns auch kümmern. Sie werden bekommen, was sie verdienen.«

»Danke, Commander. Ich bin froh, dass Sie mich rekrutiert haben. Ich habe in meinem Leben eine Menge Mist gebaut. Jetzt habe ich die Chance, wenigstens einen kleinen Teil wiedergutzumachen.«

Darauf wusste Higgens keine Antwort. Es war nicht der richtige Moment, darüber nachzudenken. Er würde den Trooper weder für seine vergangenen Taten verurteilen, noch würde er derjenige sein, der Goes die Absolution gab. Das Einzige, was zählte, war das Hier und Jetzt. Und jetzt war der Waffenexperte in seinen Augen ein Held. Higgens beugte sich zu seinem Helden hinunter und drückte ihm kurz die Schulter. »Abmarsch«, befahl er und das Team zog weiter, immer tiefer in die Sümpfe hinein. Goes blieb alleine zurück. Niemand sprach ein Wort.

Kapitel 18

Zeit: 1032

Ort: Boulder-System, Planet: Phönix, in den Sümpfen

Paska stand am Ufer und spähte zur gegenüberliegenden Seite. Er suchte nach verdächtigen Anzeichen, konnte aber keine erkennen. Es hatte noch drei weitere Fallen gegeben, die er alle entschärfen konnte. Bei einer war er sich nicht sicher gewesen und hatte die Soldaten lieber in einem großen Bogen herumgeführt. Das hatte wertvolle Zeit gekostet und dementsprechend ungehalten war der Lieutenant. Die Laune des Offiziers wurde von Minute zu Minute schlechter.

Seitdem der Fährtenleser wusste, hinter wem sie her waren, wäre er am liebsten umgekehrt. Doch Keeps hätte ihn, ohne mit der Wimper zu zucken, erschossen. Eine Alternative wäre gewesen, sich einfach abzusetzen und die Männer sich selbst zu überlassen. Doch wohin sollte er gehen? Sich in den Sümpfen auf ewig verstecken? Außerdem hatte er Familie, eine Frau und zwei Kinder. Paska zweifelte daran, dass Keeps vor ihnen halt machen würde. Es blieb ihm keine andere Wahl und so ergab er sich in sein Schicksal.

Flamming Paska saß in der Hocke und ließ die feinen Kiesel, die am Flussufer einen kleinen Strand bildeten, durch seine Hände rieseln. Seine linke Hand zuckte unkontrolliert und er fluchte leise vor sich hin. Vor fast neun Jahren war er im Krieg gegen die Seisossa schwer verwundet worden. Eine Granate hatte ihm fast den ganzen linken Arm abgerissen. Fast drei Wochen hatte er in einem Meditank gelegen und der Arm war wieder rekonstruiert worden. Doch die Behandlung musste frühzeitig abgebrochen werden, da die Meditanks dringend für schwerer verletzte Soldaten gebraucht wurden. Seitdem hatte er immer wieder dieses unkontrollierte Zucken der Muskulatur in der linken Hand. Zurück an der Front war sein Handicap schnell aufgeflogen. Seine Vorgesetzten hielten ihn für dienstuntauglich und er erhielt einen Fahrschein nach Hause. Mit einer kleinen Invalidenrente musste Paska mit seiner Frau über die Runden kommen. Der Fährtenleser fühlte sich vom Imperium verraten. Mehrere Jahre hatte er sein Leben der imperialen Armee verschrieben, war für die Bürger des Imperiums durch die Hölle gegangen, hatte jeden Tag sein Leben riskiert und zum Dank hatten sie ihn weggeworfen wie den letzten Dreck. Darum musste er auch nicht lange überlegen, als das Jobangebot kam sich den Truppen auf Phönix anzuschließen. Das war sein Heimatplanet und General Straight bot ihm die Gelegenheit, nach Hause zurückzukehren. Flamming spezialisierte sich und jetzt war er einer der besten Spurensucher auf diesem Planeten. Sein außerordentliches Talent, sich in den Sümpfen von Phönix zurechtzufinden, verschaffte ihm einen festen Stand in der hiesigen Armee. Trotzdem gingen ihm Offiziere wie Keeps gegen den Strich.

»Und? Was gefunden?«, quatschte ihn der Lieutenant von hinten an.

»Ja, hier haben sie den Fluss überquert. Den Spuren nach waren sie vollzählig und es ist noch nicht lange her. Vielleicht zwei Stunden. Sie haben sich an einem Seil durch den Fluss gezogen. Erstaunlich!« Um seine Aussage zu untermauern, zeigte Paska seinem Vorgesetzten das gekappte Ende einer dünnen Sicherungsleine.

»Was ist daran erstaunlich?«

Innerlich verdrehte der Fährtenleser die Augen und konnte nicht begreifen, wie Keeps es bis zum Lieutenant geschafft hatte. Vielleicht reichte es einfach, ein Arschloch zu sein, um die Karriereleiter hinaufzuklettern.

»Das Seil muss irgendwie über den Fluss gekommen sein. Hier am Ende ist ein deutlicher glatter Schnitt zu erkennen. Ergo muss jemand die Leine auf die andere Seite gebracht haben. Und als der Letzte drüben war, haben sie das Seil gekappt.«

»Halten Sie mich für blöd?«, fragte Olivier Keeps. Dass es genau das war, wofür ihn der Spurensucher hielt, verschwieg Paska lieber. »So stark ist die Strömung nun auch wieder nicht. Es wird halt jemand rübergeschwommen sein und das Seil für die anderen befestigt haben.«

»Erstens ist die Strömung stärker, als Sie glauben. Die stellt selbst für einen erfahrenen und guten Schwimmer eine ordentliche Aufgabe dar, und zweitens, in einem Kampfanzug? Unwahrscheinlich! Im Grunde unmöglich. Er wird ohne Anzug ins Wasser gegangen sein.«

»Ohne Anzug?«, zweifelte Keeps. »So bescheuert kann niemand sein!«

»Oder aber jemand war besonders mutig. Die hohe Anzahl der Kaskaden-Aale unterstützt meine Theorie.« Flamming schaute in das klare Wasser und beobachtete die schwarzen Aalen, die sich durch das Wasser schlängelten. Die hohe Konzentration dieser Biester ließ nur einen Schluss zu: Sie hatten Blut gerochen und die Viecher versammelten sich, um auf weitere Opfer zu warten. Bei dem Gedanken, von einem Kaskaden-Aal gebissen zu werden, lief es ihm eiskalt den Rücken hinunter. Das kam einem Todesurteil sehr nahe. Einzig und allein ein längerer Aufenthalt in einem Meditank konnte das Leben des Gebissenen in den meisten Fällen retten. Gegen das starke Gift, das die Aale ihren Opfern verabreichten, gab es immer noch kein Gegengift. Die einzige mögliche Behandlung war eine komplette Bluttransfusion. Zusätzlich musste der Meditank das zerstörte Gewebe schneller regenerieren, als das Gift es zersetzte.

»Ich gehe davon aus, dass einer gebissen wurde«, sagte er zu Keeps.

»Umso besser. Wie war noch gleich das schwachsinnige Motto dieser Special Trooper? Wir lassen niemanden zurück? Dann schleppen sie wahrscheinlich schon lange eine Leiche mit sich herum. Das wird sie langsamer machen. Sehen wir zu, dass wir über den Fluss kommen. Die Männer sollen die Boote auspacken und startklar machen. Mit einer schnellen Überquerung können wir eine Menge Zeit gut machen.«

»Und wenn das eine Falle ist? Die Gruppe könnte sich am anderen Ufer verschanzt haben.«

»Soll mir recht sein, dann bringen wir es hier und jetzt zu Ende«, antwortete der Lieutenant überzeugt und brüllte seinen Männern Befehle zu.

Goes lag in seinem Versteck und beobachtete angestrengt den Fluss. Er wäre beinahe ein paarmal eingeschlafen und musste sich zwingen, wach zu bleiben. Dazu musste er viel früher, als es ihm Klausthaler geraten hatte, eine der beiden Injektionen nehmen. Der Mix aus Schmerzmitteln und Aufputschmitteln holte ihn aus seinem schon fast katatonischen Zustand heraus. Zusätzlich hatte er sich über das Anzugssystem mehrere Mittel injizieren lassen, die die Wirkung noch verstärkten. Wenn er nicht schon so gut wie tot wäre, hätten ihn die überdosierten Medikamente sicher umgebracht. Endlich konnte er die Verfolger am anderen Flussufer sehen. Eine große Gruppe hatte sich versammelt und machte sich bereit, den Fluss zu überqueren. Ashley hatte gehofft, dass die Terroristen auf ähnliche Weise das Wasser überwinden mussten wie sein Team. Doch enttäuscht musste er zusehen, wie die feindlichen Soldaten sich selbst aufblasende Schlauchboote aus ihren Rucksäcken zerrten und zu Wasser ließen. Kleine leistungsstarke integrierte Antriebe würden die Soldaten viel schneller über den Fluss bringen als ihm lieb war. Goes versuchte, die Anzahl der Gegner festzustellen, scheiterte aber immer wieder. Es fiel ihm schwer, sich zu konzentrieren. Je länger er auf einen Punkt starrte, umso mehr verschwamm seine Sicht und er hatte vergessen, wo er angefangen war. Bis ihm endlich der Gedanke kam, dass sein Anzug das für ihn übernehmen konnte. Der Trooper aktivierte die taktische Kampfsoftware und das automatische Zielsystem. Sofort begann die Software mit der Arbeit und markierte jeden einzelnen Soldaten. Goes steuerte die Software über den implantierten Chip in seinem Schädel und bestätigte die Abfrage, ob die markierten Einheiten als feindlich eingestuft werden sollten, mit ja. Jetzt hatte er 21 Ziele. Der Waffenexperte war unsicher, wann er zuschlagen sollte. Auf alle Fälle wollte er warten, bis alle auf dem Wasser waren. Die Angreifer hatten sich auf vier Boote aufgeteilt. Die kleinen integrierten Antriebseinheiten kämpften mit der Strömung und die Wasserfahrzeuge kamen nur langsam voran.

Jetzt oder nie, dachte Goes. *Lange halte ich nicht mehr durch.*

Er überprüfte ein letztes Mal die Systeme. Dabei stellte er fest, dass er völlig damit überfordert war, die zweite Waffe zu bedienen. Goes hatte schon Probleme, sich auf ein Zielsystem zu konzentrieren. Er programmierte schnell ein automatisches Feuerprogramm und richtete das Lasergewehr von Stannis grob auf die feindlichen Boote aus. Nach dem ersten Schuss aus seiner eigenen Waffe würde das Lasergewehr alle drei Sekunden automatisch einen Feuerstoß abgeben. Der Trooper nahm den ersten Mann im vordersten Boot ins Visier und versuchte, ruhig zu atmen, was ihm schwerfiel mit den ganzen Aufputschmitteln in seinem Blut. Die Mittel hielten ihn zwar einigermaßen wach, beschleunigten aber seinen Kreislauf auf eine unangenehme Weise. Immer wieder verschwamm das Head-up-Display vor seinen Augen und Goes hatte Probleme, die Waffe ruhig auf das Ziel zu halten. Die Boote hatten die Hälfte des Weges zurückgelegt, da bewegte der Special Trooper den Abzug. Der Schuss knallte laut und ging daneben. Sofort feuerte Goes erneut. Dieses Mal traf er und sein Ziel wurde vom Boot geschleudert. Sofort stürzten sich unzählige Kaskaden-Aale auf das Opfer. Ein Lichtstrahl zog über die Köpfe der Terroristen hinweg, der sie in Deckung zwang. Schlag auf Schlag feuerte der Trooper im Sekundentakt. Die Schüsse waren nicht besonders gut gezielt und die meisten gingen daneben.

»Feuer erwidern!«, brüllte Keeps seinen Soldaten zu. Doch nicht jeder konnte den Befehl ausführen, da sich die Boote gegenseitig behinderten. Die vorderen befanden sich in der Schusslinie. Ein weiterer Soldat ging über Bord und wurde zu Fischfutter. Der Lieutenant fluchte laut, als er seinen Fehler erkannte. »Ausschwärmen, und nehmt die Böschung endlich unter Feuer«, schrie er seine Anweisung. Selbst nahm er die Waffe in Anschlag und zielte auf die Stelle, an der er den Schützen mit dem Lasergewehr vermutete. Äste wurden abgerissen und kleine Kieselsteine durch die Luft geworfen, die auf den Waffenexperten niedergingen.

Es lief nicht, wie Goes es sich erhofft hatte. Seine Schussposition war nicht ideal. Er lag verborgen hinter einer dicken Wurzel und konnte kaum etwas sehen. Die Boote kamen immer näher und fuhren jetzt nebeneinander. Die Terroristen nahmen ihn und die fiktive Stellung unter Beschuss. Kugeln peitschten durch die Büsche und kleine Äste und Blätter wurden umhergeschleudert. Laserstrahlen zerfetzten Baumstämme und legten kleine Brände um den Trooper. Ashley gelang es nicht, sein Sturmgewehr so auszurichten, dass das Fadenkreuz seiner Waffe und das des Zielsystems im Head-up-Display übereinander lagen. Mit aller Kraft zog er sich an der Wurzel mit den Armen hoch. Dann zerrte er an einem Bein und schaffte es irgendwie, sich auf dem Knie abzustützen. Seinen Oberkörper lehnte er gegen den Baum und bekam dadurch eine gewisse Stabilität. Zum Schluss deaktivierte er die Zielsoftware seines Anzugsystems und brachte die Waffe in Anschlag. *Dann eben auf die altmodische Art,* dachte er. Erneut verließen die panzerbrechenden Geschosse den Lauf seines Sturmgewehrs im Sekundentakt. Goes verließ sich nun ganz auf seinen Instinkt und auf seine Augen. Er nahm das erste Boot unter Dauerfeuer. Die Schüsse peitschten die Böschung hinunter zum Fluss. Vielleicht war es ein gezielter Schuss, wahrscheinlich aber nur Glück, denn eine der Kugeln durchdrang das Gewebe der Bordwand des Schlauchboots, das kugelsicher sein sollte und riss ein Loch hinein. Das Boot hatte das Ufer fast erreicht, als es sank. Die Soldaten eilten aus dem Wasser. Zwei schafften es nicht rechtzeitig und wurden von den Aalen erwischt. Markerschütternde Schreie wehten zu dem Trooper herüber. Mit einem teuflischen Grinsen nahm Ashley sie zur Kenntnis und fletschte die Zähne. Plötzlich fiel Goes um und knallte mit dem Visier auf die Wurzel, hinter die er sich gekniet hatte. Sein Kopf schlug hart gegen die Innenseite der Sichtscheibe. Zunächst wusste er nicht, was passiert war, bis er an seinem linken Bein hinunter schaute. Eine Kugel hatte ihn am Oberschenkel erwischt und das Bein abgetrennt. Jetzt hing es nur noch an ein paar Sehnen. *Komisch*, dachte der Waffenexperte, *ich spüre nichts!* Das Gift der Kaskaden-Aale und die Medikamente hatten ihm sämtliches Gefühl genommen. Entsetzt musste der Trooper mit ansehen, wie sich eine große Blutlache unter ihm ausbreitete. Als er das Zielsystem deaktivierte, hatte er versehentlich das ganze Anzugsystem heruntergefahren. Daher kümmerte sich jetzt das Notprogramm nicht um seine Verletzung. *Idiot*, dachte er und fuhr die Systeme wieder hoch. Doch das kostete wertvolle Sekunden, Sekunden, in denen er verbluten konnte. Goes merkte bereits, wie ihm schwindelig wurde.

Am Ufer detonierten die ersten Sprengladungen, die Murphy gelegt hatte und zwei feindliche Soldaten wurden in Stücke gerissen. Für Ashley war die Reise hier zu Ende, das wusste er. Also verabreichte er sich alle Mittel, die er noch bei sich hatte und brachte sein Blut in Wallung. Schlagartig wurde er für einen Moment klar. Der Anzug war inzwischen hochgefahren und hatte die Wunde versorgt. Dort, wo das Lasergewehr stand, das immer noch alle drei Sekunden einen Schuss abgab, schlug eine Granate ein. Die Druckwelle wirbelte Goes durch die Luft und brachte ihn zufällig wieder in eine Position, in der er weiter auf die Angreifer schießen konnte. Er schrie sich seinen Frust von der Seele und riss den Abzug voll durch. Mit Dauerfeuer bestrich er die heranstürmenden Feinde und konnte noch zwei niederstrecken, bevor eine Kugel die Hälfte seiner linken Schulter pulverisierte. Seine Waffe flog in hohem Bogen davon. Erschöpft fiel der Trooper auf den Rücken und keuchte schwer. Sein Atem ging schnell und flach und Ashley versuchte, Sauerstoff in die Lungen zu bekommen. Er hörte Schreie, jemand brüllte Befehle und Soldaten bestätigten diese.

Goes konnte sich nicht mehr bewegen. Seine Augen starrten reglos nach oben. Hier, in der Nähe des Flusses, war das Blätterdach nicht ganz so dicht und ließ den Blick auf einen wolkenlosen Himmel zu. Seine Sicht verdunkelte sich und stattdessen sah er in die Mündung einer Pistole. Er sah sein Spiegelbild in dem Visier des Soldaten, der sich über ihn beugte. Hinter der Scheibe war ein teuflisches Grinsen zu erkennen. Special Trooper Ashley Goes lächelte. Er verspürte keine Schmerzen und wünschte sich, der Typ würde ihm aus der Sonne gehen. Sein Körper wurde von einem noch nie da gewesenen Frieden durchflutet. Er breitete geistig seine Arme aus und hieß den Tod willkommen. Es blitzte an der Mündung der Waffe auf, die auf ihn gerichtet war und dann war da nur noch Dunkelheit.

Keeps steckte seinen Blaster in das Halfter zurück. Zu seinen Füssen lag ein toter Special Trooper der imperialen Streitkräfte, den er soeben mit einem Kopfschuss hingerichtet hatte. Paska sollte recht behalten. Sie hatten es tatsächlich mit einer Spezialeinheit zu tun. Einer seiner Soldaten kam zu ihm und gab den ersten Bericht über die erlittenen Verluste durch, und der Lieutenant musste schwer schlucken. Ein einzelner Mann hatte acht seiner Männer erledigt. Acht! Sofort bereute er es, den Imperialen einfach erschossen zu haben. Er hätte ihn elendig verrecken lassen sollen.

»Und, halten Sie die Berichte über diese Soldaten immer noch für übertrieben?«, fragte Paska, der seitlich an den Offizier herangetreten war. »Sagen Sie nicht, ich hätte Sie nicht gewarnt.«

»Ach, halten Sie die Klappe«, blaffte Keeps den Fährtenleser an.

»Wie Sie meinen. Aber wir können froh sein, dass uns nicht das ganze Team aufgelauert hat. Ich kann mir nicht erklären, warum sie es nicht gemacht haben. Die Lage für einen Hinterhalt war perfekt. Dennoch haben sie es vorgezogen, einen einzigen Mann zurückzulassen.«

»Ich bin nicht blöd«, bluffte der Lieutenant. »Ein einziger Mann hat mich ein Drittel meiner Männer gekostete!«

»Was machen wir jetzt?«, fragte Paska und sah seinen Vorgesetzten auffordernd an. Innerlich musste er dem toten Imperialen seinen größten Respekt zollen. Er hatte sich für sein Team geopfert und ihren Verfolgern schwere Verluste zugefügt. Er war tapfer und heldenhaft gestorben.

»Wir rufen Verstärkung«, entschied Keeps. »Wir verlieren zwar Zeit, aber die werden wir im *Tal der Tränen* wieder aufholen«, sagte er und funkte das Hauptquartier an.

Paska konnte nur den Kopf schütteln. Er fand diese ganze Hetzjagd völlig idiotisch. Die Eliteeinheit konnte nur ein Ziel haben. Hätte er das Sagen gehabt, hätte er die Sümpfe für sich arbeiten lassen und im Fort Lattery auf die Feinde gewartet. Aber er hatte nichts zu sagen. So ging er mit seinem Vorgesetzten zurück ans Flussufer und wartete darauf, das General Straight noch mehr Männer schickte. Plötzlich gab es einen lauten Knall und eine Druckwelle fegte den Spurensucher von den Beinen. Ein Soldat stand zu dicht am Ufer und flog ins Wasser. Sofort waren die Aale zur Stelle. Für sie gab es heute ein Festmahl.

Paska lag auf dem Bauch und fühlte sich benommen. In seinen Ohren piepste es und die Geräusche drangen nur dumpf zu ihm. Es kostete ihn alle Mühe, sich auf den Rücken zu drehen. Neben ihm lag der Lieutenant, den die Druckwelle ebenfalls umgehauen hatte.

»Was ist passiert?«, fragte der Fährtenleser. Er hörte seine eigene Stimme, als käme sie aus weiter Ferne. Keeps gab keine Antwort, rappelte sich aber bereits auf die Beine.

»Verdammt«, fluchte der Offizier und schüttelte seinen Kopf. »Was war das?«, fragte auch er. Paska zuckte mit den Schultern.

»Keine Ahnung, Sir«, schrie er, so laut er konnte. »Es kam von da oben«, brüllte er weiter und zeigte auf die Stelle, an der der Imperiale gestorben war. Doch dort, wo der Trooper eben noch gelegen hatte, war nur noch ein kleiner Krater zu sehen. Mehrere Bäume hatte es zerfetzt und tausende Holzsplitter waren wie Geschosse durch die Gegend geflogen. Überall mühten sich die Soldaten wieder auf die Beine und stöhnten. Viele waren verletzt. Einige hatten Glück und nur eine Schnittwunde erlitten, andere hatten Pech und die Splitter hatten sie übel zugerichtet.

Meine Fresse, dachte Flamming Paska. *Der Trooper muss noch vor seinem Tod sein Anzugsystem überladen und die Energiezelle zur Detonation gebracht haben.* Dann wuchtete sich der Spurensucher in die Höhe und versuchte, sich einen Überblick zu verschaffen. Am Strand lagen überall Holzsplitter, Äste und Dreck herum. Dazwischen erkannte Paska immer wieder einige Körperteile.

Kapitel 19

Zeit: 1032

Ort: Boulder-System, Planet: Phönix, Tal der Tränen

Higgens schloss die Augen und senkte den Kopf. Dann schaltete er die Kameraansicht von Ashley Goes aus. Das Bild war am Schluss nicht mehr scharf gewesen und mit Störungen durchzogen, denn sie waren fast außer Reichweite. Mehr musste der Commander auch nicht sehen. Der Trooper hatte alles gegeben und war heldenhaft auf dem Schlachtfeld gestorben. Eine größere Ehre gab es nicht für einen Soldaten. Dennoch schmerzte ihn der Verlust sehr.

In der Ferne war eine Explosion zu hören und Higgens erhielt eine automatisch gesendete Nachricht von Special Trooper Goes:

Hi Commander,

wenn diese Nachricht Sie erreicht, dann habe ich es hinter mir und bin tot. Ich hoffe, ich konnte dem Team etwas Zeit verschaffen. Leider muss ich Sie enttäuschen, Commander. Auch wenn niemand zurückgelassen wird, dieses Mal gibt es nichts, was Sie holen können. Ich habe den Anzug so programmiert, dass sich die Energiezelle überläd, sobald meine Vitalwerte nicht mehr vorhanden sind. So kann ich wenigstens mit einem großen Knall abtreten.

Ich glaube an Sie. Erfüllen Sie die Mission und bringen Sie die anderen heil nach Hause.

Goes

Das war alles. Kommentarlos sandte Higgens die Nachricht an alle Teammitglieder, auch an die Kommissarin. Er hatte zugesehen, wie der Mann gestorben war. Der Teamleader konnte nichts Heldenhaftes daran erkennen. Er hatte gesehen, wie der Trooper sein Bein verloren hatte, wie Kugeln seinen Körper zerfetzten, Detonationen ihn durch die Luft schleuderten und war auch bei ihm, als der Terrorist seinem Mann in den Kopf schoss. Was sollte daran heldenhaft sein? Diese düsteren Gedanken behielt Higgens für sich. Er griff auf seinen Anzug zu und löschte die Videoaufzeichnungen, die das System automatisch angefertigt hatte.

Es breitete sich eine bedrückte Stimmung in der Gruppe aus. Zum Reden war niemandem zumute und so marschierten sie schweigend immer tiefer in den Sumpf. An der Spitze wie immer Stannis, der für das Team den sichersten und schnellsten Weg suchte.

Es wurde langsam dunkel und der Späher kundschaftete eine geeignete Stelle aus, an der sie einigermaßen gefahrlos übernachten konnten. Noch immer wollte keiner der Soldaten über Goes sprechen. Stumm bereiteten sich die Soldaten auf die kommende Nacht vor.

Über ihre Köpfe donnerten mehrere Flugobjekte hinweg. Angst vor einer Entdeckung brauchte keiner zu haben, denn der Sumpf war so dicht mit Bäumen zugewachsen, dass eine optische Ortung nicht möglich war. Higgens hatte allen befohlen, die Anzugsysteme auf das absolute Minimum herunterzufahren, damit die Energie der Kampfpanzerung nicht geortet werden konnte. Das hieß allerdings auch, die Klimatisierung zu deaktivieren und nur die Frischluftfilter in Betrieb zu halten. Das Team hatte den ganzen Tag geschwitzt und der Marsch war ein Martyrium gewesen.

»Ob die nach uns suchen?«, fragte Murphy den Commander und lehnte sich lässig gegen einen Baum. Seine Waffe lag locker in der Armbeuge.

»Du meinst die Fluggeräte, die eben über uns weggedonnert sind?«, antworte Higgens und zeigte nach oben.

»Ja.«

»Ich glaube nicht. Dafür waren die viel zu schnell und es hörte sich auch an, als ob sie zu hoch waren.«

»Was war es dann? Zufall?«

»Glaub ich auch nicht, ich denke, unsere Verfolger haben Verstärkung erhalten. Goes hat denen ganz schön die Hölle heißgemacht.«

»Woher willst du das wissen?«, fragte Murphy ernst und hob eine seiner Augenbraue. Das tat er immer, wenn er sehr skeptisch war.

»Eine längere Geschichte. Er hat mindestens acht oder neun Terroristen mitgenommen und wir können davon ausgehen, dass viele verletzt worden sind, als sein Anzug explodierte. Du weißt ja, was für eine Sprengkraft die Energiezellen der Anzüge haben.«

»Du hast dich in seine Kameras eingeloggt!«, rief Scott und der Commander nickte. »Kann ich die Bilder sehen?«

»Nein!«, verweigerte der Teamleader überraschend aggressiv.

»Warum nicht?«

»Weil ich der Meinung bin, dass es niemanden etwas angeht. Er ist tot, Scott. Belass es dabei. Ich musste mich einklinken, um zu erfahren, was dort passiert. Und glaube mir, ich hätte gerne darauf verzichtet. Außerdem habe ich die Aufnahmen gelöscht. Das Thema ist beendet. Du übernimmst die erste Wache.«

»Aye, Sir«, sagte Murphy übertrieben laut und brachte damit sein Unverständnis zum Ausdruck. Er salutierte und ließ den Commander stehen.

»Meinungsverschiedenheiten?«, fragte die Kommissarin, die sich zu Higgens gestellt hatte.

»Was?«, fragte der Teamleader und schreckte hoch.

»Entschuldigen Sie, ich wollte Sie nicht erschrecken. Ich fragte, ob es Probleme mit Murphy gibt, er sah recht verstimmt aus.«

»Ach das. Nein, der regt sich wieder ab. Aber wenn Sie schon einmal hier sind, wie geht es Ihnen?«

»Ich denke ganz gut. Warum fragen Sie?«

»Der Tag war anstrengend und dazu noch die Hitze. Und wir haben einen Mann verloren. Sie waren nicht damit einverstanden, Goes zurückzulassen.«

»Es war für jeden von uns anstrengend. Oder fragen Sie mich das, weil ich eine Frau bin?«, lächelte McCollin.

»Was, äh, nein, natürlich nicht.«, stammelte Higgens und schalt sich selbst für seine unsensible Bemerkung. Wenn er ehrlich war, hatte er großen Respekt vor der Ermittlerin. Soweit er informiert war, verfügten Agenten zwar auch über einige Aufrüstungen, doch diese waren nicht so umfangreich wie die eines Soldaten und dennoch hielt sie das Tempo gut mit, ohne sich zu beklagen.

»Ich hatte Zeit, darüber nachzudenken«, fuhr sie fort und entließ den Commander damit aus seiner Peinlichkeit. »Sie haben die richtige Entscheidung getroffen, ich habe zu emotional reagiert. Tut mir leid.«

»Gibt nichts, wofür Sie sich entschuldigen müssen. Solche Reaktionen zeigen uns, dass wir noch Menschen sind. An dem Tag, an dem uns solche Entscheidungen egal werden, glaube ich, gibt es keine Hoffnung mehr für uns Menschen.«

»Reden wir noch über Goes oder geht es hier um etwas anderes?«, fragte Isabelle geradeheraus.

»Sagen Sie es mir, denn ich verstehe das hier alles nicht.«

»Was meinen Sie?«

»Alles. Wieso soll der Direktor hinter dem Anschlag stecken? Was hat er davon? Warum mussten so viele Geiseln sterben? Eine oder zwei, okay. Das hätte ich verstanden, aber so viele unschuldige Menschen? Ich begreife nicht, was Koslowski damit bezwecken wollte. Er hätte sich zu erkennen geben können und das Töten wäre vorbei gewesen. Zumal er Ihrer Meinung nach hinter allem steckt. Was hat der Mann vor?«

»Glauben Sie mir, Commander. Darüber zerbreche ich mir schon die ganze Zeit den Kopf. Ehrlich? Bis jetzt ist mir noch nichts Schlüssiges eingefallen. Für mich ist das genauso ein Rätsel wie für Sie. Wir werden den Direktor wohl selber fragen müssen, wenn wir ihn dingfest gemacht haben.«

»Mhm«, machte Higgens. »Wir sollten uns ausruhen. Morgen wird wieder ein harter Tag.«

»Da haben Sie sicher recht«, entgegnete die Kommissarin und ging zu den anderen hinüber. Die erste Nacht in der Kampfpanzerung war für sie die Hölle gewesen und Isabelle hatte kaum ein Auge zugemacht. Im Gegensatz zu ihr schien es die Soldaten nicht zu stören. Hutson und Kensing schliefen bereits tief und fest. Von Stannis und Juvis war wie in der ersten Nacht nichts zu sehen. Die anderen beiden hielten die erste Wache. McCollin hatte den Commander angelogen, denn es ging ihr gar nicht gut. Sie war müde und von den Geschehnissen entsetzt. Ihr machte der Tod von Goes schwer zu schaffen. Sie hatte Angst, noch mehr Teammitglieder zu verlieren, und irgendwo schwamm auch die Angst um ihr eigenes Leben mit. Immer wieder keimte in ihr Verzweiflung auf und sie hielt die Mission für gescheitert. Isabelle konnte sich nicht vorstellen, wie das Team jetzt noch seinen Auftrag ausführen sollte. Höchstwahrscheinlich würden sie alle ihr Leben in den Sümpfen von Phönix verlieren. Doch immer, wenn sich diese Gedanken in der Kommissarin in den Vordergrund drängten, rang sie sie nieder und zwang sich zu Optimismus.

Letztendlich zollten die Anstrengungen des Tages ihren Tribut. Die Ermittlerin hatte sich kaum hingesetzt und an einen Baum gelehnt, da fiel sie in einen tiefen von Alpträumen durchsetzten Schlaf.

Die Nacht verlief ruhig und mit den ersten Sonnenstrahlen war das Team bereits wieder auf dem Weg. Die Temperaturen stiegen stark an und sofort wurde es wieder unerträglich heiß in den Anzügen. Die Landschaft änderte sich allmählich. Der Sumpf wich immer mehr trockenen Gegenden und es ging stetig bergauf. Endlich führte Stannis die Gruppe einen Hang hinunter und sie kamen in ein Tal, in dem ein bläuliches Gras wuchs, das den Soldaten fast bis zur Brust reichte. Die erste Veränderung war an der Kommissarin zu erkennen. Isabelle liefen die Tränen hinunter. Sie konnte sie einfach nicht unterdrücken. Eine tiefe Traurigkeit hatte sie ergriffen und jedes noch so schreckliche Ereignis in ihrem Leben wallte nach oben. Sie dachte an ihre Mutter, die nach langer schwerer Krankheit gestorben war. McCollin hatte ihre Mutter über alles geliebt. Es gelang ihr nicht, die Bilder zu verdrängen. Das Gefühl übernahm ihren Körper und erschütterte sie bis ins Mark. Immer mehr Tränen liefen an ihren Wangen hinunter und die Ermittlerin fing an, laut zu schluchzen. Schnodder lief ihr aus der Nase und ihr Herzschlag beschleunigte sich.

»Alles in Ordnung?«, fragte Klausthaler, der die Vitalwerte aller Mitglieder des Teams ständig überwachte. Dann sah er in ihr Gesicht und zog die Stirn in Falten. Was war nur mit der Kommissarin los?

»Wir alle vermissen ihn«, sprach er besänftigend auf sie ein, doch McCollin zeigte keine Reaktion. Im Gegenteil, sie blieb einfach stehen, ließ sich im hohen Gras nieder und ergab sich ihren Emotionen. Sie presste die Handflächen an das Visier und verfiel in einen Heulkrampf.

»Commander«, funkte Klausthaler Higgens an. »Mit McCollin stimmt was nicht!«

Higgens kam zu den beiden gelaufen und sah die Ermittlerin am Boden liegen. Ein paar Tränen liefen dem Teamleader über die Wangen und er blinzelte die Flüssigkeit aus den Augen. Seit Jahren hatte er nicht mehr an den Soldaten Flint Eggers gedacht. Ein junger Bursche, gerade einmal achtzehn Jahre alt. Er kam von der Akademie direkt in seine Einheit. Eggers hatte einen traurigen Rekord aufgestellt. Sie hatten ihn mit vielen anderen direkt an die Front geflogen und er war so voller Tatendrang. Der frischgebackene Trooper suchte seinen Captain und stellte sich vor. Gegen die Vorschriften hatte er nicht salutiert, sondern dem Captain die Hand zur Begrüßung hingehalten. Er wollte einmal die Hand seines Idols schütteln. Higgens war viel zu überrascht, dass er nicht auf eine ausreichende Deckung achtete, und dem jungen Mann die Hand reichte. Damals dachte er, es könnte nicht schaden. Es würde die Moral des Troopers stärken. Wie aus dem Nichts kam der schwere Laserstrahl und verdampfte den Körper von Flint Eggers. Captain Higgens stand wie paralysiert da, und noch immer lag die Hand des Jungen in seiner. Sonst war da nichts mehr.

Der Commander fing ebenfalls an zu schluchzen. Es war seine Schuld gewesen. Hätte er den Mann in Deckung gezogen, würde er heute noch leben.

Klausthaler sah seinen Vorgesetzten an und in ihm klingelten die Alarmglocken. Hier stimmte etwas nicht. Er rief das Team zusammen und schaute sich jeden genau an. Bis auf Stannis schienen alle von Emotionen gepackt worden zu sein, die sie nicht kontrollieren konnten.

»Verdammt«, fluchte der Sanitäter und blinzelte eine Träne aus seinem rechten Auge. *Bitte nicht jetzt*, dachte er, konnte sich aber der Gefühle nicht erwehren. Der Krieg hatte den Feldchirurgen ausgelaugt. Täglich kamen verletzte Soldaten zu ihm in das provisorische Lazarettzelt, teilweise fürchterlich entstellt. Sie weinten und flehten ihn an, ihnen zu helfen. Einige riefen in ihrem Schmerz nach ihren Müttern und wimmerten, dass sie nach Hause wollten. Das war einfach zu viel für Klausthaler gewesen und er fing an, Beruhigungsmittel zu nehmen. Fast wöchentlich musste er die Dosis erhöhen und irgendwann hatte sein Körper eine Immunität gegen die Medikamente entwickelt. Er griff zu anderen Betäubungsmitteln und dröhnte sich jeden Tag zu. Eines Tages war er völlig stoned und hätte frei gehabt, aber es kamen so viele Verletzte von der Front, dass ihn seine Vorgesetzten in den Dienst zurückgerufen hatten. Im Rausch hatte er eine schwierige Operation an einem Captain der Infanterie durchgeführt. Zunächst verlief alles gut und er konnte den Mann stabilisieren. Doch noch auf dem Weg zum Lazarettschiff war der Captain gestorben. Eine Obduktion hatte ergeben, dass Klausthaler eine kleine Klammer im Körper des Soldaten vergessen hatte. Die Klammer hatte sich beim Transport gelöst und der Mann war innerlich verblutet. Der Sanitäter hatte diese Erinnerung tief in eine Truhe seiner Seele gesperrt und den Schlüssel weggeworfen. Irgendetwas hatte die Kiste geöffnet und den Inhalt freigesetzt. Klausthaler schwankte und verfiel wie die Kommissarin in einen Heulkrampf.

Der Späher sah einen nach dem anderen zu Boden gleiten. Seine Kameraden schienen in ihren Emotionen gefangen zu sein, denn auf seine Kommunikationsversuche reagierte niemand. Sie verloren dadurch wertvolle Zeit, in der ihre Verfolger aufholen konnten.

Am schlimmsten schien es McCollin erwischt zu haben. Sie schluchzte immer schneller und zitterte am ganzen Körper. Stannis fiel auf, dass die Ermittlerin kaum noch Luft bekam. Gegen alle Vernunft nahm er der Frau den Helm ab. Aus seiner Tasche kramte er ein Tuch und wischte ihr den Schnodder und die Tränen aus dem Gesicht. Doch noch immer reagierte Isabelle nicht. Er schüttelte sie und schrie sie an, aber sie zeigte keine Reaktion. Dann nahm er das Gesicht der Frau zwischen die Hände und versuchte, beruhigend auf sie einzureden. Kaum berührten seine Finger die Wangen der Kommissarin, geschah etwas Erstaunliches. Luis bekam schlagartig zu spüren, was Isabelle in diesen katatonischen Zustand versetzte. Er sah immer wieder die Szene, wie sich die Ermittlerin am Bett einer Frau in mittlerem Alter befand. Sie saß auf einem Stuhl und hielt die Hand der kranken Frau. Es handelte sich um ihre Mutter, die im Sterben lag. Woher der Späher das wusste, konnte er nicht sagen. Er wusste es einfach. In Gedanken übermittelte er Isabelle, dass sie in dieser schweren Zeit nicht alleine war. Er war bei ihr und würde ihr Halt geben. Sein Mitgefühl war nicht gespielt und zeigte Wirkung. McCollin beruhigte sich langsam. Das Schluchzen wurde weniger und sie konnte wieder tief Luft holen.

»Wie haben Sie das gemacht«, fragte die Kommissarin immer noch unter Tränen. Ihre Traurigkeit war nicht verschwunden, doch sie hatte das Gefühl, sie mit jemandem teilen zu können.

»Ich weiß es nicht«, antwortete Stannis ehrlich und nahm seine Hände aus dem Gesicht der Frau. Sofort schossen ihr wieder Tränen in die Augen. Der Späher stutzte und streichelte ihre Wange. »Ich bin bei Ihnen«, flüsterte er und erneut übertrugen sich ihre Gefühle auf ihn und es ging ihr augenblicklich besser. Luis schaute zu seinen Kameraden, denen es anscheinend wie der Kommissarin erging. Da kam ihm eine Idee. Dazu musste er von Isabelle lassen, die sofort wieder mit dem Weinen begann. So schnell er konnte, zog er den Soldaten die Handschuhe aus. Dann legte er die Hand von Hutson in die von Kensing. Es funktionierte! In die freie Hand von Kensing legte er die von Murphy und so weiter, bis sich am Ende alle an den Händen hielten. Unwillkürlich musste Stannis grinsen, auch wenn die Situation alles andere als harmlos war. Doch das Bild vor ihm war einfach zu grotesk. Die härtesten Soldaten, die er kannte, saßen friedlich im Gras und hielten Händchen.

Er machte eine Momentaufnahme und speicherte das Bild für später. Man wusste nie, wozu man das brauchen konnte. Die Männer kamen langsam zu sich und schauten verwirrt von einem zum anderen.

»Lasst eure Hände nicht los!«, mahnte Stannis und hockte sich vor seinen Vorgesetzten. »Hören Sie mich, Commander?«, fragte er Higgens, der noch immer abwesend schien. Der Späher musste die Frage noch dreimal wiederholen, bis der Teamleader den Special Trooper wahrnahm.

»Ja«, sagte er knapp und seine Stimme klang kraftlos.

»Dann hören Sie mir gut zu. Irgendetwas ist mit Ihnen und dem Team passiert. Ich kann Ihnen nicht sagen, was, aber sie alle scheinen in irgendwelchen Emotionen gefangen zu sein. Das einzige Mittel dagegen scheint zu sein, dass sie einander berühren. Wie es aussieht, mindert das die Symptome. Fragen Sie mich nicht, warum. Doch es ist wichtig, dass Sie sich die ganze Zeit an den Händen halten.«

Stannis hatte keine Ahnung, was gerade in dem Mann vorging, aber irgendetwas passierte mit ihm. Erst zögerte er, doch dann legte er seine Hand auf die des Commanders, der wiederum die der Kommissarin festhielt. Erneut erlebte Luis Unglaubliches. Die Emotionen aller Teammitglieder drängten sich in sein Gehirn. Wieder sah er Isabelle am Sterbebett ihrer Mutter, Klausthaler, der für den Tod eines Patienten verantwortlich war und mit der Schuld nicht mehr leben konnte. Selbstmordgedanken plagten den Sanitäter. Da war Juvis, der neben einem fremden Mann stand, der mit seinem Scharfschützengewehr Frauen und Kinder erschoss und dabei eine zufriedene Grimasse zog. Er sah Murphy, wie er eine Sprengladung zündete und ein Mensch in Stücke gerissen wurde. Dessen Teammitglieder flogen durch die Luft und blieben reglos liegen. Dann war da noch Hutson, der zusah, wie ein Mann in einer dunklen Seitengasse zu Tode geprügelt wurde. Er stand da, als ginge es ihn nichts an. Es war seine Aufgabe, auf seinen Klienten aufzupassen und nicht den Helden zu spielen. Die Schuldgefühle lasteten schwer auf der Seele des Computerexperten. Kensing spielte mit seinem jüngeren Bruder in einer verlassenen Fabrik, obwohl seine Eltern es verboten hatten. Der damals Zwölfjährige sollte auf seinen Bruder aufpassen, während die Eltern zum Einkaufen unterwegs waren. Er hatte ihn einen Feigling genannt, weil der erst Achtjährige nicht über den Stahlträger balancieren wollte. Immer und immer wieder sah Sac, wie sein kleiner Bruder unaufhaltsam in die Tiefe stürzte. All die Bilder drangen auf den Späher ein und er wusste, alles was er sah, sahen auch die anderen und es minderte den Schmerz.

»Was zum Teufel passiert hier?«, fragte Higgens und sah dem Trooper tief in die Augen.

»Was auch immer. Wir müssen hier weg«, antwortete Luis hastig. »Das hat uns schon eine Menge Zeit gekostet. Ich schätze mindestens zwei Stunden.«

»Was?« rief der Commander erschrocken auf und hätte beinahe seine Hand von Murphy losgerissen, hielt sich aber im letzten Moment zurück. »Machen wir, dass wir hier wegkommen. Übernehmen Sie die Führung?«

»Natürlich, Commander, das ist mein Job«, grinste Stannis und ließ die Hand des Teamleaders los. Dann bahnte er sich einen Weg durch das hohe Gras. Das Team folgte in geringem Abstand. Sie liefen, so schnell es ging, Hand in Hand über die Steppe. Nach fast zwei Stunden hatten sie es geschafft und waren wieder in den Sümpfen angekommen. Vorsichtig lösten sich die Hände voneinander, jederzeit bereit, wieder zuzupacken. Doch nichts geschah.

»Was für eine wahnsinnige Scheiße!«, rief Murphy und schüttelte sich. »Das war mit Abstand die abgefahrenste Erfahrung, die ich je gemacht habe.«

Es waren nicht die Worte, die die andern des Teams gewählt hätten, aber es brachte das Erlebte auf den Punkt.

»Ach du meine Güte«, rief Klausthaler aus und hielt einen Gegenstand in die Luft. »Schaut euch einmal eure Filter an. So etwas habe ich noch nie gesehen«, fuhr er fort und untersuchte den Filter, der die Atemluft reinigen sollte, genauer. Die Membranen waren zerfressen und voller blauer Sporen.

»Meiner sieht genauso aus«, rief Hutson und bestaunte ebenfalls seinen Luftfilter.

»Ich empfehle, die Filter umgehend zu tauschen«, riet der Sanitäter und warf seinen alten achtlos zu Boden. Dann schob er eine neue Kartusche in den Anzug.

»Willst du die nicht genauer untersuchen?«, fragte Hutson, kam dem Beispiel von Klausthaler nach und schob einen neuen kleinen kaum fünf Zentimeter langen Filter in die Vorrichtung an seiner Kampfpanzerung.

»Wozu?«, fragte Rainer und sah den Computerexperten fragend an.

»Du bist der Arzt. Sollten wir nicht wissen, was passiert ist und was das für ein Zeug ist?«

»Ich bin Chirurg und kein Biologe«, hielt Klausthaler dagegen. »Irgendwelche aggressiven Sporen haben sich durch die Membranen gefressen und sind in den Anzug eingedrungen. Wahrscheinlich haben wir sie über die Atemluft aufgenommen. Dann haben die etwas mit uns angestellt. Da die Sporen und das Gras im Tal annähernd die gleiche Farbe haben, gehe ich davon aus, dass die Sporen von dieser Pflanze stammen. Ende der Geschichte. Mehr kann ich dazu auch nicht sagen.«

Der Sanitäter war angespannt und fühlte sich auf eine seltsame Weise verletzt. Es war niemals seine Absicht gewesen, jemanden in die tiefen Abgründe seiner Seele blicken zu lassen. Besonders nicht in die Momente, in denen er völlig stoned irgendwo sabbernd herumlag. Doch nun wussten alle aus dem Team, wie es dem Sanitäter ergangen war und warum er aus der imperialen Armee hatte ausscheiden müssen. Es war ihm peinlich und er schämte sich. Seine Selbstmordgedanken mit den anderen zu teilen, verletzte ihn sehr.

Cliff Hutson verstand das auch ohne Worte. Er hatte das Leid seines Kameraden geteilt und ihm all sein Mitgefühl übermittelt, das er empfunden hatte. Cliff sah sich um und stellte fest, dass jeder sein Päckchen zu tragen hatte und seine Teamkollegen ähnlich fühlten wie der Sanitäter.

»Okay, ihr habt den Doc gehört. Wechselt eure Filter und dann geht es weiter. Wir haben noch für ein oder zwei Stunden Tageslicht. Nutzen wir die Zeit, so gut wir können.«

Mit Erstaunen hörte Klausthaler, wie der Commander ihn Doc genannt hatte, obwohl er genau wusste, dass er keiner war. Higgens hatte das Wort mit so viel Respekt ausgesprochen, dass es Rainer tief berührte.

Die nächsten zwei Stunden unterhielten sich die Trooper aufgeregt über das Erlebte und tauschten ihre Erfahrungen aus. Es gab wilde Spekulationen, wie das überhaupt möglich gewesen war. Es tat den Soldaten gut, darüber zu sprechen, und es schweißte die Männer noch mehr zusammen. Doch ein Thema schien tabu zu sein, keiner verlor auch nur ein einziges Wort über die Pein, die den Commander geplagt hatte. Auch wenn sie alle Teil davon gewesen waren.

Kapitel 20

Zeit: 1032

Ort: Boulder-System, Planet: Phönix, Tal der Tränen

»Und? Wo sind sie jetzt?«, fragte Lieutenant Keeps und sah seinen Spurenleser vorwurfsvoll an.

»Woher soll ich das wissen?«, antwortete dieser ungehalten. Er war es leid, von dem Offizier immer für alles verantwortlich gemacht zu werden. »Sie sind hier durchgekommen, die Spuren sind eindeutig. Ich würde sagen, genau hier, wo wir stehen, haben sie Rast gemacht. Das Gras hat sich noch nicht wieder aufgestellt. Ist vielleicht zwei oder drei Stunden her. Ich finde, wir haben abermals ein ordentliches Stück aufgeholt.«

»Was Sie finden, ist mir scheiß egal. Der Plan sah vor, die Imperialen hier zu stellen und fertigzumachen. Ich habe dem General versprochen, es noch heute zu Ende zu bringen. Also, warum liegen die jetzt nicht hier heulend im Gras oder haben sich das Leben genommen?«

»Das kann ich Ihnen nicht sagen. Vielleicht waren Sie vorbereitet und haben ebenfalls spezielle Filter dabei.«

»Und wo sollen sie die herbekommen haben? Die Kartuschen werden ausschließlich auf Phönix hergestellt und nicht exportiert.«

»Auch diese Frage kann ich Ihnen nicht beantworten. Ich weiß nur, die Gruppe ist hier durchgekommen. Irgendetwas hat sie aufgehalten, danach sind sie gerannt, als sei der Teufel hinter ihnen her. Aber die Spuren sind merkwürdig. Als wären sie in einer Art Formation nebeneinander gelaufen. Vielleicht sind die Imperialen auch immun gegen die Sporen.«

»Unmöglich! Niemand entkommt dem *Tal der Tränen!* Die Sporen müssen ihre Wirkung verloren haben.«

Paska sah den Lieutenant an. Dann fummelte er an seinem Helm herum und nahm ihn zum Schrecken von Keeps ab.

»Sind Sie wahnsinnig? Setzen Sie sofort Ihren Helm wieder auf«, keifte Keeps. Doch der Spurenleser ignorierte den Befehl und nahm ein paar tiefe Atemzüge.

»Ich kann Ihnen versichern, die Sporen haben ihre Wirkung nicht verloren. Ich spüre es ganz deutlich.«

»Aber, wie ist das möglich ...?«, stammelte der Lieutenant.

»Weil es eine Immunität gibt! Ich bin es und es gibt noch mehr. Zum Beispiel das Volk der Kallippos. Wie dem auch sei. Wir haben bestimmt zwei Stunden aufgeholt und sollten jetzt schnell weiter«, belehrte Paska seinen Vorgesetzten und setzte den Helm wieder auf. Dann hielt er den Atem an und entließ die Luft aus seinem Anzug, bevor er das Ventil für die Frischluft wieder öffnete. Ganz immun war er nicht gegen die Sporen, er konnte die Auswirkungen spüren, sie waren zwar recht schwach, aber dennoch vorhanden. Kaum war der Luftaustausch abgeschlossen, verschwand die aufkommende Traurigkeit wieder. Paska stand auf und übernahm die Führung. Keeps ging an seiner Seite und bildete mit ihm die Spitze. Durch die Verstärkung, die sie erhalten hatten, folgte ihnen ein dreißig Mann starker Trupp.

Das Volk der Kallippos, dachte Keeps und spuckte gedanklich aus. *Um das sollte sich auch mal jemand kümmern. Dreckspack.*

Higgens hatte sich zu Murphy gesellt, der die erste Wache übernommen hatte. Stannis wollte sich noch umsehen und der Scharfschütze hatte sich irgendwo eingegraben. Kensing stand etwas abseits und beobachtete aufmerksam die Umgebung.

»Wir können nicht ewig weglaufen«, sagte Murphy zu Higgens, ohne ihn anzusehen. Sein Blick war stur nach vorne gerichtet.

»Ich weiß. Wir werden uns ihnen stellen müssen. Stannis ist ein hervorragender Späher und Führer. Ohne ihn wären wir nicht einmal halb so weit gekommen. Trotzdem kennen sich unsere Verfolger hier besser aus. Allein dieses komische blaue Gras. Das hat uns Stunden gekostet, in der unsere Feinde aufholen konnten. Ich glaube nicht, dass sie die gleichen Probleme hatten wie wir.«

»Da sagst du was, Boss«, antwortete Murphy und handelte sich einen tadelnden Blick vom Teamleader ein. Scott nahm das nur am Rande wahr und musste unwillkürlich grinsen. »Sir!«, verbesserte er sich. Das brachte auch den Commander zum Lächeln.

»Ich glaube, es war ein Fehler«, seufzte Higgens und atmete schwer aus.

»Was war ein Fehler?«

»Wir hätten uns den Terroristen am Fluss stellen sollen. Es war eine gute Gelegenheit für einen Hinterhalt. Goes hat ganz alleine mindestens ein Drittel, wenn nicht mehr, ausgeschaltet. Überleg doch, wenn wir geblieben wären. Sie haben Verstärkung bekommen und wer weiß, wie viele jetzt hinter uns her sind.«

»In meinen Augen war es die richtige Entscheidung. Natürlich hätten wir ihnen auflauern können. Nehmen wir an, uns wäre es gelungen, alle zu erledigen, was dann? Du hast ja selbst gesehen, dass sie Nachschub erhalten haben. Dann wäre einfach die nächste Einheit gekommen. Es hätte uns nur Munition gekostet und vielleicht noch mehr Opfer. Wenn du mich fragst, sollten wir uns den Terroristen erst stellen, wenn wir unser Ziel fast erreicht haben. Dann bleibt Ihnen keine Zeit mehr, neue Soldaten zu schicken.«

»Von der Seite habe ich das noch gar nicht gesehen«, gab Higgens zu und grübelte darüber nach, wie ein Hinterhalt aussehen könnte.

»Mach dir ... Sie ... nicht so viele Gedanken. Wir haben alle Vorteile auf unserer Seite. Wir wissen, wo sie langkommen und können uns auf ein Gefecht vorbereiten und das zu unseren Bedingungen. Bessere Voraussetzungen gibt es nicht. Ich verspreche Ihnen, die werden ihr blaues Wunder erleben.« Murphy hatte noch immer Probleme mit der förmlichen Anrede, auf der der Commander bestand. Doch Higgens ging gar nicht darauf ein. Er wusste, dass es noch eine ganze Zeit dauern würde, bis das in den Männern fest verankert war.

Stannis weckte den Commander noch vor dem Morgengrauen und gab ihm zu verstehen, leise zu sein. Die anderen konnten noch einen Moment ausruhen und der Späher wollte ihnen die Zeit lassen. Der kommende Tag würde anstrengend genug werden.

»Commander, auf ein Wort«, sagte der Späher.

»Was gibt es?«, fragte Higgens und war sofort hellwach.

»Ich war heute Nacht unterwegs und habe nach der Verfolgergruppe Ausschau gehalten. Es sind 32 gut ausgerüstete Soldaten. Sie sind in der Nacht langsam weitergegangen. Ich schätze, wir haben höchstens noch eine Stunde Vorsprung. Vielleicht weniger.«

»Was?«, rief der Commander laut und schreckte hoch. Sofort stand er auf den Beinen. Sein lauter Aufschrei hatte die anderen geweckt, die mit Interesse das Gespräch verfolgten.

»Das ist noch nicht alles. Ich glaube der Spurenleser der Terroristen hat mich bemerkt.«

»Was hat er gemacht?«

»Das ist ja das Komische, nichts. Doch ich bin mir sicher, dass sich unsere Blicke für eine Sekunde trafen. Dennoch hat er keine Warnung ausgesprochen. Ich kann mir das auch nicht erklären.«

»Vielleicht ist er auf unserer Seite«, sagte Higgens und Hoffnung stieg in ihm auf.

»Glaube ich nicht. Er führt die Männer sicher hinter uns her. Er ist gut, vielleicht sogar besser als ich. Auf jeden Fall nicht schlechter und er kennt die Sümpfe, wie ich sie nicht kennen kann.«

»Was machen wir jetzt?«

»Wir sollten sofort los, ich habe den Weg für heute in der Nacht festgelegt und wir werden schneller vorankommen. Es könnte eine gute Strategie sein, wenn ich die Route vorher auskundschafte. Das spart uns eine Menge Zeit.«

»Sie wissen schon, dass Sie auch Ruhepausen benötigen? Wir können es uns nicht leisten, Sie zu verlieren. Ihr Körper wird sich irgendwann holen, was er braucht. Müdigkeit ist ein ernst zu nehmendes Problem. Sie verleitet dazu, Fehler zu machen.«

»Ich weiß. Doch ein paar Tage halte ich das noch aus. Heute Abend leg ich mich eine Weile hin, versprochen.«

»In Ordnung, ich verlasse mich auf Ihr Urteil. An alle anderen, wir müssen los. Packt eure Sachen zusammen«, sagte der Commander und bemerkte erst jetzt, dass das gesamte Team hinter ihm stand. Das Lager war aufgelöst und die Truppe abmarschbereit.

»Aye, Sir«, grinste Murphy und lief los.

»Ähm, hier entlang«, verbesserte Stannis die Richtung, in die der Trooper ging. Scott lächelte verlegen und ging hinter dem Späher her.

Die Special Trooper kamen gut voran und Stannis fiel positiv auf, dass sich die Kommissarin angepasst hatte. Sie bewegte sich sicher und schnell in dem unwegsamen Gelände. Die Route führte die Gruppe an ein größeres Gewässer. Das Wasser war grau und sah nicht einladend aus. Stannis überlegte, ob er einen Weg außen herum suchen sollte, doch der See lag genau zwischen ihrem jetzigen Standort und ihrem Ziel. Die feindlichen

Soldaten verfügten über Boote, das hatte zumindest Higgens gesagt. Sie konnten das Wasser einfach überqueren. Er schaute sich erneut um. Sie würden es nicht schaffen. Er schätzte, wenn sie die Hälfte des Sees umrundet hatten, würden die Terroristen bereits auf der anderen Seite auf sie warten und in einen Hinterhalt zu geraten, war das Letzte, was das Team brauchen konnte.

»Wir haben ein Problem, Commander«, funkte er den Teamleader an.

»Ich sehe es. Wir schaffen es nicht, das Hindernis zu umgehen.«

»Nein, Sir.«

Higgens fuhr die Systeme seines Anzugs hoch und aktivierte die Sensoren. Als Erstes maß er die Entfernung zur anderen Seite. Dann aktivierte er das Echolot und ließ sich die Daten über das Gewässer direkt auf seinem Display anzeigen. Nach den Sensoren zu urteilen, war der See kaum tiefer als Kniehöhe.

»Wir marschieren einfach durch. Die Systeme sagen, dass er nicht besonders tief ist.«

»Haben die Systeme auch etwas darüber ausgesagt, was sonst noch in der Dreckbrühe herumschwimmt?«, fragte Murphy skeptisch und dachte an die gefährlichen Aale, die Goes das Leben gekostet hatten.

»Nein. Aber das Risiko müssen wir eingehen. Los jetzt!«

Der Späher hatte seinen Anzug ebenfalls eingeschaltet und sprintete los. Zunächst reichte ihm das Wasser nur knapp bis über die Knöchel und er kam schnell voran. Doch schnell wurde es tiefer und er tauchte bereits bis knapp über die Knie ein. Das verlangsamte das Vorankommen stark. Stannis schob das dreckige Wasser, so schnell er konnte, vor sich her. Seine Sensoren lieferten ihm ein Bild und zeigten gelegentlich Untiefen auf, denen er geschickt auswich. Das Team folge ihm im Gänsemarsch. Das Ufer war nur noch wenige Meter entfernt, da blieb der Späher abrupt stehen. Er konnte sein linkes Bein nicht mehr aus dem Wasser heben.

»Was ist los?«, fragte der Commander, der direkt hinter ihm stand.

»Keine Ahnung. Ich stecke fest. Irgendetwas hält meinen Fuß fest.« Die Stimmer von Luis klang ruhig und besonnen.

»Was meinen Sie mit irgendetwas?«

»Es fühlt sich komisch an und ich befürchte, ich sinke. Führen Sie die anderen zum Ufer, Commander. Es sind nur noch ein paar Meter.«

»Auf keinen Fall, wir lassen Sie hier nicht zurück«, sagte Higgens aufgeregt und wollte schon ins Wasser greifen, um mit den Händen zu fühlen, was den Späher gepackt hatte. Plötzlich bewegte sich der Boden unter seinen Füssen und er wäre beinahe gestürzt. Hinter ihm hörte der Teamleader, wie etwas in die graue Brühe platschte. Hutson hatte den Halt verloren und war für einige Sekunden untergegangen. Zum Glück tauchte er wieder auf und rappelte sich hoch. Mit dem ausgestreckten Daumen zeigte er, dass alles in Ordnung war. Eine Fontäne schoss mitten in der Gruppe wie ein Geysir mehrere Meter in die Höhe. McCollin stand am nächsten dran und wich zurück. Sie machte einige Schritte nach hinten und ging unter wie ein Stein. Murphy packte geistesgegenwärtig zu und erwischte gerade noch das rechte Handgelenk der Kommissarin. Scott zog sie zu sich aus dem Wasser.

»Schnell, Commander, führen Sie das Team ans Ufer«, drängte Stannis und versuchte weiterhin, sein Bein freizubekommen.

Higgens war hin und her gerissen. Der Boden hatte sich wieder beruhigt, bewegte sich aber immer noch leicht. Er musste eine Entscheidung treffen.

»In Ordnung, Stannis, ich schaffe die Leute hier raus. Dann komme ich wieder und hole Sie«, versprach der Commander. »Alles mir nach«, rief er den anderen zu und bahnte sich mit den Sensoren des Anzugs einen Weg aus dem Brackwasser. Die Daten, die Higgens empfing, hatten sich geändert. Die Anzeige warnte vor einer biologischen Lebensform, dann erlosch die Warnung wieder. Dennoch trieb es den Teamleader zu höchster Eile. Nach einer gefühlten Ewigkeit erreichte er das Ufer und fiel in dem grauen Schlamm, der das gesamte Gewässer umgab, auf die Knie. Isabelle keuchte neben ihm und pumpte Sauerstoff in ihre Lungen.

Der Späher kämpfte weiter, doch so sehr er sich auch anstrengte, er schaffte es nicht, den Fuß zu befreien. Erneut bewegte sich der Boden unter ihm und dann ging alles recht schnell.

Ein Schuss peitsche über den Kopf von Luis hinweg und schlug in einen Baum am Ufer ein. Lautes Rufen war zu hören und immer mehr Waffen eröffneten das Feuer.

»Wir haben sie«, brüllte jemand von der anderen Seite und legte die Waffe an. Stannis ließ sich instinktiv fallen und verschwand unter der Oberfläche. Augenblicklich brach der Funkkontakt zu seinem Team ab.

»In Deckung«, schrie Higgens und rannte zu dem schützenden Waldrand. Er lief die Böschung hinauf und hechtete hinter einen umgestürzten Baum. Keine zwei Atemzüge später flogen mehrere Körper an ihm vorbei und suchten ebenfalls Deckung. Die Kommissarin war eine Spur zu langsam und erhielt einen Treffer am hinteren linken Schulterblatt, der sie nach vorne stolpern ließ.

Juvis war bereits in Stellung und legte sein Scharfschützengewehr an. Wie auch immer der Trooper es geschafft hatte, seine Waffe war sauber und trocken. Das Zielsystem der Anzugssoftware verband sich mit seiner Waffe und einen Lidschlag später verließ die erste Kugel den Lauf der Präzisionswaffe. Auf der anderen Seite des Sees fiel ein Soldat getroffen nach hinten. Das spezielle Projektil durchbohrte den Brustpanzer, drang in den linken Lungenflügel des Terroristen ein und explodierte. Schon hatte Juvis den nächsten Feind im Visier und drückte ab. Diesmal traf er den Kopf und der Mann sackte tot zusammen.

»So ein Mist«, fluchte Murphy. »Meine Waffe verbindet sich nicht mit meinem Anzug«, schimpfte er weiter.

»Meine auch nicht«, beschwerte sich Hutson, achtete aber nicht weiter darauf und zielte manuell. Er bewegte den Abzug nur leicht durch und gab kurze Feuerstöße ab. Immer mehr Trooper erwiderten das Feuer und zwangen damit die Angreifer, ebenfalls in Deckung zu gehen. Dazwischen war immer wieder das typische dumpfe *Krawumm* von der Waffe des Scharfschützen zu hören.

Das Sperrfeuer gab McCollin die Möglichkeit, sich mit letzter Kraft hinter den Baumstamm zu werfen. Mit einem schmerzerfüllten Schrei schlug sie hart auf dem Boden auf. Die Ermittlerin biss die Zähne zusammen und richtete ihre Waffe auf den Feind. Doch auch ihre Waffe ließ sich nicht mit den Systemen verbinden. Isabelle war eine passable Schützin, aber keine Meisterin. Ohne die Hilfe der taktischen Software würde sie kaum etwas treffen. Kurzerhand warf McCollin das Sturmgewehr zur Seite und zog den riesigen Blaster aus ihrem Hüfthalfter. Ohne zu überlegen, streckte sie den Arm aus und schoss. Die schwere Laserwaffe entlud sich mit einem lauten *Wumm.* Higgens kannte dieses Geräusch und hatte es zum letzten Mal von den Waffen gehört, die General Johnson bei seinem Feldzug durch das Hotel benutzt hatte. Ein heller unterarmdicker roter Lichtstrahl schoss über den See und schlug in einen Baum ein, der der Hitze keine Sekunde widerstehen konnte. Der Stamm zerbarst in tausend Teile und die Druckwelle schleuderte zwei feindliche Soldaten wie Puppen durch die Luft.

Die Kommissarin war vom Rückschlag nach hinten geworfen worden und hielt die Waffe immer noch am ausgestreckten Arm. Higgens musste unwillkürlich grinsen. McCollin hatte allem Anschein nach nicht viel Erfahrung mit einer solchen Waffe und er fragte sich, wo sie so eine monströse Handfeuerwaffe her hatte. Auch wenn der Vorfall ihn etwas abgelenkt hatte, so konzentrierte er sich die ganze Zeit auf das Gefecht und gab vereinzelt gezielte Schüsse ab. Seine Waffe hatte ebenfalls keine Verbindung zum Anzugssystem.

»Bitte um Erlaubnis, mir eine bessere Schussposition zu suchen«, funkte Juvis den Commander an.

»Erlaubnis erteilt. Und die anderen ausschwärmen. Hutson und Murphy, ihr geht nach rechts. Klausthaler und Kensing, ihr nehmt die linke Seite. Die Kommissarin bleibt bei mir. Spart Munition und schießt nur, wenn ihr glaubt, etwas zu treffen.«

»Aye, Sir«, bestätigten die Trooper und robbten in die angewiesenen Richtungen. Derweil schlugen unzählige Kugeln rings um die Gruppe ein. Vereinzelt jagten Laserschüsse über ihre Köpfe hinweg und setzten den Wald hinter ihnen in Brand. Da in den Sümpfen, und besonders in der Nähe des Sees, hohe Luftfeuchtigkeit herrschte, fanden die Flammen nicht viel Nahrung und brannten schnell aus.

Halt durch, Stannis, dachte Higgens und schoss einem feindlichen Soldaten in den Hals, als dieser hinter einem Baum hervorlugte.

Plötzlich donnerte es und schlagartig setzten starke Regenfälle ein. Gewaltige Wassermassen fielen vom Himmel. Es war das erste Mal, dass es auf Phönix regnete, seitdem die Special Trooper Einheit angekommen war. Sie alle hatten von den unvorhersehbaren Wetterumschwüngen gelesen, aber es war eine andere Sache, sie am eigenen Leib zu erleben. Das Wasser lief in Strömen die Böschung hinunter direkt in den See. Binnen kürzester Zeit stieg der Pegel merklich an.

»Ich kann kaum etwas sehen«, gab Hutson durch und stellte das Feuer ein. Dann blinkte es in seinem Head-up-Display und die Software meldete die Bereitschaft, sich mit seiner Waffe zu verbinden. Cliff stutzte und bestätigte die Anfrage. Sofort leuchtete das taktische Zielsystem und die Software markierte mehrere Feinde, die sie orten konnte. »Mein Zielsystem funktioniert wieder«, rief er begeistert in den Funk.

»Bei mir auch«, bestätigte Kensing und auch er markierte mehrere Ziele. Dann übertrug er die Daten an Hutson. Das Computerprogramm synchronisierte die Ergebnisse und erstellte einen optimalen Feuerleitplan, damit sich die Ziele der beiden Soldaten nicht überschnitten. Nach und nach kamen die Daten der anderen Teamkameraden dazu. Higgens System loggte sich als letztes ein.

»Halten Sie den Kopf unten, Kommissarin McCollin«, sagte er zu der Frau. »Sie sind kein Bestandteil des Gefechtsteams. Ihr Mitwirken würde nur alles durcheinanderbringen.«

»Aber ich kann helfen, Sie haben doch gesehen, was der eine Schuss angerichtet hat.«

»Das ist richtig, aber Sie haben sich damit fast selber umgebracht. Wenn wir das hier überstehen, reden wir zwei noch einmal über den Gebrauch und Nutzen einer solchen Waffe. Selbst wenn Sie die Leistung herunterdrehen, im Regen nützt Ihnen der Laser nichts. Und wenn Sie mich jetzt entschuldigen würden?«

Der Commander wartete keine Antwort ab, sondern nahm das Ziel, das ihm die taktische Software zugewiesen hatte, unter Beschuss. Die Verräter feuerten wild auf die Stellungen der imperialen Soldaten. Ihnen fehlten offensichtlich die Möglichkeiten, über die die Spezialeinheit verfügten. Juvis erledigte einen weiteren feindlichen Soldaten, der zu weit an den Rand der Böschung gerobbt war, mit einem Kopfschuss. Dann schlug die erste Granate weit hinter Higgens ein. Schlamm und Pflanzen wurden in die Luft geschleudert und gingen auf den Commander und McCollin nieder. Eine glitschige graue Masse fiel auf das Gewehr des Teamleaders und sofort verlor seine Waffe den Kontakt zum Anzug. Viel Zeit zum Nachdenken blieb ihm nicht, denn die nächste Granate ging hoch. Dieses Mal viel näher. Mit dem Gepäck von Goes war auch der Granatwerfer verloren gegangen und das Team konnte nicht auf gleiche Weise antworten. An diesem Punkt hätte der Teamleader den Rückzug befehlen müssen und Higgens dachte, während weitere Granaten einschlugen, angestrengt darüber nach. Doch wo sollten sie hin? Sie waren führungslos und es hätte bedeutet, Stannis zurückzulassen. Das kam für den Commander nicht in Frage. Auch wenn er nicht wusste, ob der Späher überhaupt noch am Leben war. Seit dem Untertauchen des Special Trooper war der Funkkontakt abgebrochen.

»Rückzug?«, fragte Murphy im Teamkanal und sprach die Gedanken von Higgens laut aus. Seine Männer waren Profis und wussten, wann eine Schlacht aussichtslos war. »Rückzug?«, wiederholte der Trooper seine Frage mit Nachdruck und gab immer wieder kleine Feuersalven aus seiner Deckung hinter einem Baum ab. Er zog gerade noch rechtzeitig seinen Kopf in Sicherheit, als mehrere Kugeln in den Baum einschlugen. Eine Granate explodierte keine zwanzig Meter von ihm entfernt und die Druckwelle presste Murphy an den Stamm. »Commander!«, rief er erneut.

In Higgens wuchs sein innerer Konflikt und er rang mit sich. Ein Rückzug war das Vernünftigste, doch er war nicht bereit, Stannis einfach aufzugeben. Das Gefecht dauerte schon mindestens zehn Minuten und der Trooper hatte noch Sauerstoff für mindestens eine halbe Stunde. Noch konnten sie ihn retten. *Zu welchem Preis?*, dachte er und sah sich um. Die Kommissarin kauerte zu seinen Füssen. Sie saß mit dem Rücken am Baumstamm und hatte sichtlich Schmerzen in der Schulter. Der Feind hatte Murphy hinter seinem Baum festgenagelt und der Trooper konnte nicht mehr zurückschießen. Hutson versuchte, seinen Kameraden zu entlasten, damit der sich eine neue Position suchen konnte. Aber sein Vorhaben scheiterte an dem massiven Beschuss der Verfolger. Klausthaler und Kensing erging es nicht besser. Er selbst wagte sich kaum noch aus der Deckung. Der Commander traf seine Entscheidung. Doch noch bevor er den Befehl zum Rückzug geben konnte, schlug die nächste Granate ein, die ihn von den Füssen riss. Die folgende flog viel zu kurz und ging im

See nieder. Die Einschlagstelle war unweit von der letzten bekannten Position des Spähers entfernt.

Plötzlich erhob sich etwas aus dem See. Ein riesiger Körper schoss fast dreißig Meter in die Höhe und versperrte die Sicht der verfeindeten Parteien aufeinander. Unzählige Kugeln schlugen in das Ungetüm ein, bevor beide Parteien das Feuer einstellten. Es wand sich und peitschte hin und her. Das riesige Maul öffnete sich und ein ohrenbetäubender Schmerzensschrei, der kilometerweit zu hören war, schallte durch den Sumpf. Higgens stand auf und sah das Ungeheuer wie paralysiert an. Auf dem Rücken des Tieres hing Stannis, der verzweifelt versuchte, sich festzuhalten. Doch er verlor den Halt und fiel zwanzig Meter in die Tiefe. Sein Körper schlug auf der Wasseroberfläche auf und versank. Der Commander reagierte, ohne nachzudenken. Er ließ seine Waffe fallen und hechtete über den Baumstamm. So schnell er konnte, rannte Higgens die Böschung hinunter und sprang in den See. Kensing war keine Sekunde hinter ihm. Sie mussten ihren Kameraden herausholen, solange das Tier ihnen Deckung gab. Der Teamleader tauchte unter, suchte und kam wenige Sekunden später wieder aus dem Wasser geschossen. Seine Arme umklammerten fest den Brustkorb von Stannis.

»Hilf mir«, schrie er Kensing zu.

»Bin schon da«, antwortete der Trooper und half, den leblosen Körper ans Ufer zu zerren. Mit vereinten Kräften schafften die drei es hinter den Baumstamm.

»Sani!«, schrie Sac. »Hierher!«

»Bin schon unterwegs«, antwortete Klausthaler und rutschte die letzten zwei Meter auf den Knien zu der Gruppe.

Murphy und Hutson hatten ihre Posten ebenfalls verlassen und schlossen sich den anderen wieder an.

»Was zur Hölle ist das für ein Vieh?«, wollte Scott wissen und konnte den Blick nicht von dem Tier wenden, dass immer noch über zwanzig Meter aus dem Wasser ragte.

»Das ist ein Sumpfwels«, antwortete McCollin staunend. »Sie sind besonders selten. Es stand etwas darüber im Exposé von Phönix. Das ist unglaublich! Diese Tiere können über hundert Meter lang und bis zu vierzig Meter breit werden.«

»Und wir sind mitten über einen drüber gelatscht?«, fragte Murphy und schüttelte sich innerlich.

»Sieht so aus«, bestätigte die Kommissarin und konnte ihre Begeisterung kaum verbergen. »Die Tiere sind in der Regel nicht aggressiv und Menschen gehören nicht zu ihrer natürlichen Nahrungsquelle.«

»Was ist mit Stannis?«, fragte der Commander dazwischen.

»Keine Ahnung«, antwortete Klausthaler. »Dieser ganze Schlamm beeinträchtigt die Sensoren.«

»Ist er transportfähig?«, wollte Higgens wissen.

»Ich weiß es nicht!« Der Sanitäter klang verzweifelt und versuchte ununterbrochen, eine Verbindung zum Anzug herzustellen.

»Egal jetzt! Rückzug! Murphy und Hutson, ihr tragt Stannis. Die anderen geben Rückendeckung. Los, los,

los!«, befahl der Commander und sammelte seine Sachen auf. Der Sumpfwels klatschte mit einem lauten Getöse ins Wasser. Die stinkende Brühe wurde meterweit an das gegenüberliegende Ufer gespritzt. Das war die beste Gelegenheit zu verschwinden und das Special Trooper Team zog sich mit Higgens an der Spitze zurück. Nur hatte er keinen Plan, wohin er sich wenden sollte. Dass es immer noch wie aus Eimern goss, erleichterte keineswegs die Orientierung.

Kapitel 21

Zeit: 1032

Ort: Boulder-System, Planet: Phönix, Kallippos

Sie kamen nicht weit. Kaum drang das Team wieder in den Sumpf ein, tauchten plötzlich mehrere Gestalten vor ihnen aus dem Nichts aus. Die Soldaten rissen die Waffen nach oben, um der neuen Bedrohung zu begegnen. Der Commander erkannte eindeutig humanoide Wesen, welche die Gruppe innerhalb weniger Sekunden umstellt hatten. Higgens Anzug klassifizierte die Lebensform eindeutig als Menschen, auch wenn sie auf den ersten Blick nicht so aussahen. Die Hautfarbe war ungewöhnlich. Eine Zusammenstellung aus einem dunklen Grau, das mit grünlichen Elementen vermischt war. Die perfekte Tarnung. Einige Körper waren selbst jetzt, nachdem sie sich zu erkennen gegeben hatten, kaum von der Umgebung zu unterscheiden. Die Kleidung bestand lediglich aus einem knappen Lendenschurz, der ihrer Hautfarbe angepasst war. In den fremdartigen Gesichtern zeigten sich aufwändige Tätowierungen und gaben jedem ein einzigartiges Aussehen. Doch eines hatten die Neuankömmlinge gemeinsam: Sie waren bewaffnet. Auf die Handgelenke waren kleine Armbrüste gespannt. Jede Waffe war feuerbereit und mit einem Bolzen geladen. Woraus dieser bestand, konnte der Commander nicht erkennen, wollte aber darauf verzichten, in Erfahrung zu bringen, was diese Waffen mit ihm und seinem Team anstellen konnten.

»Ganz ruhig«, ermahnte er die Soldaten. »Nehmt die Waffen runter«, befahl Higgens, senkte selbst sein Sturmgewehr und ließ es am Schultergurt mit der Mündung zum Boden hängen. Hinter ihnen brach die Hölle los. Es schälten sich immer mehr Eingeborene aus der Sumpflandschaft, einige tauchten direkt aus dem See auf. Andere erhoben sich aus dem Schlamm. Higgens schätzte die Zahl auf mindestens fünf bis sechs Dutzend. Gleichzeitig griffen sie ihre Verfolger an, die immer noch Granaten in den See feuerten. Hunderte kleine, etwa zehn Zentimeter lange und einen Zentimeter dicke Geschosse stürmten auf die Verräter zu. Die meisten prallten harmlos an den schweren Körperpanzern ab, doch einige drangen durch und bohrten sich in die Körper der Soldaten.

Die Special Trooper hatten die Waffen gesenkt und hörten fürchterliche Schreie von der anderen Seeseite. Getroffene Soldaten fielen um und saßen entweder einfach nur reglos da oder rannten laut brüllend in alle Richtungen davon.

»Wir müssen hier weg«, brüllte Paska und zog an der Kampfpanzerung des Lieutenant. »Gegen diese Übermacht haben wir nicht die geringste Chance.« Seine Stimme überschlug sich und der ansonsten so ruhige und besonnene Fährtenleser war der Panik nahe.

»Machen Sie sich nicht lächerlich! Das sind nur Wilde mit primitiven Waffen. Meine Männer werden damit schon fertig«, erwiderte Keeps und riss sich los. Er nahm eine kleine Gruppe Angreifer ins Visier und erschoss die heranstürmenden Eingeborenen, noch bevor diese ihre Armbrüste abfeuern konnten.

»Welche Männer?«, keifte Paska und machte eine Geste mit dem Arm. Dabei zeigte er auf die Umgebung. Keeps schaute sich erschrocken um und sah kaum noch einen einsatzfähigen Mann. »Lieutenant!«, sagte der Fährtenleser eindringlich. »Wollen Sie überleben? Dann kommen Sie! Machen wir, dass wir hier wegkommen.«

Eine weitere Aufforderung brauchte der Offizier nicht. Er rannte mit Paska um sein Leben. Mehrere Bolzen flogen ihnen auf der Flucht um die Ohren.

Einer der Eingeborenen trat auf Higgens zu und legte die flache Hand auf seine Brust. »Bitte folgen Sie uns«, sagte er und machte eine einladende Geste in eine Richtung, die das Team von ihrem Ziel wegführen würde. Der Commander war viel zu überrascht, dass er hätte widersprechen können. Die Menschen sahen aus wie Ureinwohner, auch wenn es diese nicht mehr geben konnte, und sie sprachen Standard. Die meistverbreitete Sprache im Imperium. Die Aussprache hatte zwar einen starken Akzent, dennoch konnte der Teamleader klar und deutlich verstehen, was der Mann von ihm wollte. In Gedanken ging er seine Optionen durch und musste feststellen, dass er keine hatte.

»In Ordnung«, sagte er. »Wir folgen Ihnen. Und ihr macht keine falschen Bewegungen«, wies er sein Team an. Ohne Frage, das Special Trooper Team verfügte über die besseren Waffen, doch die Eingeborenen hatten gezeigt, wie schnell sie kurzen Prozess mit den Soldaten machen konnten. Schon ihre Anzahl machte den waffentechnischen Vorteil mehr als wett.

Stundenlang marschierte die Eliteeinheit im Gänsemarsch hinter den mysteriösen Kriegern her. Als Gefangenen wollte sich der Commander nicht sehen, da niemand den Versuch unternommen hatte, ihnen die Waffen abzunehmen.

»Jemand eine Idee?«, fragte Higgens sein Team und stellte die Frage bereits zum xten Male. Bekam aber erneut keine brauchbare Antwort. Selbst der Kommissarin, die ansonsten alles über Phönix zu wissen schien, fiel nichts ein.

Die Dämmerung brach herein und ihre *Gastgeber* führten das Team in eine kleine Siedlung. Diese tauchte erst auf, als die Soldaten quasi mitten darin standen. Es gab viele Hütten, die in die Höhen der Bäume eingearbeitet und über Hängebrücken verbunden waren.

»Legt hier eure schweren Waffen ab«, befahl der Mann, der schon zuvor zu dem Commander gesprochen hatte. »Die Handfeuerwaffen könnt ihr behalten.« Dann schnallte er die beiden Armbrüste von seinen Handgelenken und legte diese in einen großen Korb, der am Fuß eines der größten Bäume, den der Teamleader bisher auf Phönix gesehen hatte, lag. Der Stamm maß bestimmt fünfzehn Meter im Durchmesser.

»Tut, was er sagt«, befahl Higgens und ging zu Klausthaler hinüber. »Wie geht es Stannis?«, fragte er und der Sanitäter machte ein ratloses Gesicht.

»Wie ich schon vor ein paar Stunden gesagt habe, konnte ich die Verbindung zu seinem Anzug wiederherstellen. Es scheint dieser graue Schlamm gewesen zu sein, der die Sensoren störte. Luis schläft tief und fest. Bisher keine Veränderung. Seine Vitalwerte sind okay. Er hat sich eine leichte Gehirnerschütterung beim Sturz ins Wasser zugezogen. Ansonsten ist er wohlauf. Also keine Veränderungen.«

Der Anführer bat die Gruppe, ihm zu folgen, und ging in den ausgehöhlten Mammutbaum. An der Innenseite des Stammes war eine primitive Leiter angebracht. Der Eingeborene nahm die erste Sprosse in die Hand und kletterte schnell und geschickt nach oben.

»Wie sollen wir Stannis da hochbekommen?«, fragte Murphy und schaute an der Leiter nach oben. Der einheimische Krieger war kaum noch zu sehen.

»Das ist allerdings ein Problem«, antwortete Higgens und überlegte, wie sie ihren Kameraden sicher mit nach oben nehmen konnten. Er würde ihn auf keinen Fall zurücklassen und auch keinen anderen aus seinem Team. Der Commander hielt es für das Beste, zusammenzubleiben.

Die Eingeborenen mussten das Dilemma der Soldaten erkannt haben, denn es kamen mehrere weibliche Vertreter der Sumpfbewohner zu ihnen.

»Legen Sie Ihren Freund auf den Boden«, sagte eine zu niemand Bestimmtem. Auch die Frau sprach perfektes Standard, wenn auch mit dem gleichen starken Akzent. »Wir kümmern uns um ihn. Da drüben«, sie zeigte auf einen Baum, der unweit von ihrer derzeitigen

Position stand, »gibt es einen Lastenaufzug. Wir werden ihn nach oben schaffen. Wir sollten uns aber beeilen. Es wird dunkel und es ist nicht mehr lange sicher hier unten.«

Dem Commander gefiel es nicht, ihren Späher alleine zu lassen. »Klausthaler, Sie bleiben bei ihm«, wies er den Sanitäter an.

»Aye, Sir«, bestätigte Rainer und half, den schlafenden Körper zum Lastenaufzug zu tragen. Vorsichtig legten sie Stannis in einen geflochtenen Korb und Klausthaler sah sich nach einer Möglichkeit um, seinen Kameraden zu begleiten. Doch es gab keinen anderen Weg und plötzlich wurde der Korb nach oben gezogen. Der Sanitäter brach in Hektik aus.

»Machen Sie sich keine Sorgen«, sprach ihn die halbnackte Frau an, die sich in ihrem Aussehen kaum von den Männern unterschied. Einzig wegen der frei liegenden Brüste und der Stimme ging Rainer davon aus, dass es sich um eine Frau handelte.

»Aber ...«, stammelte er.

»Er ist in guten Händen. Wir kümmern uns um Ihren Asabay.«

»Asabay?«, fragte Klausthaler, der das Wort und dessen Bedeutung nicht verstand.

»Ja, natürlich, der Asabay«, bestätigte sie und ließ den Soldaten ratlos zurück.

»Commander?«, funkte der Sanitäter seinen Vorgesetzten an.

»Ich hab es gesehen. Schließen Sie zu uns auf. Wir sind schon auf dem Weg nach oben. Es wird uns nichts anderes übrig bleiben, als den Menschen zu vertrauen. Wenn sie uns hätten schaden wollen, hätten sie es schon lange tun können.«

»Aye, Sir.«

Der Aufstieg war anstrengend. Das zusätzliche Gewicht der Panzerung machte jede Sprosse zu einer Herausforderung. Die Soldaten waren mit ihren Kräften fast am Ende. Erst der anstrengende Fußmarsch am Morgen, dann die hastige Überquerung des Sees und das darauf folgende nervenaufreibende Feuergefecht. Danach waren sie stundenlang durch den Dschungel gelaufen. Aufrüstungen hin oder her, irgendwann waren die Kraftreserven aufgebraucht und jeder sehnte sich nach einer Nacht, in der er sich erholen konnte.

Der Aufstieg führte das Team gute dreißig Meter in die Höhe und die Kommissarin zog sich mit letzter Kraft auf die Plattform, die das Ende der Leiter bedeutete. Unsicher stemmte sie sich auf die Beine und musste zu ihrem Entsetzen feststellen, dass es hier oben kaum Sicherungen gab. Lediglich einige Seile hielten die Plattform zusammen und an dem Baum. Ein Geländer gab es nicht und es wurde langsam eng. Hinter ihr kamen noch zwei Trooper und McCollin stand ungesichert nur wenige Zentimeter vom äußeren Rand der wackeligen Konstruktion entfernt. Ein einfacher Tritt konnte den Tod bedeuten.

Der Eingeborene hatte auf sie gewartet und führte die Gruppe über mehrere Hängebrücken, die unter dem schweren Gewicht der Soldaten in ihren Kampfpanzerungen knirschten und knarrten. Den Krieger schien es nicht zu stören, sein Vertrauen in die Konstruktion musste grenzenlos sein. Er führte das Team zu einer Ansammlung mehrerer Hütten. Mit sicheren Schritten brachte er seine *Gäste* zu der größten. Der Sumpfbewohner sprach mit einer der zwei Wachen, die vor dem Eingang standen, und winkte die Truppe hinein. Klausthaler sah sich unterdessen die ganze Zeit nach Stannis um, konnte ihn aber nirgends ausmachen. Er hoffte, dass es seinem Kameraden gutging.

Im Inneren der Hütte, die viel mehr Platz bot, als sie von außen vermuten ließ, wies der Krieger sie an, stehenzubleiben und zu warten. Er trat nach vorne und ging auf drei seiner Stammesgenossen zu, die auf einfachen geflochtenen Körben saßen. Die Teammitglieder sahen sich neugierig um. Doch es gab nicht viel zu sehen. Der Raum war bis auf die Stühle leer. Ihr Führer kam zurück und suchte zielgerichtet den Teamleader aus, um mit ihm zu sprechen.

»Ihr dürft nun vor die Stammesältesten treten und mit ihnen sprechen, aber behandelt sie mit Respekt«, mahnte der nur knapp eineinhalb Meter messende Sumpfbewohner. Er legte die flache Hand auf seine Brust und ging hinaus.

»Komm näher«, sprach einer der Männer und zeigte auf den Commander. Higgens gab den Soldaten ein Zeichen, sie sollten sich zurückhalten, und kam der Aufforderung nach. Unsicher, wie er sich verhalten sollte, legte er die Hand auf die Brust, wie er es bei dem Krieger gesehen hatte.

»Mein Name ist Commander Higgens und ich begrüße die Stammesältesten«, sagte er förmlich und verbeugte sich leicht. Er sprach langsam und seine Aussprache klang ein wenig geschwollen, in etwa so, wie man manchmal mit kleinen Kindern sprach, wenn man versuchte, ihnen etwas zu erklären. Die Situation war grotesk, da stand ein Elitesoldat in voller Kampfmontur mit Helm und geschlossenem Visier vor drei tätowierten, halbnackten Eingeborenen. Es hatte etwas von einem Erstkontakt mit Außerirdischen, wenn die weltraumfahrende Zivilisation einen fernen Planeten besuchte und auf primitives Leben gestoßen war.

»Nun, Commander Higgens«, schmunzelte der rechte der Drei und sprach genauso langsam wie der Teamleader. »Wir können Sie ganz gut verstehen«, fügte er noch hinzu und jetzt klang es auf jeden Fall, als unterhielte sich der Stammesälteste mit einem Kind.

Higgens war es sichtlich peinlich. »Ich bitte um Entschuldigung«, sagte er aufrichtig, »aber ich bin mit der Situation ziemlich überfordert. Wir hatten keine Ahnung, dass Menschen in diesen Sümpfen leben.«

»Das wissen die Wenigsten. Wir werden nachher Zeit haben, uns ausführlich darüber zu unterhalten. Mein Name ist Fatback. An meiner Seite sitzt Grotec und das neben ihm ist Jukata. Wir bilden den Ältestenrat der Kallippos.«

»Freut mich, Sie kennenzulernen«, sagte der Commander, obwohl er tausend Fragen auf den Lippen hatte.

»Wir können noch nicht beurteilen, ob es eine Freude ist, eure Bekanntschaft zu machen, dazu kennen wir euch Fremdweltler noch nicht gut genug. Womit wir gleich zum Thema kommen. Mein Sohn war der Meinung, ihr könntet Hilfe brauchen. Darum brachte er euch hierher. Das geschah ohne unsere Erlaubnis, und nun stehen wir vor einem Problem.«

»Wenn unsere Anwesenheit nicht erwünscht ist, können meine Leute und ich einfach wieder gehen. Niemand muss verletzt werden!«, bot Higgens aufrichtig an und hob beschwichtigend die Hände.

»Wenn es nur so einfach wäre«, seufzte Fatback. »Ich kann euch unmöglich nachts in die Sümpfe laufen lassen. Außerdem verbietet das unsere Kultur, die Gastfreundschaft ausdrücklich vorschreibt. Wir sind nicht der einzige Stamm, der in den Sümpfen lebt und gelegentlich besuchen sich die Stämme gegenseitig. Nein! Für heute Nacht seid ihr unsere Gäste. Eine entsprechende Unterkunft wird bereits vorbereitet.«

»Das ist sehr freundlich von Ihnen.« Der Commander blieb bei der höflichen Anrede. Er wollte in keinem Fall riskieren, einen der Sumpfbewohner zu verärgern. »Kann ich etwas fragen?«, begann er, und als Fatback nickte, fuhr er fort: »Wir kamen mit einem Freund. Er ist verletzt und unser Mediziner würde gerne nach ihm sehen.«

»Du meinst euren Asabay. Es wird sich um ihn gekümmert.«

»Unseren Asabay? Sein Name ist Luis Stannis«, erwiderte Higgens etwas verwirrt.

»Ja, euren Asabay. Euren Führer, euren Sumpfkrieger, der im Einklang mit der Natur lebt. Der Asabay trägt viele

Namen. Mein Sohn ist auch einer, aber man nennt ihn auch Rutkoll. Euer Krieger ist in guten Händen. Der Biss einer Mondfliege ist nicht ungefährlich, doch euer Krieger ist stark und mein Sohn konnte ihn rechtzeitig zu uns bringen. In ein paar Stunden wird es ihm besser gehen. Daher rate ich vorerst davon ab, die Anzüge abzulegen.« Fastback klatschte in seine ledrigen Hände und ein junger Bursche kam in das Gebäude gelaufen. Er legte die Hand auf die Brust und schloss kurz die Augen. »Das ist Drokus, er wird euch eure Unterkunft zeigen. Wir werden in zwei Stunden wieder zusammenkommen. Dann ist es Zeit für das Stullock. Danach werden wir sehen, wie es weitergeht«, sagte der Häuptling, als wäre es das Normalste der Welt. Nur hatte Higgens nicht einmal eine Idee, was ein Stullock sein könnte.

Drokus führte die Einheit über mehrere Brücken zu einer geräumigen Hütte, in der das Team ausreichend Platz hatte. Es kamen Frauen mit Schüsseln und Lappen. Ohne Worte fingen sie an, die Kampfpanzerungen der Soldaten zu reinigen. Dabei gingen sie sehr sorgfältig vor und ließen das Wasser mehrfach wechseln.

»Mir gefällt das nicht«, sagte Klausthaler. »Wenn Stannis verletzt ist, sollte ich mich um ihn kümmern. Wer weiß, was diese Wild... ein Medizinmann«, verbesserte er sich schnell, »mit ihm anstellt.« Beinahe hätte er Wilde gesagt, entschied sich jedoch im letzten Moment für ein anderes Wort.

»Uns sind die Alternativen ausgegangen. Außerdem scheinen diese Menschen schon sehr lange in den

Sümpfen zu leben. Ehrlich gesagt, bin ich erstaunt, wie sich ihre Körper der Umgebung angepasst haben«, entgegnete Murphy und kam damit dem Commander zuvor. »Sie standen plötzlich vor uns und tauchten aus dem Nichts auf. Die Scanner haben uns nicht vor ihnen gewarnt. Mein Anzug hat erst Werte empfangen, als sie plötzlich da waren.«

»Streng genommen sind das keine Eingeborenen«, gabt McCollin zu bedenken. »Es sind Menschen und damit Nachfahren der ersten Siedler. Sie müssen sich sehr früh für dieses Leben entschieden haben, damit sich die Körper anpassen konnten. Wer kann schon sagen, welche Einflüsse dazu beigetragen haben.«

»Mhm«, machte Klausthaler und war dennoch unglücklich mit der Situation, konnte aber im Moment nichts daran ändern.

Drokus holte die Soldaten pünktlich ab und führte sie in die Hütte, in der das Team vorher empfangen worden war. Der Raum hatte sich in ihrer Abwesenheit verändert. In der Mitte stand ein Kessel, der in den Boden eingelassen war und in ihm loderte ein Feuer. Die Ältesten hatten sich im Schneidersitz vor das Feuer gesetzt. Rutkoll, der Sohn von Fatback, saß neben seinem Vater.

»Setzt euch«, forderte der Häuptling die Ankömmlinge formlos auf und machte eine einladende Geste mit dem Arm.

Schwerfällig ließen sich die Trooper nieder. Die Kampfpanzerung verhinderte jedoch eine bequeme Sitzhaltung und der eine oder andere wäre lieber stehengeblieben.

»Das Stullock kann beginnen«, verkündete Jukata und junge Frauen und Männer brachten Speisen und Getränke herein. Die Soldaten sahen sich ratlos an. In den geschlossenen Anzugsystemen konnten sie keine Nahrung, weder flüssig noch fest, zu sich nehmen und mussten von der Nährflüssigkeit leben, die über einen Schlauch aufgenommen werden konnte.

»Wenn ich fragen darf, was ist ein Stullock?«, fragte der Commander und sah Fatback an. Er hatte das Visier zwar geschlossen, es aber durchsichtig geschaltet, damit sein Gegenüber sein Gesicht gut erkennen konnte.

»Das ist die Zeit der Wahrheit und des Findens. Wir werden uns besser kennenlernen und gemeinsam beraten, wie es für euch weitergehen wird.«

»Ah«, machte Higgens und war genauso schlau wie vorher. »Wir möchten uns für die Hilfe, die uns Ihre Krieger am See gegeben haben, bedanken. Sie haben zur rechten Zeit in die Auseinandersetzung eingegriffen. Ich habe gesehen, dass Ihr Volk Verluste erleiden musste. Wie trauern mit Ihnen und sprechen unser aufrichtiges Beileid aus«, fuhr der Teamleader diplomatisch fort.

»Dein Anliegen ehrt dich, aber unsere Krieger sind nicht euch zu Hilfe gekommen. Sie haben nur den Silurus beschützt. Die Familien der Toten können stolz auf ihre Kinder sein. Sie kämpften tapfer und haben den Silurus gerettet.«

»Den Silurus? Sie meinen den Sumpfwels?«, fragte der Teamleader nach.

»Wenn ihr das Tier so nennt. Ja. Er ist äußerst selten und dennoch unheimlich wichtig für das ökologische Gleichgewicht dieser Welt.«

»Das wussten wir nicht!«

»Wie sollte ein Fremdweltler das auch wissen oder verstehen? Dennoch habt ihr nicht versucht, das Tier absichtlich zu verletzen.«

»Natürlich nicht!«, antwortete der Commander. »Jedes Lebewesen hat seine Berechtigung. Und in diesen Sümpfen sind wir die Fremden.«

»Gut gesprochen! Was uns zu der Frage bringt, was ihr hier überhaupt macht.«

Und Higgens begann zu erzählen. Die Mission war zwar streng geheim, doch wem konnten die Sumpfbewohner etwas verraten? Er ließ kein Detail aus und hielt über eine Stunde einen Monolog. Er fing ganz vorne bei dem Terroranschlag an, wie er sein Team zusammengestellt hatte und dass die Kommissarin den Direktor des Geheimdienstes hinter dem Anschlag vermutete. Er erzählte vom Abschuss ihres Shuttles und der Hetzjagd durch den Sumpf. Die Stammesältesten hörten aufmerksam zu und nickten an einigen Stellen, was dem Commander das Gefühl vermittelte, dass sie schon länger von den Kallippos beobachtet worden waren.

»Tja, und nun sind wir hier«, endete er und machte eine resignierende Geste mit den Händen.

Der schwere Vorhang in der Türöffnung, der die kühle Abendluft fernhielt, wurde beiseitegeschoben und Stannis betrat den Raum. Er sah frisch und ausgeruht aus. Die Heiler hatten ihn aus seiner Kampfpanzerung geschält, die er zusammengelegt in den Armen hielt. Bekleidet war er lediglich mit einem Lendenschurz, wie ihn die Einheimischen trugen. Er marschierte an seinen Kameraden vorbei und hielt vor Higgens an. Sein nackter Hintern befand sich auf Gesichtshöhe der Ermittlerin, und sein feistes Grinsen zeigte, dass ihm das nicht im Geringsten peinlich war.

»Melde mich zum Dienst, Sir«, sagte er zum Commander und salutierte.

Das zwang Higgens aufzustehen und ebenfalls zu grüßen. Dabei verdrehte er die Augen auf die für ihn typische Weise.

»Willkommen zurück. Tut gut, Sie wohlauf zu sehen«, sagte der Teamleader und an den erleichterten Gesichtern der anderen sah er, dass es ihnen ebenfalls so ging. Nur Klausthaler schaute skeptisch. Er vertraute auf keinen Fall irgendeiner Hokuspokusmedizin.

Fatback, Grotec und Jukata klatschten in die Hände und unterbrachen damit das Wiedersehen der Soldaten.

»Wir begrüßen den Asabay, der auf dem Silurus reitet«, sagte der Häuptling.

Luis sah sich verwirrt um. Dann trafen seine Blicke die von Murphy, der ihn anlächelte. »Er meint damit dich«, sagte der Sprengstoffexperte und musste innerlich über die Formulierung lachen. *Der, der auf dem Fisch reitet*, dachte Scott.

»Ähm, ja«, antwortete Stannis verlegen. »Ich grüße zurück«, stammelte er.

»Nicht jeder hat den Mut, den mächtigen Silurus zu reiten«, erklärte Fatback. »Mein Sohn hat mir alles erzählt«, fügte er noch hinzu.

»*Er meint den Wels«*, funkte Higgens den Späher über das ICS an.

»Ach so, den!«, rief er verbal aus. »Das war doch nichts.«

»Deine Bescheidenheit ehrt dich. Nun setze dich zu uns und erzähle uns deine Geschichte. Doch zunächst sollten wir alle unsere Gäste von den Anzügen befreien.«

»Hatten Sie uns nicht geraten, die Systeme lieber verschlossen zu halten? Und warum hat unser Freund keinen Anzug mehr an? Ist das nicht gefährlich?«, warf der Commander richtigerweise ein.

»Der Asabay ist immun gegen den Stich der Mondfliege und«, der Häuptling unterbrach sich kurz und goss einen Aufguss in das Feuer. Ein moschusartiger Geruch breitete sich im Raum aus, »dieser Raum ist sicher vor den kleinen Plagegeistern. Der Duft hält sie fern. Ihr könnt die Kleidung jetzt ablegen.« Erneut klatschte er in die Hände und junge Frauen brachten einen Lendenschurz für jedes Mitglied des Teams herein. Murphy wollte sofort aus seinem Anzug schlüpfen. Die Aussicht, McCollin in einem dieser knappen Kleidungsstücke sehen zu können, erfüllte ihn mit Freude. Klar hatte der Commander gesagt, dass die Frau nicht an Männern interessiert war. Doch Scott glaubte ihm kein Wort. Hutson hatte das zwar bestätigt, aber der steckte bestimmt mit Fred unter einer Decke.

Niemand rührt die Anzüge an, funkte Higgens an das Team. Er öffnete sein Visier und nahm den Helm ab. »Ich denke, das wird nicht nötig sein«, sagte er und zeigte auf die Lendenschurze. »Der Helm sollte reichen.«

»Wie du wünschst«, antwortete Fatback sichtlich enttäuscht und gab seinen Stammesangehörigen ein Zeichen, woraufhin die wieder verschwanden.

»Es soll kein Zeichen der Unhöflichkeit sein«, beschwichtigte der Commander. »Doch wir tragen diese Anzüge nun schon seit einigen Tagen und Sie können mir glauben, es ist für alle das Beste, wenn wir sie nicht ausziehen. Es würde wirklich übel riechen.«

»Du bist ein geübter Diplomat«, lachte der Häuptling. »Aber ein schlechter Lügner«, fügte er hinzu. »Doch nun wollen wir die Geschichte von dem Silurus-Reiter hören.«

Stannis sah sich um und alle Augen waren auf ihn gerichtet. Er fragte sich, was von ihm erwartet wurde. Seine Teammitglieder sahen ihn an, als ob er einer der Eingeborenen wäre. Nur weil er im Sumpf aufgewachsen war, hieß es doch nicht, dass er sich mit fremden Kulturen auskannte. Er hatte ja nicht absichtlich seinen Fuß in das Sumpfvieh gesteckt. Das letzte woran er gedacht hatte, war ein teuflischer Ritt auf diesem Wasserwesen.

»Wo soll ich anfangen?«, fragte Luis daher.

»Am besten bei deiner Geburt. Ich will alles wissen. Mein Sohn hat deine Fähigkeiten in den höchsten Tönen gelobt.«

»Bei meiner Geburt?« *Das wird eine lange Nacht,* dachte Stannis und begann zu erzählen. Es gab einige

Momente, die er absichtlich ausließ, weil er der Meinung war, diese würden niemanden etwas angehen.

Der Späher sollte recht behalten, es wurde eine sehr lange Nacht. Nachdem er seine Lebensgeschichte beendet hatte, wurden wieder Speisen und Getränke gereicht. Das ganze Team hatte zwar den Helm abgenommen, verzichtete aber auf die unbekannten Nahrungsmittel. Lediglich das Wasser, das kristallklar war, wurde angenommen.

»Ich will nicht behaupten, dass ich alles verstehe, wovon du da redest. Auch sind uns die politischen Verhältnisse, die im Imperium herrschen, fremd geworden. Doch es hört sich für mich an, als wollt ihr ein Verbrechen aufklären und dazu müsst ihr nach Fort Lattery«, sagte Fatback.

»Ja, das ist richtig«, antwortete Commander Higgens.

»Es ist ein beschwerlicher Weg dorthin. Voller Gefahren und Tücken. Es wird nicht einfach sein, diesen Ort zu erreichen. Vor allem nicht, wenn ihr den direkten Weg nehmen wollt, denn dann müsst ihr die Ebene durchqueren und nur der, der mit seinem Geist im Reinen ist, wird das schadfrei überstehen.«

»Ihr sprecht in Rätseln«, sagte Fred und fühlte sich leicht beschwipst. Was nicht hätte sein dürfen, da er nur Wasser getrunken hatte.

»Ihr seid durch das Tal gekommen und habt sicher die Auswirkungen der blauen Sporen mitbekommen. Rutkoll hat es gesehen. Euer Asabay hat euch gerettet. Der Stich der Mondfliege hat ihn gegen die Sporen geschützt.«

»Wie könnte ich das blaue Gras vergessen? Es ist mir immer noch nicht klar, was da passiert ist.«

»Die Sporen beeinträchtigen vorwiegend den Hippocampus, den präfrontalen Kortex und den cingulären Kortex. Diese Regionen werden zu sehr hohen Aktivitäten angeregt. Die kleinen Organismen ernähren sich von den elektrischen Impulsen im Gehirn. Es wird eine Traurigkeit ausgelöst. Ähnlich wie bei Depressionen. In der Regel ruft es dein traurigstes Erlebnis hervor und lässt es dich immer wieder durchleben.«

Higgens starrte den Ältesten an, als ob er einen Außerirdischen vor sich hätte. Mit allem hatte er gerechnet, mit irgendeiner Erklärung, die sich auf Mythen und Aberglauben bezog, aber nicht mit einer wissenschaftlichen Darlegung der Wirkung dieser Sporen. Fatback lachte schallend durch den Raum, bis ihm Tränen die Wangen hinunterliefen.

»Commander, nur weil unsere Vorfahren sich für ein Leben in den Sümpfen entschieden haben, heißt es noch lange nicht, dass wir primitive Wilde sind. Unsere Stammesgründer waren Raumfahrer, wie du. Zu den Gründern gehörten viele Wissenschaftler, die ihren Lebensraum gründlich erforscht haben. Kurz nach der Ankunft der ersten Menschen auf Phönix hielten viele es für falsch, wie die Siedlungen aufgebaut wurden. Die Siedler holzten ohne Rücksicht auf Verluste die Urwälder ab, sie legten ganze Regionen trocken, um darauf Ackerbau betreiben zu können. Es tat sich eine Gemeinschaft auf, die damit nichts zu tun haben wollte. Sie beschlossen, den Siedlern den Rücken zu kehren und ihr Glück in den

Sümpfen zu versuchen. Das waren unsere ersten Vorfahren. In den letzten Jahrhunderten entwickelten sich die Menschen weiter und passten sich ihrer Umgebung an. Natürlich gab es auch Streit und Missgunst und die Wege trennten sich. Heute leben über hundert Stämme auf dem Planeten und nicht alle sind befreundet. Dennoch werden keine Kriege ausgetragen. Krieg bringt nur Leid und Kummer, für alle Beteiligten. Auch für die Sümpfe. Wir haben uns geschworen, diesen Planeten mit all seinen Schätzen zu schützen. Die Siedler fingen an, die Siluri zu jagen. Du hast selbst gesehen, wie groß diese harmlosen Tiere werden können. Das Fleisch konnte viele Menschen lange Zeit ernähren. Doch dann entdeckten sie die Möglichkeit, aus dem Blut kostbare Öle zu gewinnen und gewinnbringend zu exportieren. Heute gibt es nicht mehr viele dieser Lebewesen. Dadurch haben sich die Sümpfe verändert. Andere Tiere und Pflanzen konnten sich ungehindert ausbreiten, da ihr Fressfeind fast ausgerottet worden war. Darum schützen wir ihn. Wir hatten heute nicht unsere erste Auseinandersetzung mit den Siedlern und es wird auch nicht die letzte gewesen sein. Seit Generationen geben wir unser Wissen weiter. Wir haben keine Labore mehr oder dergleichen und vielleicht wissen wir auch nicht alles über diesen Planeten, doch für unser Überleben reicht es«, grinste der Häuptling.

»Entschuldigen Sie«, begann der Teamleader, »ich wollte nicht ...«

»Natürlich wolltest du das«, unterbrach ihn der Älteste. »Keine Sorge, wir werden euch nicht an einen Baum binden und zu Tode foltern oder in einen Kochtopf werfen.«

Jetzt fielen Grotec und Jukata in das Lachen ihres Oberhauptes ein. Es dauerte eine Weile, bis sich die drei wieder einigermaßen beruhigt hatten.

»Was hab ich gesagt? Die Fremdweltler hatten Angst davor«, witzelte Jukata und brachte damit Fatback erneut zum Lachen.

»Und wie konnte Stannis gegen die Sporen immun werden?«, lenkte der Commander das Thema wieder auf das Ausgangsgespräch zurück. Er musste den Infodump erst einmal verdauen.

»Das liegt am Gift der Mondfliege. Sie injiziert ein starkes Betäubungsmittel, das die Gehirnaktivitäten reduziert. In erster Linie greift es aber die Sporen an und tötet sie ab. Gelangt das Gift einmal in den Körper, bleibt es lebenslang in dir und erschafft damit ein natürliches Abwehrmittel gegen die Sporen«, erklärte der Älteste in ernstem Tonfall.

»Das mit Luis verstehe ich, aber wie war das bei uns möglich? Durch eine bloße Berührung wurden wir aus dem Bann gerissen und unheimlicherweise konnten wir in die Köpfe der anderen sehen. Ich meine, ich durchlebte jede einzelne Emotion der anderen und es beschränkte sich nicht nur auf Gefühle. Ich sah in klaren und deutlichen Bildern, was die Traurigkeit ausgelöst hatte. Jeder von uns hat das erlebt. Es minderte irgendwie den Schmerz, zu wissen, in dieser Stunde nicht alleine zu sein.«

Fatback dachte einen Moment nach. »Das ist in der Tat ungewöhnlich. Dass ihr die Emotionen der anderen gespürt habt, kommt von den Sporen. Über den Kontakt eurer Haut wurde eine Verbindung hergestellt. Aber ich habe noch nie davon gehört, dass auch bildliche Ereignisse übertragen wurden. Da müsste ich in den alten Aufzeichnungen nachsehen.«

»Sie haben Aufzeichnungen?«, wunderte sich Higgens.

»Ja sicher. Wissen muss für die kommenden Generationen festgehalten werden. Die Gefahr, dass Wissen mit einer Person verloren geht, ist viel zu groß. Wie dem auch sei, vor euch liegt ein ganz anderes Problem. Wenn das Fort euer Ziel ist und ihr nicht eine Woche lang das Gebiet umgehen wollt, bleibt nur der Weg durch die Ebene.«

»Welche Ebene? Und was ist dort so gefährlich?«

»Die Ebene hat viele Namen. Die Siedler nennen sie die *Ebene des Schreckens*, und der Name ist sehr passend. Die roten Gräser stehen zu dieser Jahreszeit voll in der Blüte und die Pollenkonzentration ist hoch. Die Auswirkung ist ähnlich, wie im *Tal der Tränen,* nur noch schlimmer.«

»Was könnte schlimmer sein?«, fragte Higgens.

»Nur ein Mann, der sich seinen Ängsten gestellt hat, kann dieses Gebiet durchqueren. Wie gesagt, die Sporen wirken auf ähnliche Weise. Auch sie aktivieren bestimmte Bereiche des Gehirns, rufen dabei aber die innersten Ängste hervor und verstärken das Gefühl um ein Tausendfaches.« Der Commander lächelte. Wenn sich einer mit Ängsten auskannte, dann er. »Du solltest das ernst nehmen, Commander«, sagte Fatback. »Es sind schon viele Männer und Frauen in der Ebene gestorben. Auch aus unserem Stamm. Vor langer Zeit haben Jugendliche sich einen Spaß daraus gemacht und es als Mutprobe gesehen. Nur wenige kamen zurück. Heute ist es verboten, ohne Vorbereitung die Ebene zu betreten.«

»Man kann sich darauf vorbereiten?«, fragte Higgens und runzelte die Stirn. Für ihn klang das sehr nach einem mystischen Ritual.

»Ja, es gibt einen Trunk, der diese Sporen in geringer Konzentration enthält, und es sind noch ein paar andere Dinge beigemischt, die helfen sollen, sich seinen Ängsten zu stellen und sie zu überwinden. Jeder Krieger in unserem Stamm musste ihn trinken.«

Genau das war es, woran der Commander eben gedacht hatte. Der Häuptling wollte ihnen einen Zaubertrank andrehen. Wahrscheinlich enthielt dieser einen Drogencocktail und würde sie alle ins Nirwana schicken. Sofort sorgte sich Higgens um seinen Sanitäter. Klausthaler war ein Ex-Junkie und niemand konnte vorhersagen, wie der Mann auf die erneute Einnahme von Drogen reagieren würde.

»Nehmen Sie es mir nicht übel, aber Sie wollen uns Drogen verabreichen, damit wir über eine Ebene laufen können?«, brachte der Teamleader seine Bedenken zum Ausdruck.

»Das habe ich nicht gesagt. Noch ist unklar, ob wir dir und deinen Männer helfen werden. Bisher hatten wir keine guten Erfahrungen mit den Siedlern und ich frage mich, warum ihr anders sein solltet. Ihr kommt nicht von dieser Welt. Was interessieren euch unsere Belange. Ihr habt eine Mission, das verstehe ich, doch was geht das mein Volk an? Was haben wir davon, wenn wir euch helfen?«

»Darf ich sprechen?«, fragte McCollin, noch bevor der Commander antworten konnte.

»Hier darf jeder sprechen. Dazu ist das Stullock da. Jeder hat eine Stimme. Nutze sie gut.«, belehrte Grotac die Ermittlerin.

»Wenn wir unsere Mission erfolgreich abschließen und nachweisen können, dass das hiesige Militär einer terroristischen Vereinigung angehört, könnten sich die Dinge hier bald schnell ändern. Ich kenne jemanden beim Geheimdienst, der ein enger Berater der Imperatrix ist. Ich kann nichts versprechen, aber ich könnte ein gutes Wort für die Kallippos einlegen und vielleicht ändert sich das Verhalten der Siedler von Phönix.«

»Das klingt nicht sehr aussichtsreich«, entgegnete Juakata.

»Das mag sein, aber was habt ihr zu verlieren?«

»Gut gesprochen«, befand Fatback und fing an, mit den anderen Ältesten zu flüstern. Schnell waren sie sich einig. »In Ordnung, der Stamm der Kallippos wird euch helfen. Doch ihr müsst den Trank zu euch nehmen und euch euren Ängsten stellen. Danach wird Rutkoll euch begleiten und sicher zum Fort geleiten.«

Higgens bekam immer mehr das Gefühl, unter Alkohol zu stehen. Da er nur Wasser trank, musste irgendetwas in der Flüssigkeit sein, auch wenn sie nicht anders als Wasser schmeckte. Er verabreichte sich ein Medikament über seinen Chip und in wenigen Augenblicken klärten sich seine Gedanken. Noch immer haderte er damit, seinen Männern Drogen verabreichen zu lassen. Wenn die Geschichte über diese Ebene stimmte, wusste er aber keine andere Lösung. Die Eingeborenen lebten schon seit hunderten Jahren in den Sümpfen und sollten wissen, was sie tun.

»Ich melde mich freiwillig«, sagte Stannis plötzlich und stand auf. Erneut hatte die Kommissarin den nackten Hintern des Troopers im Gesicht und rümpfte die Nase.

»Dann soll es so sein«, verkündete der Häuptling und klatschte dreimal in die Hände. Augenblicklich kam ein junger Krieger herein. In den Händen trug er eine kleine Holzschale, in der sich eine rötliche Flüssigkeit befand. Er überreichte seinem Oberhaupt die Schale und legte die flache Hand auf die Brust. Dann verschwand er wieder. Higgens nahm an, um den nächsten Zaubertrank vorzubereiten. Der Commander sah zu Stannis hinauf und nickte. Was konnte schon passieren?

Der Späher setzte sich neben das Feuer und der Älteste überreichte ihm die Schale.

»Trink alles in einem Zug, es schmeckt recht bitter. Ich wünsche dir eine angenehme Reise. Sei stark!«, gab er dem Trooper mit auf den Weg.

Luis setzte die Schale an die Lippen und kippte das Gebräu hinunter. Fatback hatte nicht übertrieben, das Gesöff schmeckte widerlich und verursachte ein starkes Kratzen im Hals. Stannis spürte langsam die Wirkung und ihm wurde schummrig. Vorsichtig legte er sich auf den Rücken und schloss die Augen. Dann traf es ihn wie ein Dampfhammer.

Luis war wieder siebzehn Jahre alt. Sein Vater hatte ihn in die Siedlung geschickt, um neue Energiezellen zu besorgen. In der Stadt hatte der Jugendliche getrödelt und musste die Zeit wieder aufholen. Seine Familie hatte es nicht einfach, denn die Stadtbewohner hielten die Stannis für komisch. Wieso verzichtete jemand freiwillig auf alle Annehmlichkeiten und zog ein Leben in den stinkenden und dreckigen Sümpfen vor? Mit dieser Familie musste etwas nicht stimmen. Aber das Mädchen im Laden konnte Luis gut leiden. Sie war in seinem Alter und die beiden kannten sich seit vielen Jahren. Sein Vater hatte seine Söhne immer mitgenommen, wenn er in die Stadt ging, um Besorgungen zu erledigen. Jetzt stand der junge Stannis ganz hinten im Laden an einem Regal und flirtete mit dem Mädchen. Die Erinnerung verblasste plötzlich und Luis fand sich auf der Straße wieder. Die Menschen sahen ihn herablassend an und tuschelten hinter seinem Rücken. Dann hörte er die Maschinen, die vom Himmel fielen. Mit lautem Getöse donnerten Kampfschiffe durch die Wolkendecke. Diese Art Schiffe hatte Stannis noch nie zuvor gesehen. Er legte den Kopf in den Nacken und versuchte, etwas zu erkennen, doch die Sonne blendete ihn. Dann eröffneten die Jäger das Feuer. Lichtstrahlen zuckten aus den Flügeln und leckten der Stadt entgegen. Überall, wo sie einschlugen, explodierten die Gebäude. Straßen wurden aufgerissen und der Asphalt begann zu kochen. Vor Luis verdampfte ein Gruppe Menschen, die in Panik versuchte, dem Angriff zu entkommen. Er begann zu rennen. Achtlos ließ er den Beutel mit den Energiezellen fallen und rannte, so schnell er konnte. Immer wieder musste er herabfallenden Trümmerteilen ausweichen, um nicht erschlagen zu werden. Kleine Splitter bohrten sich schmerzhaft in seine Beine und Arme, doch er ignorierte sie. Luis lief an einem Laden vorbei und aus dem Augenwinkel sah er zum ersten Mal eines der Monster. Es sah aus wie eine riesengroße Echse mit einem großen Maul. Es biss dem Mädchen, mit dem er vor ein paar Minuten noch gesprochen hatte, in den Hals. Erst da wurde ihm bewusst, dass er in die falsche Richtung gelaufen war. Luis hatte Angst. Sein Körper zitterte, und er blieb wie gelähmt vor dem Laden stehen. Mit Entsetzen sah er zu, wie das junge Mädchen bei lebendigem Leib gefressen wurde. Ihre Schreie drangen tief in seine Seele und verankerten sich dort für immer. Plötzlich schaute die Echse durch die Scheibe zu ihm herüber. Die gelben Augen starrten ihn an und das Monster stieß ein markerschütterndes Brüllen aus. Es warf die Überreste seiner Beute zur Seite und stürmte auf die Ladentür zu. Luis war paralysiert und konnte sich nicht bewegen, während die Bestie immer näher kam. Das Monster hatte ihn fast erreicht und er schloss die Augen. Plötzlich schoss ein Laserstrahl aus einer Seitengasse an ihm vorbei und traf die Echse am Kopf. Deutlich spürte er die sengende Hitze an seiner Wange, die der Laser hinterließ. Blut, Alienblut spritzte in das Gesicht des Jungen und ließ ihn aufschreien.

Aus der Gasse trat ein Trooper der planetaren Verteidigungsarmee. »Lauf, Junge, lauf!«, schrie der Soldat ihn an und befreite Luis damit aus seiner Starre. Ein weiterer Lichtstrahl schoss die Straße hinauf und riss den Trooper in zwei Hälften. Stannis rannte in die Gasse und drehte sich nicht mehr um. Tränen liefen über sein Gesicht und seine Gedanken waren bei dem Mädchen, seinem Vater und seinem Bruder. Er musste sie warnen. Wieder wechselte die Szene und der Späher befand sich in den Sümpfen. So schnell er es wagte, hetzte er den Weg zurück zu seinem Zuhause. Er sprang über Treibsand, zog sich durch den Morast und hangelte sich an Lianen, die von den Bäumen hingen, über große Wasserflächen. Mit letzter Kraft erreichte er die Hütte, die gut verborgen im Wald lag. Doch er kam zu spät. Vor der Haustür lagen die Überreste seines älteren Bruders. Die Leiche war schrecklich zugerichtet. Beine und Arme waren herausgerissen, der Bauch offen und die Innereien verteilten sich um den Torso. Ein Schuss knallte durch die Stille und Luis erschrak. Der Knall kam aus dem Haus. Eine Echse torkelte durch die Tür und ein weiterer Schuss gab ihr den Rest. Der Schädel des Aliens zerplatze. Stannis‘ Vater schwankte durch den Türrahmen. Sein Körper war über und über mit Blut besudelt. Ein Arm fehlte und Blut spritzte aus dem Stumpf. Dann sah der alte Einsiedler seinen Jüngsten. Er riss die Augen auf. Diese Blicke würde Luis nie vergessen.

»Lauf!«, schrie sein Vater. »Lauf in die Sümpfe! Um Himmels willen, lauf!«

Dann packte eine riesige Pranke die Schulter seines Vaters und zog ihn mit einem Ruck wieder in das Haus. Luis hörte die schrecklichen Schreie, die nicht enden wollten. Völlig in Panik hielt er sich die Ohren zu und rannte um sein Leben.

Erneut wechselte die Szene und Stannis sah sich in den Sümpfen hocken. Der Angriff war jetzt fast zwei Jahre her und seitdem hatte er sich im Wald versteckt. Es hatte keine Befreiung gegeben. Es waren keine Space Trooper gekommen, um ihn oder andere Überlebende zu retten. Luis Blicke huschten nervös umher. Hinter jedem Baum vermutete er eines dieser Monster, die seine Familie umgebracht hatten, die alle umgebracht hatten. Vor ein paar Sekunden hatte er eine Patrouille gesehen. Sie mussten seine Fährte aufgenommen haben und suchten ihn schon den ganzen Morgen.

Plötzlich traten mehrere Echsen aus ihrer Deckung und standen direkt vor ihm. Luis konnte sich vor Angst nicht bewegen und hatte ein Déjà-vu. Er dachte an den Augenblick, als er zum ersten Mal eines der Aliens gesehen hatte. Stannis schrie aus tiefster Seele und sein Schrei übertrug sich aus seinem Traum in das reale Leben. Der Körper des Spähers zitterte und krampfte unkontrolliert. Schweiß trat ihm aus allen Poren und es bildete sich eine Pfütze unter ihm. Higgens sprang besorgt auf und eilte zu Stannis hinüber, doch der Häuptling hielt ihn zurück.

»Er befindet sich in der entscheidenden Phase. Wenn er die überwunden hat, hat er es geschafft.«

Unsicher hockte sich der Commander neben den Trooper und wusste nicht, was er machen sollte. Klausthaler konnte die Vitalwerte des Soldaten nicht überwachen, da Stannis nicht in seinem Anzug steckte. Instinktiv entschied sich der Teamleader, etwas zu unternehmen.

»*Ich bin bei Ihnen, Luis*«, funkte er Stannis in Gedanken über das ICS an.

Der Traum des Spähers änderte sich schlagartig. Er stand noch immer schreiend vor den Echsenkriegern, doch hinter einem Baum trat Higgens mit der Waffe im Anschlag hervor. Er steckte in seiner Kampfpanzerung und kam auf ihn zu. Die Szene verwirrte Stannis, denn im Unterbewusstsein wusste er, dass es so nicht gewesen war. Zu dem Zeitpunkt kannte er den Commander noch nicht. Immer mehr Gestalten in den typischen Anzügen der Special Trooper schälten sich aus ihren Deckungen. Erst Hutson, dann Kensing. Juvis und Klausthaler stießen dazu und am Schluss war auch Murphy dabei. Sie nahmen die Aliens unter Beschuss. Simultan eröffneten sie das Feuer und verarbeiteten die Bestien zu Hackfleisch. Stannis hörte auf zu schreien und schaute in die Gesichter seiner Freunde, die ihm alle zunickten. Der Trooper konnte die Bilder nicht verstehen und fragte sich, was das alles zu bedeuten hatte. Die Erinnerungen waren falsch, das war sicher. Mit Unbehagen dachte er daran, was wirklich geschehen war. Luis war gerannt, wie er es immer machte. Er rannte und rannte und am Ende versteckte er sich.

Der Puls des Spähers beruhigte sich und das Zittern ebbte ab. Dann öffnete er die Augen, in denen sich seine Desorientierung widerspiegelte. Das Erste, was er bewusst sah, nachdem er sich erinnerte, warum er fast nackt auf dem Holzboden einer Hütte lag, war das sorgenvolle Gesicht seines Vorgesetzten, was ihn zum Grinsen brachte.

»Das müssen Sie unbedingt auch einmal versuchen«, sagte der Späher. »*Und danke*«, übermittelte er über das ICS an das Team. Die Nachricht brachte ihm zwar fragende Blicke ein, doch das war Stannis egal. Er hatte genug zum Nachdenken bekommen und rätselte, warum das Special Trooper Team in seinem Traum aufgetaucht war.

Dem Späher folgten seine Teammitglieder. Einer nach dem anderen trank die *Zauberbrühe*, im Grunde waren es einfache halluzinogene Drogen, und jeder durchlebte seine tiefsten Ängste. Eines hatten die Träume gemeinsam, irgendwann kamen sie an einen Punkt, an dem das Team auftauchte. Das Ritual ließ verstörte Soldaten zurück. Es war schon früh am Morgen, als Higgens an der Reihe war. Er wusste nicht, was vor sich ging, doch seine Männer hatten sich verändert. Über das ICS tauschten sie ihre Erfahrungen aus und berichteten, was sie im Traum erlebt hatten. Ohne Scheu, ohne Schamgefühl. Nur offen und ehrlich. Sogar die Kommissarin beteiligte sich. McCollin hatte eine Sonderstellung, denn ihr war das Team nicht in ihrem Traum erschienen. Sie hatte ihre Ängste ganz alleine bewältigt. Der Commander fand, dass es ganz gut zu der toughen Frau passte.

Higgens nahm die Schale entgegen und kippte das Zeug nach kurzem Zögern in einem Zug hinunter. Dann legte er sich auf den Rücken und wartete. Er wartete noch etwas und dann noch eine Weile.

»Müsste nicht irgendwas passieren?«, fragte er nach ein paar Minuten. Die anderen waren zu diesem Zeitpunkt schon lange im Drogenrausch gewesen.

»Das ist ungewöhnlich«, merkte Fatback an und musterte den Commander. »Vielleicht sträubst du dich dagegen?«, suchte der Stammesälteste nach einer Erklärung.

»Jedenfalls nicht bewusst«, antwortete Higgens, und schloss die Augen. Er versuchte, sich zu entspannen. Dazu machte er eine kleine Atemübung, die ihm sein Ausbilder beigebracht hatte. Er wurde sichtlich ruhiger, aber die Wirkung ließ weiterhin auf sich warten.

»Ich sehe rein gar nichts«, sagte der Commander und Enttäuschung schwang in seiner Stimme mit. Jeder hatte etwas erlebt und er wollte unbedingt ein Teil davon sein.

»Du kannst dich erheben. Ich hätte nicht gedacht, einen wie dich jemals zu treffen«, sagte Fatback erstaunt und zog die Stirn in Falten.

»Was heißt, jemanden wie mich?«, fragte Higgens. »Vielleicht stimmte mit dem Trank etwas nicht und ich sollte es noch einmal versuchen.«

»Damit war alles in Ordnung. Du bis ein Wotagull. Bei so einem funktioniert der Trank nicht. Da kannst du hunderte trinken, es wird nichts daran ändern, was du bist.«

Higgens ärgerte es, wie der Stammesälteste mit ihm sprach. *So einer wie ich*, dachte der Commander. Es klang für ihn herablassend, ja irgendwie beleidigend. Außerdem störte es ihn, dass es bei ihm nicht klappen wollte. Er fühlte sich ausgegrenzt, fast schon minderwertig.

»Ich bin bestimmt kein Wotadings. Ich denke, es lag an der Zusammensetzung der Flüssigkeit. Sie müssen wissen, ich bin ziemlich fit. Es könnte sein, dass bei mir eine höhere Konzentration der Bestandteile nötig sein könnte«, entgegnete Higgens sichtlich verärgert.

»Das heißt Wotagull und du missverstehst mich. Das ist nichts Schlechtes. Im Gegenteil, es macht dich zu etwas ganz Besonderem. Ich selbst habe noch nie einen getroffen und kenne die Bezeichnung nur aus Legenden. Es kommt lediglich alle paar hundert Jahre vor, dass ein Wotagull aus dem Volk hervorgeht.«

»Was zum Teufel ist ein Wotagull?«, wollte der Commander wissen. Besänftigt fühlte er sich nicht.

»Wir bezeichnen damit einen Krieger, der völlig frei von Ängsten ist und in deinem Leben gibt es keine Angst. Nicht in der Vergangenheit, nicht jetzt und auch in der Zukunft nicht. Ich fühle mich durch deine Anwesenheit geehrt«, fügte der Häuptling hinzu und die drei Stammesältesten, sowie Rutkoll, der die ganze Zeit schweigend neben seinem Vater gesessen hatte und nun die Augen weit aufriss, legten ihre rechte Hand auf die Brust. So zollten sie ihren Respekt. »Das Ritual ist kräftezehrend und deine Soldaten sollten sich jetzt ausruhen. Morgen wird mein Sohn euch führen und zum Fort geleiten.«

Damit beendete das Oberhaupt der Kallippos das Stullock und erhob sich. Wortlos schritten die Eingeborenen aus der Hütte und ließen das Team zurück.

»War ja klar, dass du wieder was Besonderes bist, Boss«, funkte Murphy den Commander auf einem privaten Kanal an. Higgens wollte seinen Freund schon zurechtweisen, doch er hörte den respektvollen Ton in der Stimme des Troopers und beließ es dabei mit den Augen zu rollen, so ganz nach Higgensart.

Kapitel 22

Zeit: 1032

Ort: Boulder-System, Planet: Phönix, Fort Lattery

»Wollen Sie mich verarschen?«, tobte General Straight, der Befehlshaber der Truppen, die in Fort Lattery stationiert waren. Das Imperium hatte bisher kaum Interesse an dem Planeten Phönix gezeigt und nur wenige Trooper der imperialen Streitkräfte zum Schutz der Siedler des Planeten abgestellt. Die hatte sich der General vor ein paar Jahren vom Hals geschafft, das Kommando übernommen und die Männer durch seine eigenen ersetzt. Die überlebenden Imperialen hatten die Wahl, entweder sie kooperierten oder wurden an die Wand gestellt. Bei diesen beschränkten Auswahlmöglichkeiten entschieden sich die meisten dafür, dem General zu folgen. Für den einfachen Soldaten machte es auch kaum einen Unterschied, wer die Befehle gab. Hauptsache jemand übernahm die Verantwortung.

»Nein, Sir«, antwortete Lieutenant Keeps und senkte den Blick verlegen zu Boden. Ein Shuttle hatte ihn und den Fährtenleser Paska aus den Sümpfen gerettet, nachdem der Lieutenant einen Funkspruch hatte absetzen können. Die beiden waren gerannt wie die Teufel und die einzigen Überlebenden der Kampftruppe, die der Offizier befehligt hatte.

»Dann erklären Sie mir, wie Sie eine ganze Einheit verlieren konnten. Zweimal! Ich hatte Ihnen einen einfachen Auftrag gegeben, finden und eliminieren Sie die Imperialen. Was ist so schwer daran, eine Handvoll Soldaten aus dem Weg zu räumen?«, tobte Straight weiter. Er war außer sich. Der Lieutenant hatte es geschafft, bei dieser einfachen Aufgabe über vierzig Männer zu verlieren. Bei einer Truppenstärke von knapp dreihundert Mann war das ein beachtlicher Teil seiner Ressourcen.

»Es waren keine *normalen* Soldaten«, versuchte Keeps, sich zu rechtfertigen. »Ich konnte unmöglich wissen, dass wir hinter einer Special Trooper Einheit her waren.«

»Jetzt kommen Sie mir nicht mit den Märchen von diesen Supersoldaten. Das ist selbst für Sie unter Ihrem Niveau.«

»Außerdem hatten wir sie schon fast, aber dann tauchten diese scheiß Eingeborenen auf.«

»Sie meinen diese Wilden, die mit Stöcken und Steinen werfen? Ach kommen Sie!«

»Es waren hunderte!«, übertrieb der Lieutenant. »Ich wollte kämpfen, aber sie haben uns einfach überrannt. Damit konnte niemand rechnen. Wir hatten die Imperialen gerade festgenagelt und es war nur eine Frage der Zeit, bis wir den Letzten ausgeschaltet hätten.«

»Also haben Sie einige erwischt?«, unterbrach ihn der General.

»Ja«, log Keeps. »Ich habe selbst mindestens zwei von den Imperialen erwischt. Aber dann waren diese Wilden überall. Ich glaube nicht, dass einer von ihnen überlebt hat. Der Übermacht hatten auch die Special Trooper nichts entgegenzusetzen.«

»Die Eingeborenen haben also die Imperialen ebenfalls angegriffen?«, hakte Straight nach und fuhr sich mit der rechten Hand mehrfach durch den üppigen Kinnbart. Er umschloss ihn mit der Hand und zog ihn spitz nach unten. Das machte er immer, wenn er nachdachte und Keeps sah eine Chance, doch nicht an die Wand gestellt zu werden.

»Ja. Kurz bevor wir flohen, habe ich gesehen, wie die Wilden sie angriffen.« Die Lüge kam dem Lieutenant leicht und glaubhaft über die Lippen. Zumal er nicht wusste, ob es überhaupt eine Lüge war. Warum sollten die Sumpfbewohner zwischen seinen Soldaten und denen des Imperiums einen Unterschied gemacht haben? Es ging nur um diesen bescheuerten Sumpfwels, doch das erzählte er seinem Vorgesetzten nicht. Es gab ein stilles Abkommen mit den Sumpfvölkern. Die Siedler ließen die Tiere in Ruhe und die Eingeborenen stoppten ihre Angriffe und Überfälle. Keeps hatte dieses Abkommen gebrochen, und wenn der General das zu diesem Zeitpunkt erfahren würde, könnte es gut sein, dass der Lieutenant den Raum nicht mehr lebend verlassen würde.

»Dennoch, ich bin von Ihrer Leistung sehr enttäuscht«, sagte Straight und hatte sich schon wieder etwas beruhigt. An der Aussage seines Untergebenen war etwas Wahres. Ein Angriff der Verrückten, wie der General die Stammesangehörigen gerne nannte, war eine aussichtslose Sache. Er selbst hatte einmal so einen Angriff erlebt. Er wollte das Problem ein für alle Mal lösen und hatte versucht, das Übel an der Wurzel zu packen. Weit war er mit seinen Truppen nicht gekommen. Es war ihm nicht gelungen, eines der Dörfer ausfindig zu machen. In Scharen fielen die Krieger der Sümpfe über seine Männer her. Es war ihm gar nichts anderes übriggeblieben, als den Rückzug anzuordnen. Keeps hatte recht, die Imperialen waren mit größter Wahrscheinlichkeit tot und ihre Körper verfaulten in dem schleimigen Morast. Der Gedanke erhellte die Laune von Straight. Er hatte gute Nachrichten für seinen Finanzier und wenn dieser zufrieden war, sollte es nicht zum Nachteil für ihn sein. Er hatte zwar vierzig Mann verloren, das war ärgerlich, aber das Imperium war voll mit unzufriedenen Ex-Soldaten und die Rekrutierung hatte gerade erst begonnen.

»Nun gut. Sie können wegtreten. Aber das ist der letzte Fehltritt, den ich Ihnen gewähre. Das nächste Mal werde ich nicht so nachsichtig sein.«

»Vielen Dank«, sagte der Lieutenant und salutierte bilderbuchmäßig. Dann machte er eine hundertachtzig Grad Kehrtwendung und verließ das Büro des Generals. Draußen wischte er sich den Schweiß von der Stirn.

»Haben Sie dem noch etwas hinzuzufügen?«, fragte Straight den Fährtenleser.

»Nein«, war die knappe Antwort.

»Dann dürfen Sie auch wegtreten.«

»Aye, Sir«, sagte Paska und salutierte ebenfalls. Auf dem Weg nach draußen konnte er sich das Grinsen nicht verkneifen. Jetzt hatte er Keeps in der Hand und dieser Zustand versprach, sein Leben ab sofort wesentlich besser zu machen. Persönlich glaubte er nicht, dass die

Imperialen tot waren. Das Team hatte sich erfinderisch gezeigt und einen unmenschlichen Überlebenswillen an den Tag gelegt. Paska war gespannt, wann die Special Trooper Einheit zuschlagen würde. Er würde in jedem Fall bereit sein und wusste, was er zu tun hatte.

Kapitel 23

Zeit: 1032

Ort: Boulder-System, Planet: Phönix, in den Sümpfen

Higgens und sein Team hatten mehrere Stunden geschlafen und sie fühlten sich ausgeruht. Im Schutz der Kallippos war eine Wache unnötig gewesen, was allen einen erholsamen Schlaf beschert hatte. Klausthaler sah sich die Prellung der Kommissarin an und trug eine Salbe auf.

»Das sollte den Schmerz fürs Erste tilgen«, sagte er und McCollin zog die gepanzerte Platte wieder über die Schulter. Die Platte hatte dort, wo die Kugel eingeschlagen war, eine ordentliche Delle. Doch die Panzerung hatte gehalten und eine schlimme Verletzung verhindert. Die Ermittlerin hatte sich lediglich eine Prellung der rechten Scapula zugezogen. Das war schmerzhaft, würde aber schnell heilen.

Rutkoll erwartete das Team am Eingang des ausgehöhlten Mammutbaums. Zur Enttäuschung aller gab es keine Verabschiedung von den Ältesten. Der junge Krieger bestand darauf, sofort aufzubrechen. Die Sonne stand bereits hoch am Himmel und es war ein weiter Weg zu der von ihm geplanten Übernachtungsmöglichkeit. In leichtem Laufschritt übernahm der Kallipposkrieger die Führung. Stannis folgte ihm auf dem Fuße.

Rutkoll zeigte schnell seinen Wert. Das Team kam schneller voran, als es jemals zu hoffen gewagt hatte. Es lag nicht daran, dass der einheimische Krieger ein besserer Führer als Stannis war, es lag daran, dass die Sümpfe sein Zuhause waren und er sich auskannte wie kein Zweiter. Die Gruppe passierte Stellen, um die der Späher sie herumgeführt hätte. Doch Rutkoll hatte immer eine Lösung parat. Am Abend erreichten sie den Rand der Ebene, auf die die Teammitglieder durch den Drogentrip in der vorhergehenden Nacht vorbereitet sein sollten.

»Wir können die Ebene noch heute Nacht durchqueren«, bot Rutkoll an.

»Ist es denn sicher?«, fragte Higgens und musterte den knapp 1,55 Meter großen Mann. Für seinen Körper musste der Commander den jungen Krieger bewundern. Er war zwar klein im Verhältnis zu einem Durchschnittsbewohner des Imperiums, aber dafür umso durchtrainierter. Higgens konnte den Blick kaum von dem Sixpack, das eher nach einem Tenpack aussah, abwenden. Die Oberschenkel strotzten vor Kraft und die Brustmuskulatur zog sich in dicken Strängen bis zu den Oberarmen.

»Sicher? Nichts hier ist sicher, besonders nachts nicht. Es gibt viele Raubtiere, die nachtaktiv sind. Es könnten einige von ihnen auf der Jagd sein. Manchmal verirren sich die Jäger in ihrem Blutrausch in die Ebene. Sie sind nicht vor den Auswirkungen der roten Sporen geschützt. Es treibt die Tiere in den Wahnsinn und macht sie unberechenbar.«

»Dann ist es keine gute Idee. Wir sollten rasten«, entschied der Commander. »Ich möchte vermeiden, unsere Waffen einsetzen zu müssen. Der Lärm wäre kilometerweit zu hören und die Ebene bietet kaum Sichtschutz aus der Luft.«

»Dann ist es entschieden, wir brechen im Morgengrauen auf«, sagte Rutkoll und legte sich einfach ins trockene Gras in der Nähe eines Baumes.

»Murphy, Kensing, ihr übernehmt die erste Wache«, befahl Higgens. Es war die erste Nacht im Freien, die Stannis bei ihnen verbringen würde. Das galt nicht für Juvis. Von dem Scharfschützen fehlte wieder jede Spur. Im Grunde entfernte sich der Trooper unerlaubt von der Truppe, da er sich nie bei seinem Vorgesetzten abmeldete, doch dem Teamleader war das egal. Er war froh, einen der besten Schützen, den er kannte, als Backup zu haben.

»Wie geht es Ihnen?«, fragte Higgens den Sanitäter.

»Äh, gut«, antwortete Klausthaler und war ein wenig überrascht über die Frage.

»Ich wollte Ihnen nicht zu nahe treten. Aber ich kenne Ihre Vergangenheit und der Drogentrip gestern ... ich habe mir einfach Sorgen gemacht«, fuhr Higgens fort und es fiel ihm nicht leicht, die richtigen Worte zu finden.

»Sie können das Thema offen und direkt ansprechen«, gab der Sanitäter Hilfestellung und lächelte. »Jeder im Team kennt seit dem *Tal der Tränen* meine Vergangenheit. Es ist mir nicht peinlich. War es, aber jetzt nicht mehr. Ehrlich gesagt, hatte ich mir selbst Sorgen gemacht, aber es ist alles gut. Danke der Nachfrage.«

»Sehr schön. Wenn etwas sein sollte, Sie können sich jederzeit an mich wenden«, bot der Teamleader an und klopfte dem Sanitäter freundschaftlich auf die Schulter. Die Geste berührte Rainer und ihn überkam ein wohliges Gefühl. Seit Jahren fühlte er sich zum ersten Mal wieder wertvoll. Er war genau dort, wo er sein wollte. Für Klausthaler war es, als sei er nach einer langen Reise endlich zuhause angekommen.

»Nochmals danke, Commander. Ich weiß die Geste zu schätzen«, bedankte er sich und bereitete sein Lager vor.

Früh am Morgen, noch vor den ersten Sonnenstrahlen, weckte Rutkoll das Team und gemeinsam brachen sie auf, die Ebene zu durchqueren. Die Gruppe war noch keine hundert Meter durch die roten Gräser marschiert, da setzte die Wirkung der Sporen, die sich unheimlich schnell durch die Membranen gefressen hatten, ein.

Jeder durchlebte in Gedanken erneut seine schlimmsten Ängste, doch die Teammitglieder waren vorbereitet und stellten sich ihren individuellen Albträumen. Stannis wagte einen Versuch, er war wieder auf der Straße und stand vor dem Laden. Die Echse wollte gerade das Mädchen beißen, das er so gern mochte. Plötzlich stürmten Kensing und Hutson in das Geschäft und knallten die Echse ab. Murphy und der Commander standen schützend neben ihm. Ein Schuss peitschte durch die Gassen und einer Echse wurde der Kopf weggeblasen.

»Ziel ausgeschaltet«, hörte Stannis die Stimme von Juvis in seinem Kopf. Das war alles nicht real, das wusste der Späher, aber es half ihm über seine Angst weg. In seiner Vision drückte Higgens ihm eine Waffe in die Hand und gemeinsam kämpften sie sich Seite an Seite durch die Straßen.

Der Späher sah sich unter seinen Kameraden um und registrierte zufrieden das leichte Lächeln auf ihren Lippen. Nur die Kommissarin wirkte angespannt. Luis beschleunigte seine Schritte, holte zu ihr auf und legte McCollin eine Hand auf die Schulter.

»Wir sind bei Ihnen«, funkte er sie an. »Sie müssen das nicht alleine durchstehen.«

Die Gesichtsmuskeln der Ermittlerin entspannten sich sichtlich und ein Lächeln huschte für den Bruchteil einer Sekunde über ihre Lippen.

»Danke«, war alles, was sie sagte.

Das Team war dennoch froh, als es die Ebene hinter sich gelassen hatte. Die Landschaft veränderte sich wieder und wechselte erneut zu dem unpassierbar wirkenden Sumpf. Stannis unterhielt sich viel mit Rutkoll und ließ sich viele Eigenheiten der Umgebung erklären. Wie ein Schwamm sog er das Wissen in sich auf. Hin und wieder konnte er seine eigenen Erfahrungen einbringen und erntete dafür Anerkennung des jungen Kriegers.

Nach einer weiteren ereignislosen Nacht war das Fort nur noch wenige Kilometer entfernt und Higgens stoppte die Gruppe. Es wurde Zeit, sich einen Plan zurechtzulegen. Dazu rief der Commander das Team zusammen und sie saßen im weichen Moos unter einem Baum im Kreis. Stannis war mit Rutkoll auf Erkundungstour gegangen und würde später dazustoßen. Er sollte das Fort auskundschaften und so schnell wie möglich Bericht erstatten. Die Dämmerung brach herein und am folgenden Abend wollte der Teamleader zuschlagen.

»Kommissarin McCollin, es wird Zeit, festzulegen wie wir vorgehen sollen«, sprach er die Ermittlerin an. »Erklären Sie noch einmal allen, was Sie zu finden hoffen und vor allem wo. Für das Wie werden ich und das Team sorgen«, eröffnete der Commander die Gesprächsrunde.

»Das Missionsziel hat sich geringfügig geändert. Unser primäres Ziel ist jetzt, an den Verschlüsselungscode zu kommen. Damit kann ich bestimmte Dateien im Hauptquartier dechiffrieren und die KI anweisen, den Zugriffsschutz aufzuheben. Mit anderen Worten, die Nachricht wird zweifelsfrei einem Absender zugeordnet werden können.«

»Woher wissen wir, dass wir am richtigen Ort sind?«, fragte Hutson. Außer Higgens waren die Trooper bisher nicht in die Tiefen der Mission eingeweiht. Der Commander bezweifelte sogar, dass die Kommissarin ihm alles erzählt hatte, was sie wusste.

»Ihnen stehen die Missionsdetails nicht zu«, antwortete Higgens für McCollin, doch die Ermittlerin war anderer Meinung.

»Lassen Sie ihn, Commander. Wir haben jetzt soviel gemeinsam durchgemacht und ganz ehrlich, wenn ich diesem Team nicht vertrauen kann, wem dann?« Sie lächelte Hutson an und ballte ihre rechte Hand zu einer Faust.

»Das ist eine gute Frage, Special Trooper Hutson. Meine Ermittlungen haben Folgendes ergeben. Erstens ...«, begann sie zu zählen und streckte den Daumen aus,

»es wurden verschlüsselte Nachrichten aus dem Hauptquartier nach Phönix gesendet. Zweitens ...«, der Zeigefinger folgte, »existieren Empfangsbestätigungen der Funkstation von Fort Lattery. Drittens ...«, Isabelle streckte den Mittelfinger, »wurde der Zugriff auf die Dateien von höchster Stelle auf die Person beschränkt, die die Mitteilungen gesendet hat. Das macht das Ganze noch geheimer als geheim. Sie haben diesen Planeten am eigenen Leib kennengelernt. Was könnte Phönix so wichtig machen, dass jemand alles dazu tut, damit niemand etwas darüber erfährt? Und viertens ...«, McCollin hob den Ringfinger, »denke ich, dass wir hier in ein Wespennest getreten sind. Die Gruppe, die uns am See angegriffen hat, steckte eindeutig in den Kampfanzügen der imperialen Trooper. Das heißt, wer auch immer hier operiert, hat die Kontrolle über die ortsansässige Armee. Über dieses Detail bin ich selbst überrascht. Ich war davon ausgegangen, dass sich hier eine Untergrundbewegung verstecken würde, wie es für Terroristen üblich ist. Doch da lag ich offensichtlich falsch. Wir haben es mit etwas viel Größerem zu tun. Da Teile der imperialen Truppen verwickelt sind, lässt dies nur einen Schluss zu. Wir sind einer groß angelegten Verschwörung gegen die kaiserliche Krone auf der Spur.« Damit beendete die Kommissarin die Aufzählung der Fakten. Der letzte Teil war auch für Higgens neu und er schluckte schwer. Die ganze Operation nahm Ausmaße an, die ihnen leicht über den Kopf wachsen konnte, denn einer Tatsache war er sich sofort bewusst, Entdecker von Verschwörungen lebten in der Regel nicht lange. Je größer die Verschwörung umso gefährlicher wurde es. Der Teamleader sah sich noch einem ganz anderen Problem gegenüber. Bisher hatte das Team nur reagiert, jetzt galt es einen Einsatz zu planen und aktiv zu werden. Die Gruppe musste zum ersten Mal zeigen, wozu sie fähig war und als Einheit funktionieren.

Stannis trat mit Rutkoll aus der Dunkelheit und näherte sich leise von hinten.

»Schön, Sie wieder bei uns zu haben«, sagte Juvis, ohne sich umzudrehen.

»Verdammt. Wie machst du das?«, fragte der Späher verwundert, musste aber grinsen.

»Um es mit deinen Worten zu sagen, Berufsgeheimnis«, grinste Juvis zurück, und machte seinem Kameraden Platz, damit er sich zu ihnen gesellen konnte. Der Stammeskrieger bot an, Wache zu halten, damit das Team seine Besprechung fortsetzen konnte.

»Und?«, fragte Higgens.

»Nichts Ungewöhnliches. Ich konnte keine Anzeichen dafür erkennen, dass man auf unsere Ankunft wartet oder in einer anderen Weise besonders wachsam ist. Im Gegenteil, die Sicherheitsvorkehrungen sind ein Witz. Ich denke, ich kann uns unbemerkt hineinbringen.«

»Das sind gute Nachrichten«, befand der Commander und Hoffnung keimte in ihm auf. Eventuell konnten sie ihren Auftrag ohne großes Blutvergießen erfüllen. Die Kommissarin wiederholte ihren Kenntnisstand für den dazugestoßenen Späher und gemeinsam planten sie den Angriff auf das Fort.

»Machen wir das so«, beschloss der Commander. »Jetzt sollten wir uns alle ausruhen. Morgen müssen wir topfit sein.«

»Dürfte ich noch eine Frage stellen?«, fragte Kensing, der bisher der Unscheinbarste der Gruppe war. Es war schon etwas merkwürdig, jeder mochte ihn und er machte einen hervorragenden Job. Kensing war die Zuverlässigkeit in Person und niemand konnte sich einen besseren Kameraden wünschen, dennoch ging er meistens unter. Er redete nicht viel, hielt sich aus Streitigkeiten heraus und gab auch nie ungefragt einen Kommentar ab. Er war einfach nur da, wofür jeder im Team dankbar war.

»Sicher«, sagte McCollin. »Fragen Sie!«

»Nachdem wir den Verschlüsselungscode haben, was machen wir dann? So wie es aussieht, können wir nicht auf die örtlichen Behörden zählen. Wie kommen wir von Phönix wieder weg? Kapern wir ein Shuttle und danach ein Raumschiff im Orbit? Natürlich nur, wenn eines da ist.«

»Unser Rücktransport ist gesichert«, antwortete die Kommissarin geheimnisvoll und lächelte den schüchtern wirkenden Soldaten voller Zuversicht an.

»Mehr wollte ich nicht wissen«, gab er zurück. Für Kensing war die Sache damit erledigt. Er vertraute der Frau und wenn die sagte, sie hätte einen Plan, dann war das so. Higgens sah McCollin eindringlich an. Er hatte ihr die Frage bereits vor zwei Tagen gestellt und die gleiche unbefriedigende Antwort erhalten.

Kapitel 24

Zeit: 1032

Ort: Frabak-System, Planet: Himpal, Hauptquartier IGD

Eine Lampe blinkte und zeigte Koslowski eine eingehende Nachricht. Zum Lesen musste er seinen persönlichen Verschlüsselungscode verwenden. Das stellte sicher, dass niemand außer ihm, die Mitteilung lesen konnte.

Team ausgeschaltet.
Gez. Straight

Das war alles. Mehr brauchte es auch nicht, um dem Direktor den Tag zu versüßen. Zufrieden lehnte er sich mit hinter dem Kopf verschränkten Armen in seinem bequemen Sessel zurück. Fast hätte es ihm um die junge hübsche Kommissarin leidgetan, aber nur fast.

Jetzt musste Koslowski nur noch ein paar Tage warten und er konnte die Ermittlerin als MIA (Missing in Action) melden. Das war nicht ungewöhnlich. Fast täglich verschwanden Agenten des Geheimdienstes. Das Imperium war ein gefährlicher Ort.

Kapitel 25

Zeit: 1032

Ort: Boulder-System, Planet: Phönix, Fort Lattery

Den halben Tag war das Team den Plan immer und immer wieder durchgegangen. An diesem Abend durfte nichts schiefgehen. Am Morgen hatten sich alle von Rutkoll verabschiedet und ihn mit Grüßen und Danksagungen nach Hause geschickt. Zunächst wollte der Krieger unbedingt bleiben, doch Higgens konnte ihm klarmachen, dass das nicht sein Kampf war.

Jetzt saßen die Soldaten auf dem Waldboden und hatten ein Tuch vor sich ausgebreitet. Auf dem Tuch lagen die persönlichen Ausrüstungsgegenstände der Trooper, die sie penibel reinigten und auf Funktion testeten. Juvis zerlegte sein Scharfschützengewehr mehrere Male und setzte es mit einer Präzision zusammen, die man schon als Ästhetik bezeichnen konnte. Seine Finger berührten die einzelnen Teile fast zärtlich. Mit blinden und fließenden Bewegungen setzte er die Waffe in wenigen Sekunden wieder zusammen. Als er fertig war, legte er ein volles Magazin ein und wechselte vorsichtshalber die Energiezelle, obwohl diese noch achtzig Prozent Ladung anzeigte. Dann wühlte er in seinem Rucksack und holte den Schalldämpfer heraus. Liebevoll drehte er diesen auf die Mündung seiner Waffe.

Im Schutz der Dunkelheit schlich sich das Special Trooper Team von Westen her auf nur wenige hundert Meter an das Fort an. Stannis hatte ausgekundschaftet, dass die Westseite die am schlechtesten gesicherte war. Das Fort war zweckmäßig angelegt worden und sollte die Bewohner vor den Gefahren des Dschungels schützen und nicht vor einem koordinierten Angriff einer Spezialeinheit. Westlich der Siedlung, in der fast dreißigtausend Menschen lebten, gab es nur den unpassierbaren Sumpf. Ein Angriff von wilden Tieren war ausgeschlossen. Aber nicht der von einigen geschickten Menschen.

»In Position«, gab der Scharfschütze über Funk durch. »Bitte um Bestätigung, dass alle imperialen Soldaten im Fort als feindlich einzustufen sind«, fügte er an. Sein Anzugsystem nahm die Funkgespräche automatisch auf und würde in einer strittigen Situation als Beweismittel herangezogen werden. Juvis behagte es nicht, gleich auf die eigenen Leute zu schießen. Er musste sich immer wieder in Erinnerung rufen, dass sie alle Verräter und Terroristen waren. Doch das fiel ihm nicht leicht.

»Bestätigt«, gab Commander Higgens durch. »Bereithalten.«

»Bereit«, gab der Scharfschütze unmittelbar zurück. Er stand hinter einem Baum und hatte das Gewehr in eine Astgabel gelegt. Durch das Zielfernrohr beobachtete er die Wache, die auf einem kleinen Turm in etwa zehn Metern Höhe stand. Innerlich schüttelte er mit dem Kopf. Es sah aus, als würde der Soldat seine Aufgabe nicht besonders ernst nehmen, denn er hatte eine Pad-Folie in der Hand und sah sich irgendeine VID-Aufnahme an.

Unten, vor dem kleinen Eingangstor, standen zwei weitere Wachen in der Kampfpanzerung von Troopern und unterhielten sich leise. Stannis hatte sich bis auf wenige Meter an sie herangeschlichen und hockte verborgen hinter einem kleinen Gebüsch. Der Commander stand etwas abseits und beobachtete das Szenario.

»Ihr wisst, was zu tun ist. Haltet euch an den Plan«, gab er über Funk durch. »Alles bereit?«

Nach und nach bekam Higgens die Bestätigungen der einzelnen Teammitglieder. Murphy hörte sich verstimmt an, was daran lag, dass der Plan keine einzige Sprengung beinhaltete. Er hatte sich gefreut, endlich wieder etwas in die Luft jagen zu können. Umso größer war seine Enttäuschung, als der Commander diese Möglichkeit zunächst ausschloss. Er wollte leise und heimlich eindringen.

»Operation Phönix kann beginnen«, sagte Higgens. »Zugriff!«

Juvis hatte sein Ziel nicht eine Sekunde aus den Augen gelassen. Seine Aufgabe war es, die Wache auf dem Turm auszuschalten. Erst dann würde sich Stannis um die am Tor kümmern. Der Scharfschütze atmete langsam aus und hielt den Atem an. Sein Finger krümmte sich um den Abzug, doch im letzten Moment zögerte er. Sein Ziel hatte sich bewegt und wenn Juvis es in dieser Position erwischen würde, bestünde die Möglichkeit, dass die Wache von der Wucht des Geschosses in die Tiefe geschleudert werden würde. Der Trooper wartete auf die nächste Gelegenheit und zog den Abzug. Die Waffe machte ein leises *Plopp*. Die

Kugel traf die Wache am Hals und durchtrennte die Stimmbänder. Juvis schoss erneut und traf den Kopf des Soldaten, der leblos zusammensackte. Hart schlug er auf dem Boden des Wachturms auf. Das plötzliche Geräusch lenkte die beiden Trooper am Tor kurz ab und sie schauten nach oben.

Stannis sprang aus seinem Versteck und rammte dem links von ihm stehenden Mann sein Kampfmesser in den Hals. Noch bevor der rechte reagieren konnte, zog der Späher das Messer aus dem toten Soldaten und rammte es dem anderen durch das Visier mitten ins Gesicht.

»Sicher«, gab Stannis durch.

»Sicher«, meldete auch Juvis.

»Dann los!«, befahl Higgens und das Team rückte vor und versammelte sich vor dem kleinen Eingang, der nicht viel größer als eine normale Tür war. Die Kommissarin ging zum Kontrollfeld und gab einen universellen Code ein. Mit einem leisen Zischen glitt die Tür auf und die Special Trooper Einheit drang in Fort Lattery ein. Es war spät in der Nacht und es waren nur wenige Menschen unterwegs. Das Team versuchte, sich unauffällig zu verhalten, und hoffte, dass die paar Leute, die jetzt noch unterwegs waren, sie für eine Patrouille hielten. Für die zivile Bevölkerung sah in der Regel ein Soldat wie der andere aus.

»Deckung«, rief Stannis gerade noch rechtzeitig und die Soldaten zogen sich in eine dunkle Gasse zurück. Wenig später kam eine *echte* Patrouille auf der gegenüberliegenden Straßenseite vorbei.

»Das war knapp«, sagte Higgens. »Weiter!«

Ziel der Gruppe war die Funkstation. Zum Glück befand sich diese nicht auf einem militärisch gesicherten Gelände, denn es gab nur diese eine und sie war auch für die Zivilbevölkerung zugänglich. Das Team schlich sich im Schutz der Dunkelheit an die Anlage heran. Higgens teilte seine Männer in zwei Gruppen auf. Murphy, Kensing und Hutson sollten den Hintereingang nehmen. Higgens und der Rest würden durch den Vordereingang eindringen. Vor beiden Eingängen stand jeweils nur eine Wache. Beide Teams gingen in Stellung und erledigten die feindlichen Soldaten zeitgleich.

Kein Plan überlebt die Wirklichkeit. Das wurde dem Commander wieder einmal bewusst, als plötzlich mehrere Soldaten in den Gang einbogen, den er mit seinen Männern gerade entlang schlich. Juvis reagierte als erster und eröffnete das Feuer. Sein Sturmgewehr knallte durch das Gebäude. Der Trooper feuerte kurz aufeinanderfolgende Salven ab und streckte die völlig überraschten Soldaten nieder. Sekunden später ging der Alarm los und die Sicherheitstüren schlossen sich automatisch. Sie saßen in der Falle. Jetzt gab es nur noch einen, der ihnen aus der Klemme helfen konnte.

»Murphy«, funkte Higgens den Sprengstoffexperten an.

»Hört.«

»Hast du unsere Position?«

»Bestätigt. Nur zwei Flure vor uns. Aber die Gänge sind abgeriegelt.«

»Wie viel Sprengstoff hast du dabei?«, fragte der Commander.

»Ich dachte schon, du fragst nie«, grinste Scott und es war ihm völlig egal, dass er seinen Vorgesetzten erneut geduzt hatte. »Bin gleich bei euch. Haltet euch von dem Schott fern. Ein paar Meter sollten reichen.«

Higgens rümpfte die Nase und zog sich zurück. Schon donnerte die erste Explosion durch das Gebäude und ließ die Wände erzittern. Der Commander tippte der Kommissarin auf die Schulter, zog sie ein Stück den Gang hinunter und wies alle an, sich an die Wände zu pressen. Keine Sekunde zu früh, denn erneut gab es eine Detonation und die einfache Stahltür flog an ihnen vorbei wie ein Geschoss.

»Sorry«, funkte Murphy.

Juvis starrte auf die Überreste des Schotts. Dann sah er den Commander an und drehte den rechten Zeigefinger vor seiner Schläfe im Kreis. Der Teamleader verdrehte die Augen und zuckte nur mit den Schultern.

»Mehrere Fahrzeuge nähern sich«, gab Stannis bekannt und trieb damit das Team zur Eile an. So schnell sie konnten, stürmten sie durch das Gebäude. Sie mussten unbedingt den Funkraum erreichen, bevor die feindlichen Soldaten sie in ein Feuergefecht zwangen. Zur großen Freude des Sprengstoffexperten gab es drei weitere Schotts, die er aufsprengen musste. In Windeseile platzierte er die Ladungen und betätigte die Auslöser. Die letzte Stahltür erschlug zwei feindliche Soldaten, die dahinter standen. Murphy bekam sein Grinsen nicht mehr aus dem Gesicht.

Dann erreichten sie den Funkraum im Erdgeschoss, der durch eine gepanzerte Tür aus Carbonstahl gesichert war. Die Kommissarin versuchte es wieder mit einem ihrer universalen Codes, doch die Tür öffnete sich nicht. Jemand hatte die Notabriegelung vorgenommen, die auch diese speziellen Codes außer Kraft setzte. Die Tür ließ sich nur noch von innen öffnen.

»Murphy?«, fragte Higgens.

»Schon dabei, Boss«, antwortete dieser und untersuchte die Tür. »Keine Chance«, sagte er dann, nachdem er zu einem Urteil gekommen war. »Nicht mit dem Spielzeug, das ich dabei habe.«

»Scheiße!«, fluchte Hutson.

»Na, na, na«, entgegnete Murphy fröhlich. »Ich habe nicht gesagt, wir kommen da nicht rein. Nur eben nicht durch die Tür. Daneben ist allerdings normaler Beton. So, alle mal beiseitetreten. Hier fliegen gleich ein paar Steine.«

Die Teammitglieder eilten in Sicherheit und ließen den Verrückten alleine. Plötzlich hämmerte das Gewehr von Juvis. Die Verstärkung war eingetroffen und befand sich bereits im Nebengang. Blind hielt der Special Trooper seine Waffe um die Ecke und bewegte in kurzen Abständen den Abzug. Anhand der Geräusche, welche die Kugeln verursachten, wenn sie irgendwo einschlugen, hörte er heraus, dass er jemanden getroffen hatte. Ein Laserstrahl pulverisierte die Ecke, hinter der der Trooper sich versteckte und Gesteinsbrocken trafen Juvis, was ihn nach hinten taumeln ließ. Dann detonierten Murphys Sprengladungen, die ihn von den Füssen rissen. Splitter, Steine und ganze Mauerstücke flogen dem Team um die Ohren.

»Der Weg ist frei«, funkte der Sprengstoffexperte und kämpfte sich auf die Beine. »Was für ein Rumms«, kommentierte er sein letztes Werk, klopfte den Staub von seiner Rüstung und stürmte als Erster in den Raum. Der Funkraum war überraschend groß und Murphy konnte von Glück sagen, dass er mit seiner Sprengung keines der empfindlichen Geräte beschädigt hatte. Das galt nicht für den wachhabenden Soldaten der Station. Er lag mit eingeschlagenem Schädel auf dem Boden.

»Kensing, Hutson, jetzt sind Sie dran. Und beeilen Sie sich«, befahl der Commander, während er einen Soldaten erschoss, der versucht hatte, die Gruppe von hinten zu überraschen.

»Aye, Sir«, bestätigten die beiden Angesprochenen unisono und eilten in den Raum. McCollin hatte Kensing genau erklärt, wonach er suchen musste. Doch zunächst musste Hutson das System hacken. Er setzte sich an die Konsole und wollte sich an die Arbeit machen, doch dann stutzte er.

»Hier gibt es nichts für mich zu tun. Der Vollidiot ...«, Cliff zeigte auf die Leiche am Boden, »ist noch eingeloggt. Unfassbar.« sagte er und räumte für Kensing den Stuhl, der sich sofort auf die Suche machte. Der Trooper war ein absoluter Spezialist für Kommunikationselektronik. Da er wusste, was er suchte und sein Fachwissen ihm sagte, wo er suchen musste, wurde er schnell fündig. In aller Ruhe legte Sac Kensing ein Speicherkristall auf die vorgesehene Fläche und kopierte den Dechiffrierschlüssel und die dazugehörigen Nachrichten.

»Fertig«, rief er.

»Lassen Sie mich ran«, forderte ihn die Kommissarin auf und McCollin schubste den Trooper aufgeregt zur Seite. Sie setzte einen Funkspruch ab und sandte nur ein einziges Codewort. Sofort schickte sie die erbeuteten Dateien hinterher. Erleichtert atmete sie auf. Ihr Job war erledigt. Egal, was jetzt mit ihnen passieren würde, Koslowski war erledigt.

Derweil lieferten sich das Team und die feindlichen Soldaten ein heftiges Feuergefecht.

»Was haben Sie gemacht?«, fragte Kensing die Ermittlerin.

»Die Kavallerie gerufen«, grinste McCollin.

»Und was jetzt?«

»Jetzt«, antwortete Isabelle und zog ihren schweren Blaster, »jetzt kämpfen wir und müssen eine Weile durchhalten.«

Immer mehr Geschosse flogen durch die Gänge. Die Spezialeinheit zog sich unter dem schweren Beschuss zurück. Immer wieder peitschten Kugeln oder Laserstrahlen an ihnen vorbei und es sah nicht gut aus. Die feindlichen Trooper drängten sie immer weiter zum Hintereingang. Was sie draußen erwarten würde, war allen klar. Im freien Gelände hatten sie keine Chance gegen diese Übermacht. Die schmalen Gänge und die vielen Abzweigungen im Gebäude glichen den Nachteil wenigstens ein wenig aus.

»Sieht nicht gut aus, Commander«, sagte Hutson. »Lange werden wir uns nicht mehr halten können. Die Munition wird auch langsam knapp.«

»Ich weiß«, antwortete Higgens und zog den Kopf ein, als über ihm ein Laserstrahl in die Decke krachte und die Beleuchtung zum Explodieren brachte. Funken regneten auf das Team nieder.

»Und was machen wir jetzt?«

Der Commander überlegte kurz und stieß ein tiefes Knurren aus. »Das, was wir am Besten können. Ich bin es leid, in der Defensive zu stehen. Wir greifen an!«

»Ist die Mission erfüllt?«, fragte Cliff überrascht nach.

»Special Trooper Teams erfüllen immer ihren Auftrag«, antwortete der Commander und legte sein letztes Magazin in die Waffe.

»Ich interpretiere das als ein Ja«, grinste Hutson und legte ebenfalls sein letztes Magazin ein.

»Runter«, rief die Kommissarin und die Männer duckten sich instinktiv. Dann zog McCollin den Abzug an ihrem schweren Blaster voll durch. Noch immer stand die Waffe auf voller Leistung und die plötzliche Entladung einer ganzen Energiezelle warf die Frau mehrere Meter nach hinten. Die Wirkung vorne war erwartungsgemäß verheerend. Der heiße Strahl legte den gesamten Gang in Schutt und Asche. Wände verglühten und brachen ein. Wer das Glück hatte, von dem Energiestrahl verschont worden zu sein, wurde unter den herabfallenden Deckenverkleidungen aus Kunststoff und Stahl begraben. Isabelle stand auf und begutachtete ihr Werk.

»Wow!«, sagte sie und schob eine neue Energiezelle in das Magazin. Dann drehte sie den Regler herunter und sah in das fassungslose Gesicht des Commanders.

»Haben Sie im Ernst gedacht, ich könnte mit der Waffe nicht umgehen?«, lachte sie und schritt an ihm vorbei. »Wollen wir?«, fragte McCollin über die Schulter und kämpfte sich durch die Trümmer. Dem ersten noch lebenden Trooper, den sie fand, schoss die Ermittlerin eiskalt in den Kopf.

Higgens klappte den Kiefer wieder zu und schüttelte den Kopf. »Okay, Männer«, sagte er. »Auf sie mit Gebrüll!«

»Die Imperatrix beschützt«, schrie Murphy und stürmte nach vorne.

»Die Imperatrix beschützt«, wiederholten seine Kameraden und schlossen sich ihrem Freund, dem Commander und der Kommissarin an.

Kapitel 26

Zeit: 1032

Ort: Boulder-System, Planet: Phönix, Fort Lattery

Paska hörte den Alarm und wusste sofort, was geschehen war. Die Special Trooper Einheit hatte, wie erwartet, zugeschlagen. In der Haut von Lieutenant Keeps wollte er nicht stecken, sobald der General erfuhr, wer sie gerade angriff. Doch für ihn galt das auch. Straight hatte ihn gefragt und der Fährtenleser hatte die Aussage von Keeps nicht berichtigt.

Es wurde also Zeit, sich abzusetzen. In seinen Augen waren alle hier Verrückte. Als er sich der Bewegung angeschlossen hatte, glaubte er noch an eine gute Sache. Doch die Einsätze hatten gezeigt, Straight und seine Privatarmee waren nichts weiter als ein Haufen dreckiger Halunken, Terroristen, Mörder und Vergewaltiger. Mit denen wollte er schon lange nichts mehr zu tun haben. Sich der Vereinigung anzuschließen, war recht einfach gewesen, sie wieder zu verlassen, gestaltete sich wesentlich schwieriger. Darum brauchte er einen Plan und das Special Trooper Team lieferte ihm eine günstige Gelegenheit.

»Scheiße, Scheiße, Scheiße«, kam Lieutenant Keeps fluchend in den Bereitschaftsraum, in dem sich gerade nur Flamming Paska aufhielt.

»Was ist los? Ich habe den Alarm gehört«, täuschte der Fährtenleser Unwissenheit vor.

»Was soll schon los sein?«, blaffte Keeps. »Die scheiß Imperialen sind hier. Sie sind in das Fort eingedrungen und haben die Funkstation besetzt«, keifte er weiter.

»Ist es schon bestätigt, dass es sich um *die* Imperialen handelt?«, fragte Paska in ruhigem Tonfall nach.

»Wollen Sie mich veraschen? Wer soll das sonst sein? Am Westtor hat man die Leichen dreier Wachen gefunden. Ich bin geliefert! Sobald Straight davon erfährt, bin ich tot. Und Sie übrigens auch«, schob der Lieutenant anklagend hinterher. Als ob es die Schuld seines Untergebenen gewesen wäre.

»Dann sollten wir vielleicht hinüber fahren und es ein für alle Mal zu Ende bringen? Der General wird toben, aber wenn wir ihm die Leichen des Teams präsentieren, könnte ihn das besänftigen.«

»Das ist es! Kommen Sie, Paska, schnappen Sie sich eine Waffe. Wir erledigen die Schweine.«

Kapitel 27

Zeit: 1032

Ort: Boulder-System, Planet: Phönix, Fort Lattery

Higgens ging mit seinem Team in die Offensive. Sie rückten immer weiter vor und eroberten einen Gang nach dem anderen. Das Gebäude war recht groß und mittlerweile hatte sich die Special Trooper Einheit im dritten Stock verschanzt. Doch der Feind setzte ihr nach und schien keine Nachschubprobleme zu haben. Für jeden Mann, den das Team ausschaltete, rückten zwei nach. Zum Glück verwendeten die Terroristen das gleiche Standard Sturmgewehr wie sie. Jeder sammelte so viel Munition von den niedergestreckten Soldaten ein, wie er konnte.

»Magazin!«, schrie Hutson und zog seinen Kopf in Deckung. Sofort übernahm Kensing für ihn die Verteidigung, damit sein Kamerad nachladen konnte. Murphy warf ein halbvolles Magazin zu Cliff hinüber, der es in der Luft auffing. Gleichzeitig ließ er das verbrauchte aus der Waffe zu Boden fallen und schob die neue Munition in seine Waffe.

Kensing lehnte seinen Oberkörper um die Ecke und gab einen kurzen Feuerstoß den Gang hinunter. Ein Laserstrahl erwischte ihn an der Brust. Der Aufprall warf den Trooper mehrere Meter durch den Gang.

»Mann am Boden!«, rief Hutson aufgeregt und sofort eilte Klausthaler nach vorne. Er stand hinter der Biegung und sah Kensing bewegungslos auf dem Rücken liegen. Ohne nachzudenken, eilte er seinem Kameraden zu Hilfe.

»Bleib in Deckung, du Idiot«, rief ihm Cliff hinterher und versuchte, dem Sanitäter Feuerschutz zu geben, doch es war zu spät. Rainer rannte geduckt über den Flur. Er hatte den Verletzten fast erreicht, da erwischte ihn eine Kugel an der linken Wade und brachte ihn zu Fall. Die panzerbrechende Munition durchdrang seinen Anzug und pulverisierte seine Wade und einen Teil seines Schienbeins. Klausthaler schrie vor Schmerzen kurz auf, riss sich aber zusammen. Sein Anzug versiegelte die Wunde und stoppte die Blutung. Er unterdrückte die automatische Vergabe eines Schmerzmittels und robbte zu Kensing hinüber. Die Verletzung sah nicht gut aus. Der Laser war glatt durch dessen Körper geschlagen und hatte ein faustgroßes Loch hinterlassen. Aus irgendwelchen Gründen konnte der Anzug die Verletzung nicht behandeln. Sac röchelte und bekam kaum noch Luft.

»Feuerschutz«, schrie Klausthaler, öffnete seinen Erste Hilfe Rucksack und wühlte darin herum.

»Stirb mir bloß nicht weg«, sagte er zu Kensing und fand endlich die gesuchte Sprühdose. Er drückte sie auf die Wunde und füllte diese mit dem Bioschaum aus. Der Schaum konnte die Verletzung nicht heilen, aber vielleicht konnte er seinen Kameraden etwas länger am Leben erhalten. Mehr konnte Klausthaler nicht für seinen

Freund tun. Kensing musste dringend in einen Meditank. Erschöpft drehte sich Klausthaler auf den Rücken und spürte, wie weitere Kugeln in seinen Körper schlugen. Der Anzug versiegelte die neuen Wunden und verabreichte dem Trooper ein starkes Sedativum. Ausgerechnet das Mittel, von dem Klausthaler geschworen hatte, es niemals wieder einzunehmen.

»Verfluchter Mist«, sagte Hutson und feuerte wie ein Wilder weiter in den Gang und wurde dabei von Stannis unterstützt. »Keine Chance, Commander, wir kommen nicht an die beiden heran«, gab Cliff den aktuellen Status durch.

»Verstanden«, antwortete Higgens und sah sorgenvoll zur Kommissarin hinüber. McCollin saß auf dem Boden und hatte sich kraftlos mit dem Rücken an die Wand gelehnt. Ihr Visier stand offen und sie bekam nur schwer Luft. Vor zehn Minuten hatte die Ermittlerin eine Kugel in die Hüfte abbekommen und konnte seitdem nicht mehr laufen. Der Commander wusste, er musste die Frau dringend in einen Meditank schaffen, ansonsten würde sie das nicht überleben. Doch die Gedanken waren müßig. Hier war Endstation für ihn und sein Team. Es war nur eine Frage der Zeit. Sein Team wurde langsam aber sicher zusammengeschossen.

»Halten Sie durch. Hilfe ist unterwegs«, versuchte er, ihr Mut zu machen.

»Danke, Commander«, sagte McCollin schwach. »Danke für alles. Es war mir eine Ehre.«

»Nun hören Sie schon auf«, blaffte er, doch die Frau hatte die Augen geschlossen. »Isabelle«, schrie er sie an und McCollin zwang sich, die Augen wieder zu öffnen. »Heute wird nicht gestorben, haben Sie das verstanden?«

Die Kommissarin nickte leicht und versuchte, zu lächeln, was ihr aber wegen der Schmerzen nicht gelang. Dann verlor sie das Bewusstsein.

Higgens sah sich um. Er nahm die Szene wie in Zeitlupe wahr. Kensing und Klausthaler lagen reglos auf dem Boden, die Kommissarin reagierte auch nicht mehr. Hutson und Stannis hielten die Stellung. Beide hatten einige Treffer hinnehmen müssen. Selbst Murphy humpelte. Juvis und er waren die einzigen Unverletzten und sicherten den Gang nach hinten ab. *Delta Whiskey,* dachte der Commander. *Das war's.* Es gab schlimme Tode, die einen ereilen konnten. Dieser gehörte nicht dazu. Er war stolz auf sein Team. Die Männer kämpften wie die Berserker und gaben keinen Millimeter nach. Higgens spürte ein Brennen in den Augen und blinzelte eine Träne weg. Er lud die Waffe nach und machte sich bereit für sein letztes Gefecht.

»Dann mal los!«, sagte der Commander zu Juvis und rückte wieder vor. Entschlossen setzte er das Gewehr an die Schulter und trat um die Ecke. Mechanisch nahm er einen Feind nach dem anderen ins Visier und feuerte im Einzelschussmodus. Juvis stand neben ihm und der Scharfschütze verfiel regelrecht in Trance. Zielen und abdrücken, zielen und abdrücken. Langsam gingen sie Schulter an Schulter den Flur hinunter und trieben ihre Feinde vor sich her. Higgens merkte gar nicht, dass eine Kugel in seine Schulter einschlug und den Streifschuss eines Lasers an seinem rechten Oberschenkel ignorierte er einfach. Zielen und abdrücken, zielen und abdrücken.

»Da ist der Teamleader!«, rief Keeps und hielt seine Waffe um die Ecke. Er hatte den Anführer am Emblem auf dessen Helm erkannt. Mit Dauerfeuer bestrich er den Gang. Paska schüttelte den Kopf. Der Lieutenant merkte nicht, wie er das Sturmgewehr verriss und ein ganzes Magazin in die Deckenverkleidung ballerte. Vielleicht musste Paska den Special Troopern gar nicht helfen. Mit so einem dämlichen Befehlshaber, der einen Soldaten nach dem anderen in den sicheren Tod schickte, schaffte die Handvoll Imperiale das auch alleine.

»Vorwärts, mach die Schweine fertig!«, brüllte Keeps und schupste einen Trooper, der ihm am nächsten stand, regelrecht in den Flur. Die Gehirnmasse des Soldaten spritzte in alle Richtungen, als sein Kopf explodierte. Der Lieutenant wich erschrocken zurück.

»Das kann doch wohl nicht wahr sein«, fluchte er. »Bin ich nur von unfähigen Idioten umgeben?«

Ich sehe hier nur einen unfähigen Idioten, dachte Paska, behielt seine Meinung aber für sich. Er wartete auf den richtigen Moment. Viel Zeit blieb ihm nicht mehr.

Plötzlich hörte er das Donnern von mehreren Luftfahrzeugen, die die Schallmauer durchbrachen. Wenige Sekunden später erklang das typische Dröhnen von Antriebsgeneratoren, von vielen Antriebsgeneratoren. *Landungskampfboote*, dachte Paska. Die Imperialen haben Verstärkung mitgebracht.

Eine Detonation riss Juvis aus seiner Trance und er konnte sich gerade noch rechtzeitig zur Seite werfen, als ihm eine Granate entgegenflog. Der Commander blieb einfach stehen und feuerte weiter. Die Explosion schleuderte ihn mehrere Meter nach hinten und sein Vorgesetzter schlug hart mit dem Rücken auf dem Boden auf. Doch die Detonation, die der Scharfschütze gehört hatte, kam nicht von innerhalb des Gebäudes, sie kam von außen. Immer mehr Explosionen ließen das ganze Stockwerk erschüttern. Es mussten heftige Kämpfe mit schwerem Gerät ausgebrochen sein. Der Beschuss auf ihn und den Commander hatte schlagartig aufgehört und Juvis warf seine fast leere Waffe weg. Dann rannte er zum Commander und sah in das schmerzverzerrte Gesicht des Teamleaders.

»Haben wir gewonnen?«, fragte Higgens und verzog die Mundwinkel. Seine Panzerung hatte ihn vor direkten Verletzungen der Granate geschützt, doch die Druckwelle hatte ihm ganz schön zugesetzt. Erst jetzt erkannte Juvis die weiteren Verletzungen des Commanders.

»Bleiben Sie liegen«, sagte der Scharfschütze im Befehlston und Higgens kam dem nur zu gerne nach. Er war fertig, ausgelaugt und konnte nicht mehr. Sein Bein brannte wie Feuer und irgendwie konnte er den Arm vor Schmerzen nicht mehr bewegen.

In der Stadt brach die Hölle aus. Imperiale Landungsboote stürzten aus dem Himmel und gingen überall nieder. Die Luken öffneten sich und hunderte imperiale Trooper stürmten aus den Bäuchen der Schiffe. Kampfjets jagten durch die Luft und nahmen die wenigen Abwehrbatterien unter Beschuss. Explosionen machten die Nacht zum Tage. Immer mehr Trooper strömten durch die Straßen und griffen militärische Ziele an. Ein Landungsboot nahm Kurs auf die Funkstation und beschoss die davor stehenden Truppen mit den schweren Lasern des Schiffes. Riesige Feuerzungen leckten in den Himmel. Dann setzte das Schiff auf und öffnete die Heckluke. Soldaten strömten heraus und schossen auf alles, was sich bewegte. Angeführt wurde die Eingreiftruppe von einem stämmigen Soldaten mit Stiernacken. Er trieb seine Männer zur Eile an und stürmte in das Gebäude. Die Soldaten von Phönix warfen ihre Waffen weg und hoben die Arme. Diesen Kampf konnten sie nicht gewinnen.

Paska zog am Oberarm von Keeps. »Es ist vorbei, Lieutenant. Imperiale Truppen sind gelandet. Wir sollten uns ergeben«, sagte er zu ihm.

»Ergeben? Haben Sie den Verstand verloren? Wir landen alle vor dem Kriegsgericht und werden hingerichtet«, keifte Keeps mit schriller Stimme. Dann riss er sich los und stürmte in den Flur. Er sah einen der verhassten Imperialen, wie er neben dem Anführer der ebenso verhassten Special Trooper Einheit kniete. Der Lieutenant brachte die Waffe in Anschlag und wollte gerade den Abzug durchziehen, da explodierte sein Schädel. Hinter ihm stand Paska mit einem Blaster in der Hand. Aus der Waffenmündung trat noch Rauch. Die Blicke von Juvis und dem Fährtenleser trafen sich und der Special Trooper nickte zum Dank. Paska rannte zu ihm hinüber. »Wie kann ich helfen?«, fragte er.

BullsEye stampfte durch die Gänge des Gebäudes und kämpfte sich durch die Trümmer. Es mussten heftige Gefechte stattgefunden haben. Mauern und Decken waren zum Teil eingestürzt und überall lagen die Leichen der örtlichen imperialen Armee, die, wenn er es genau nahm, nicht mehr zum Imperium gehörten. Es waren Verbrecher und Terroristen, die alle ihre Rechte und Privilegien eines Bürgers des Imperiums verwirkt hatten. Seine mechanischen Augen surrten und er untersuchte jeden Körper, den er finden konnte. Bisher hatte er keinen Soldaten der Spezialeinheit oder die Kommissarin gefunden und war erleichtert. Dann kam er im dritten Stockwerk an. Hier schienen die Kämpfe am heftigsten gewesen zu sein. Ein Schuss peitschte an ihm vorbei.

»Feuer einstellen«, brüllte BullsEye. »Wir sind die Guten!«

Al Zuchkowski, alias BullsEye fand Special Trooper Luis Stannis und Special Trooper Scott Murphy in einem Seitengang. Sie saßen vor der Kommissarin Isabelle McCollin und schützten die Frau mit ihren Körpern. Beide Soldaten hatten mehrere Treffer abbekommen und waren völlig außer Atem. Trotzdem hielten sie die Waffen feuerbereit.

»Sanitäter«, brüllte BullsEye, doch Murphy winkte ab und zeigte auf eine Stelle unweit von ihm.

»Erst die Kommissarin«, sagte er. »Dann die beiden Trooper da vorne«, war alles, was er herausbrachte, bevor er bewusstlos zusammensackte. Hutson kam hustend aus einem Raum und fluchte laut vor sich hin.

Die imperialen Landungsboote gingen in allen Siedlungen auf Phönix nieder und die örtlichen Truppen wurden entwaffnet und in Gewahrsam genommen. Alle Polizisten wurden aus Sicherheitsgründen ebenfalls entwaffnet und vorläufig unter Arrest gestellt. Eine Untersuchung würde ergeben, inwieweit die örtlichen Behörden in die verschwörerischen Machenschaften involviert waren. Es war die größte Masseninhaftierung seit über zwanzig Jahren in der Geschichte des Imperiums. Nachdem die Hauptstadt innerhalb weniger Minuten gefallen war, kapitulierten die anderen Siedlungen widerstandslos und es kam zu keinen weiteren Kampfhandlungen. Phönix war vom Übel befreit worden, doch BullsEyes Aufgabe war noch nicht zu Ende. Er suchte den dritten Stock weiter ab und fand endlich den Rest des Teams. Der Leader war verletzt, aber am Leben. Das war alles, was zählte. Neben den beiden Troopern stand ein einheimischer Soldat und BullsEye zielte mit dem Blaster auf den Mann. Luis erkannte den Agenten des Geheimdienstes und dessen Absichten. Schnell winkte er ab.

»Der gehört zu uns«, sagte Alexej Juvis und BullsEye steckte die Waffe weg. »Sanitäter«, brüllte er in den Funk.

Jetzt gab es nur noch eine Sache zu erledigen. Der Geheimagent und enge Vertraute ihrer kaiserlichen Majestät Victoria X. stapfte den kleinen Gang hinunter, der ihn direkt in das Büro von General Straight führte.

Seine Laune war ausgesprochen mies und er musste sich zwingen, nicht seine Blaster zu ziehen, das Büro zu stürmen und dem Verräter einfach den Schädel wegzublasen. Für Verräter hatte er nicht viel übrig. *Zum Glück ist John nicht hier*, dachte er und der Gedanke erheiterte ihn. Johnson wäre in das Büro marschiert und hätte dem General einfach den Kopf weggepustet, ohne Rücksicht auf Verluste. Es begleiteten ihn vier Trooper in voller Kampfmontur, die achtsam die Räume sicherten, die sie auf dem Weg passierten.

Ohne anzuklopfen, stürmte der massige IGD-Mitarbeiter in das Büro und fand Straight zusammengesunken auf seinem Stuhl hinter dem Schreibtisch.

»General Straight«, sagte BullsEye in strengem Tonfall, »Sie sind festgenommen.«

»Das ist unerhört!«, stammelte der Befehlshaber der Truppen auf Phönix. »Ich verlange ...«

»Sie verlangen gar nichts!«, unterbrach ihn Zuchkowski. »Das Spiel ist aus. Sie müssen gar nicht erst so tun, als wüssten Sie nicht, worum es geht. Ihre Truppen sind auf ganz Phönix entwaffnet und in Gewahrsam.«

»Was wird mir vorgeworfen?«, versuchte Straight es noch einmal.

»Was Ihnen vorgeworfen wird? Die Liste ist zu lang, und ich habe weder die Lust noch die Zeit, sie jetzt und hier vorzutragen. Das überlasse ich dem Militärgericht. Aber ich kann sie für Sie zusammenfassen. Die Anklage wird in erster Linie Verrat an der Krone lauten.«

Straight schluckte schwer. Er war schuldig, das wusste er. Und für Verrat an der Krone gab es nur ein Urteil, den Tod.

»Und wenn ich meine Kooperation zusichere?«, fragte Straight.

»Darum bin ich hier und Sie noch am Leben«, grinste BullsEye.

Kapitel 28

Zeit: 1032

Ort: An Bord des Lazarettschiffs JUPITER

McCollin und Higgens standen vor den drei Meditanks und beobachteten die Trooper, die immer noch in der heilenden Flüssigkeit auf ihre Genesung warteten. Vierzehn Tage waren vergangen, seit das Team von Phönix gerettet worden war. Die Verletzungen des Commanders und der Kommissarin hatten schlimmer ausgesehen, als sie waren, und die beiden konnten die Meditanks schnell wieder verlassen. Seit ein paar Tagen schlichen die beiden auf dem Schiff umher und warteten sehnsüchtig auf ihre Kameraden. Juvis, der als einziger unverletzt aus dem Feuergefecht in der Funkstation hervorgegangen war, hatte sich zurückgezogen und verließ nur selten seine Kabine. Er benötigte Zeit, wie er sagte, um das Erlebte zu verarbeiten.

Heute sollte Murphy aus dem Tank kommen und für den nächsten Tag war schon die Entlassung von Stannis geplant. Hutson würde in ein paar Tagen folgen. Für Klausthaler und Kensing sah es nicht so gut aus und die Ärzte konnten nicht voraussagen, wie lange die beiden noch im Tank bleiben mussten. Sie standen in einer anderen Abteilung.

»Es grenzt schon an ein Wunder«, sagte Higgens.

»Wie meinen Sie das?«, fragte McCollin und sah dem Commander tief in die Augen.

»Dass wir es geschafft haben. Ich hätte niemals gedacht, dass wir überleben.«

»Mhm«, machte Isabelle und starrte Higgens immer noch an. »Ich habe Sie bis jetzt eher als positiven Menschen eingeschätzt. Schwarzmalerei passt irgendwie nicht zu Ihnen.«

»Sehen Sie sich um! Mein ganzes Team ist zusammengeschossen worden. Kensing hat es am schlimmsten getroffen. Er wird noch Wochen im Meditank verbringen. Ohne Klausthaler hätte er es nicht geschafft. Rainer hat alles riskiert, um seinen Kameraden zu retten. Das war unverantwortlich von ihm. Trotzdem, wie sollte ich ihm böse sein? Er hat Sac das Leben gerettet. Beinahe wäre er selber draufgegangen.«

»Ist er aber nicht«, hielt sie dagegen.

»Nein, ist er nicht«, gab der Commander zu. »Aber nur weil Agent Al Zuchkowski rechtzeitig eingegriffen hat. Ich frage mich schon die ganze Zeit, wie es ihm gelingen konnte, so schnell vor Ort zu sein. Dass der Mann für den IGD arbeitet, war mir klar, aber woher wusste er, wann er zu welcher Zeit wo sein musste?«

»Weil ich ihn darum gebeten habe«, begann McCollin. »Der Direktor rückte immer mehr ins Visier meiner Ermittlungen. Mein Vater stand leider auch auf der Liste der Verdächtigen, also konnte ich mich nicht an ihn wenden. Wenn ich ehrlich bin, wusste ich nicht, an wen ich mich überhaupt wenden sollte. Wem sollte ich vertrauen? Ich hatte keine Ahnung, wer noch auf der Gehaltsliste von Koslowski stand. Ich tat das Einzige, was mir damals sinnvoll erschien. Ich meldete den Vorfall der Kaiserin und sie schickte mir Al Zuchkowski als Verbindungsmann. Darum bin ich so spät auf dem Frachter eingetroffen, ich traf mich zuvor mit BullsEye.« Bei der Nennung des Namens verdrehte Higgens die Augen. Er fand die Bezeichnung lächerlich. »Sehen Sie mich nicht so an«, lachte die Kommissarin, die seine Gedanken erraten hatte, »ich habe mir den Namen nicht ausgesucht. Aber Freunde dürfen, nein müssen ihn so nennen. Jedenfalls schlich sich BullsEye mit einem kleinen Zerstörer ins System und bezog Position hinter den beiden Monden. So blieb er unentdeckt. Dort wartete er auf mein Zeichen. Wir hatten zuvor einige Codewörter ausgemacht. Zu dem Zeitpunkt wusste ich noch nicht, wie weit die Kreise auf Phönix reichen und wer in die Verschwörung verwickelt war. Als die Armee uns nachsetzte, war mir klar, dass das gesamte Militär unterwandert war. Darum schickte ich das Codewort für ein Worst Case Szenario.«

»Sie hätten es mir sagen können«, beschwerte sich der Commander.

»Was hätte es geändert? Außerdem, wie gesagt, ich wusste nicht, wem ich vertrauen konnte.«

»Autsch!«, sagte Higgens und griff sich mit beiden Händen ans Herz. »Das tat weh.«

»Das macht nun einmal eine gute Kommissarin aus. Jeder ist ein potenzieller Verräter«, grinste Isabelle.

»Klar. Ich weiß schon, warum ich den Geheimdienst nicht leiden kann.« Die Bemerkung brachte ihm gespielt böse Blicke der Ermittlerin ein. »Außer Sie natürlich«, schob er schnell hinterher und die Miene der Frau erhellte sich wieder.

»Das will ich aber auch schwer hoffen. Aber im Ernst, Commander, ich muss mich bei Ihnen bedanken. Sie und Ihr Team haben hervorragende Arbeit geleistet. Ohne Sie würde ich heute nicht hier stehen und Koslowski wäre mit seinem Verrat durchgekommen.«

»Wir haben nur unseren Job gemacht. Aber apropos Koslowski, was ist mit ihm geschehen?«

»Er wurde verhaftet und ist auf dem Weg zur Erde. Die Kaiserin will ihn dort befragen lassen und sein Prozess wird im Palast stattfinden.«

»Schade. Ich hätte ihn gerne selbst festgenommen. Es sind noch viele Fragen offen, auf die ich gerne eine Antwort gehabt hätte. Dennoch überrascht es mich, dass er nicht vorher geflohen ist.«

»General Straight hatte dem Direktor mitgeteilt, dass wir tot sind. Er hat sich anscheinend sicher gefühlt. Da Ihre Einheit die Funkstation quasi in Schutt und Asche gelegt hat, ist die Warnung, die der General übermittelt hat, nicht mehr gesendet worden.«

»Ich und mein Team? Ich erinnere mich da an jemanden, der mit seinem Blaster ein ziemliches Chaos angerichtet hat«, grinste Higgens frech.

»Ich habe keine Ahnung, von wem Sie sprechen«, sagte McCollin und klimperte mit den Lidern.

»Natürlich nicht. Wollen wir etwas essen?«, wechselte der Commander das Thema. »Anschließend können wir Murphy abholen. Er ist zwar die meiste Zeit eine echte Nervensäge, aber dennoch vermisse ich ihn.«

»Ja, er ist recht eigen, aber ein toller Soldat«, befand Isabelle.

»Das ist er«, bestätigte Higgens.

Die Kommissarin hakte sich bei ihm unter und gemeinsam machten sie sich auf den Weg zum Speisesaal. *Vielleicht bleibt ja auch noch etwas Zeit für etwas anderes*, dachte Isabelle und lachte laut auf. Fred sah seine Kollegin verständnislos an, die darauf nur noch mehr lachen musste. *Irgendwie ist er süß*, dachte sie, und kuschelte sich an die Seite des starken Mannes.

Epilog I

Zeit: 1033 (drei Monate später)

Ort: Kadaschian-System, Planet: Xavier

Hutson schlenderte die sechzigste Straße hinunter. Sein Ziel war das Boula Rouge, ein beliebtes Etablissement für Raumfahrer. Die Kneipe war keine billige Absteige, hier verkehrten nur diejenigen, die es im Leben zu etwas gebracht hatten. Allein der Eintrittspreis überstieg das Monatsgehalt eines einfachen Matrosen. Dem Trooper war das egal. Der letzte Einsatz hatte ihm genug Geld eingebracht und jede Verletzung, die er erlitten hatte, bescherte ihm einen besonderen Bonus.

»In Position«, hörte er die Stimme von Murphy in seinem Kopf über das ICS.

»Du willst das wirklich durchziehen?«, fragte Stannis nach und meldete seine Bereitschaft ebenfalls.

»Willst du etwa kneifen?«, fragte Hutson scharf zurück?

»Natürlich nicht«, versicherte der Späher. *»Wollte nur wissen, ob du dir sicher bist.«*

»Ich war mir in meinem ganzen Leben noch nie so sicher.«

Der Computerexperte kam seinem Ziel immer näher. Es war noch früh am Abend, daher waren nicht viele Menschen unterwegs. In zwei, drei Stunden würde auf der Sechzigsten die Hölle los sein. Es war eine Vergnügungsmeile, wie es sie in jeder großen Stadt gab, die über einen Raumhafen verfügte. Sobald die Sonne untergegangen war, kamen die Vergnügungslustigen wie die Ratten aus ihren Löchern gekrochen. Die meisten begaben sich dann in die einundsechzigste Straße, die parallel zur sechzigsten verlief. Dort fand auch der einfache Matrose seinen Spaß. Die Preise betrugen nur einen Bruchteil von dem, der auf der Luxusmeile verlangt wurde.

Cliff interessierten die verlockenden Angebote nicht. Mehrere Anwerber hatten versucht, ihn in ihre Läden zu locken. Jeder hatte behauptet, den besten Schuppen mit den erfreulichsten Angeboten zu haben, die keine Wünsche offenließen. Ein Blick in das entschlossene Gesicht des Troopers vereitelte schnell ihr Vorhaben und die Anwerber ließen den Mann lieber ziehen. Hutson erreichte das Boula Rouge und trat ein. Es war ein anständiges Haus und der Soldat musste seine Waffe am Vordereingang abgeben. Es schmerzte den Trooper nicht besonders, denn es war nicht seine Dienstwaffe, sondern nur ein billiges Modell, das er sich für sein heutiges Vorhaben besorgt hatte.

»Ich geh jetzt rein«, gab Hutson seinen Status durch.

»Roger«, meldete Scott Murphy und verfluchte seinen Kameraden. Warum musste er sich hinter der Kneipe verstecken? Es stank fürchterlich nach Abfällen und auf dem Asphalt schwammen kleine Pfützen, von denen der Soldat nicht wissen wollte, wie sie entstanden waren. Der Container, hinter dem Murphy kauerte, verursachte die unangenehmste Ausdünstung, die er je gerochen

hatte. Noch schlimmer als die stinkenden Sümpfe auf Phönix. *Das kostet dich was*, dachte Scott und rümpfte die Nase. *Das nächste Mal gehe ich zur Vordertür.*

Cliff passierte den Scanner, der sicherstellte, dass er keine verborgenen Waffen bei sich trug, und ging zur Kasse. Die nette Dame verlangte ein kleines Vermögen und gab ihm seinen Passierschein. Zwei bewaffnete Türsteher hielten den Soldaten an und gingen zur Sicherheit erneut mit einem Handscanner über seinen Körper. Doch Hutson war sauber und durfte endlich hinein. Es war zu dieser Uhrzeit nicht viel los in dem Laden und die Anzahl der Gäste überschaubar. Aber auch das interessierte den Trooper nicht. Er hatte nur Augen für den einen Gast, der direkt am Tresen stand und sich angeregt mit zwei Damen des Hauses unterhielt. Sie tranken und lachten und es sah aus, als ob die Drei eine Menge Spaß hatten. Bis zu dem Moment, in dem der Mann zum Eingang schaute und den neuen Besucher musterte.

Mat McDonald wurde aschfahl. Sein Magen krampfte sich zusammen und ihn überfiel eine Übelkeit, die ihn sich fast übergeben ließ. Hutson tat, als hätte er seinen alten Kumpel nicht gesehen, und schwenkte nach rechts zur Cocktailbar. Dort setzte er sich auf einen Barhocker und bestellte einen sündhaft teuren Irgendwas. Er wollte sich von der Bedienung überraschen lassen.

»Würdet ihr mich einen Moment entschuldigen?«, sagte McDonald zu den beiden Damen und machte sich eilig auf den Weg zu den Waschräumen. Dabei ließ er den Rücken seines alten Kumpels nicht eine Sekunde aus den Augen. Es konnte einfach nicht sein. Sein Kontakt hatte ihm bestätigt, dass das gesamte Team, das er nach Phönix gebracht hatte, umgekommen war. Mat fragte sich, ob Cliff seinetwegen hier war oder ob es nur Zufall war. Doch das Universum war so groß, warum sollte sein alter Kampfgefährte ausgerechnet nach Xavier kommen? Das konnte unmöglich Zufall sein. McDonald betrat die Waschräume und überprüfte sofort die Fenster. Viel Hoffnung machte er sich nicht, denn in der Regel waren sie immer fest verschlossen, damit sich niemand hereinschleichen konnte. Seine Überraschung war groß, als sich eines der Fenster doch öffnen ließ. Er musste sich an der Kante hochziehen und fluchte laut über sich selbst. In den letzten Monaten hatte er sich gehen lassen und seine Fitness ließ zu wünschen übrig. Alles andere als elegant kletterte er nach draußen und sprang knapp zwei Meter in den Hinterhof.

Das ging jetzt aber schnell, dachte Murphy und trat leise von hinten an den Raumschiffkapitän heran. Als sich dieser gerade aufrichten wollte, zog Scott ihm eine mit dem Kolben seines Blasters über und McDonald sackte bewusstlos zusammen.

»Der Vogel ist gefallen«, gab er per ICS durch.

»Der Vogel ist was?«, fragte Hutson sofort nach.

»Gefallen.«

»Wie gefallen? Und was für ein Vogel?« Cliff war sichtlich irritiert.

»Oh man, Hutson! Ich hab ihn. Wir treffen uns nachher im Safehaus. Ich gebe durch, wenn ich da bin.«

»Sag das doch gleich. Was soll der Unsinn mit dem Vogel?«

»Vergiss es«, grinste Murphy. Der Mann hatte keinen Sinn für Humor und Scott verschwendete nur seine Zeit und Kreativität.

Hutson blieb noch ganze zwei Stunden und plünderte sein Konto. Die nächste Zeit würde er kürzer treten müssen, um die Ausgaben zu kompensieren. Er verabschiedete sich und ging zurück zum Raumhafen. Dort verlor sich seine Spur, und der Trooper tauchte nicht mehr auf einer Überwachungskamera der Stadt auf. Er hielt sich peinlichst genau an die Route, die Stannis ihm vorgegeben hatte.

»Der Vogel ist im Nest«, hörte der Spezialist in seinen Gedanken die Stimme von Murphy und schüttelte nur mit dem Kopf. Sein Kamerad hielt das Ganze anscheinend für ein Spiel.

»Bin gleich da«, antwortete er und machte sich auf den Weg. Im Safehaus angekommen, das nichts anderes als ein Zimmer in dem heruntergekommensten Bordell war, welches sie finden konnten, klopfte er das vereinbarte Zeichen an die Tür. Stannis öffnete und Hutson ging hinein.

Der Raum war nur spärlich möbliert. In der Mitte stand ein Bett, von dem sich die Elitesoldaten, soweit es ging, fern hielten. Alle wussten, was in der Regel darin passierte und es sah nicht so aus, als würde es nach jedem Freier neue Bettwäsche geben.

McDonald saß gefesselt auf einem Stuhl und Murphy hatte ihm eine schwarze Kapuze über den Kopf gezogen. Er war zu sich gekommen und zerrte an den Fesseln.

»Hey, Jungs, was soll das? Macht mich sofort los. Kommt schon, ihr hattet euren Spaß, aber das ist nicht mehr lustig«, bettelte er und die Stimme des Frachterkapitäns klang dumpf durch den Stoff.

Die Trooper unterhielten sich über Zeichensprache und Murphy holte einen kleinen Würfel aus seiner Jackentasche. Dann stellte er das Gerät auf einen der beiden Nachttische und aktivierte das Dämpfungsfeld. Alles, was in diesem Raum in den nächsten Minuten geschehen würde, würde in diesem Raum bleiben. Cliff nickte zu Scott hinüber und dieser zog mit einem Ruck die Kapuze von Mats Kopf. McDonald blinzelte ein paarmal und sah dann in das grinsende Gesicht von Hutson, der sich direkt vor ihn hingehockt hatte. Mats Pupillen weiteten sich vor Schreck und er zog scharf die Luft ein.

»Überrascht, mich zu sehen?«, fragte Murphy. »Nun, es war auch gar nicht einfach, dich zu finden. Hat mich eine ganz schöne Stange Kohle gekostet.«

»Scott!«, rief der Gefesselte. »Hör mal, du bist doch nicht etwa sauer wegen Phönix?«

»Aber nicht doch«, antwortete der Trooper sarkastisch. »Warum sollte ich? Vielleicht, weil ich erfahren habe, dass du von deinem angeblich unbewaffneten Frachter die Rakete auf uns abgefeuert hast? Ich wette, du hast sie auch selbst gesteuert. Nenne mir einen Grund, warum ich nicht auf dich sauer sein sollte.«

»Hör zu, Cliff, das war nichts Persönliches. Es war rein geschäftlich.«

»Nicht persönlich? Goes ist draufgegangen, du Schwein!«, schrie Hutson seinen ehemaligen Kumpel an und zog seinen Blaster. Er hielt ihm die Mündung ins Gesicht.

»Mensch, Cliff, hör auf mit dem Scheiß«, flehte McDonald. »Das ist kein Spaß mehr. Du kannst mich doch nicht einfach so abknallen.«

»Ich habe es dir versprochen. Erinnerst du dich an meine letzten Worte? Ich habe dir gesagt, dass ich dich umbringen werde, wenn ich dich in die Finger bekomme.«

Das war der Moment, in dem sich Mat einnässte. Seine Blase und sein Darm entleerten sich und der üble Geruch stieg den Troopern in die Nase. Stannis hatte genug. Ihm gefiel die Samthandschuhmethode nicht. Mit einer schnellen Bewegung zog er seine Waffe und schoss dem Verräter in die rechte Kniescheibe. McDonald schrie vor Schmerzen auf und warf sich nach vorne. Doch die Fesseln fixierten ihn auf dem Stuhl. Tränen schossen in seine Augen und Mat sah den eiskalten Blick des Spähers.

»Bringen wir es zu Ende«, sagte Murphy und zog ebenfalls seine Waffe. Aus der Hüfte schoss er dem Frachterkapitän in die andere Kniescheibe. Erneut schrie der Mann auf und wand sich vor Schmerzen.

Hutson drückte den Kopf von Mat mit der Mündung seines Blasters wieder nach oben und sah dem Mann tief in die Augen.

»Hutson, hast du seine Bankkonten geleert?«, fragte Murphy.

»Jep, alles weg. Ich hab es auf ein Spendenkonto für Kriegsveteranen überwiesen«, antwortete der Computerexperte und sah wieder zu Mat »Sag der Welt lebwohl«, und McDonald schloss die Augen. Dann holte Hutson aus und zertrümmerte McDonald mit dem Kolben seiner Waffe das Jochbein und den Kiefer.

»Nun erledige ihn endlich und lass uns verschwinden«, sagte Stannis ernst.

»Nein«, entschied Hutson.

»Nein? Was soll der Mist? Wir waren uns einig. Das Schwein muss dafür bezahlen«, warf Murphy ungehalten dazwischen.

»Ich weiß. Und glaub mir, ich würde ihm jetzt am liebsten den Kopf wegpusten, aber so sind wir nicht. Habt ihr vergessen, wir sind die Guten, oder? Wenn wir ihn jetzt umlegen, sind wir kein bisschen besser als er. Stannis, mache ein paar Aufnahmen von dem Schwein. Wir haben ihm alles genommen, er ist pleite und wird nur die ärztliche Grundversorgung erhalten. Ich stelle die Bilder anonym ins Netz zur Warnung für alle Arschlöcher da draußen, dass sie sich niemals mit einem Team Special Trooper anlegen sollen. Und ich schreibe noch dazu: Wir finden euch, überall. Und jetzt lasst uns abhauen.«

Dann holte Cliff erneut mit seiner Waffe aus und zertrümmerte Mat die andere Gesichtshälfte.

Epilog II

Zeit: 1033

Ort: Zwischen den Welten, an Bord der CALIGULA

Kensing war wieder voll genesen und zum Team gestoßen. Higgens und seine Männer hatten einen neuen Auftrag erhalten und der leichte Kreuzer CALIGULA brachte sie an ihren Zielort. Wie sich herausgestellt hatte, war Koslowski nicht der Drahtzieher gewesen. Es gab einen Finanzier. Die Sache war so brisant, brisanter konnte sie nicht sein. Die Imperatrix wollte den Mann nicht öffentlich verhaften, weil sie befürchtete, dass es zu Unruhen kommen könnte. Und das konnte sehr schnell ausarten und hässlich werden. Die Menschen hatten genug unter den Bewahrern zu leiden, da mussten sie nicht auch noch aufeinander losgehen.

Seit der Phönix-Mission war das Team zum ersten Mal wieder versammelt und der Commander hatte alle in seine kleine Kabine bestellt. Jetzt saßen die Soldaten auf dem Fußboden und fragten sich, was ihr Teamleader von ihnen wollte. Eine offizielle Einsatzbesprechung konnte es nicht sein, dazu hätte Higgens einen formelleren Ort gewählt.

»Wir müssen reden«, begann der Commander und hatte die Aufmerksamkeit der Trooper. »Auf Phönix haben wir einen Kameraden verloren. Goes war ein wertvolles Mitglied unseres Teams und hat sich für uns geopfert. Das sollten wir niemals vergessen. Er hinterlässt eine Lücke in zweierlei Hinsicht. Erstens als Mensch, ein Kamerad, wie man ihn sich nur wünschen kann und zweitens fehlen dem Team seine Fähigkeiten. Ich habe mich entschlossen, keinen Ersatz für Goes zu beantragen. Niemand wird ihn je ersetzen können.«

Für seine Ansprache erntete der Commander zustimmendes Gemurmel.

»Wir werden ihn selbst ersetzen«, entschied Higgens. »Murphy, Sie sind in Zukunft unser Fahrzeugspezialist und Pilot. Ich erwarte von Ihnen, dass Sie sich weiterbilden. Mir ist klar, dass Sie Goes nicht sofort ersetzen können, aber mit der Zeit werden Sie das schon schaffen.«

»Aye, Commander«, bestätigte Murphy ernst und nickte.

»Juvis, Sie werden sich mit den verschiedenen Waffengattungen auseinandersetzen. Alles, was uns auf der Mission gefehlt hat, wird ab sofort zu Ihrer Ausrüstung gehören. Ich lasse Ihnen freie Hand. Auch von Ihnen erwarte ich, dass Sie sich weiterentwickeln und an den verschiedenen Waffen ausbilden lassen«, fuhr der Teamleader fort.

»Aye, Sir«, bestätigte Juvis den Befehl.

»Hutson, Sie werden Murphy unterstützen und die Funktion als Bordschütze übernehmen. Es gibt entsprechende Programme, an denen Sie nach unserem jetzigen Einsatz teilnehmen können.«

»Aye, Sir«, sagte der Computerspezialist ebenfalls.

»Das wäre die Aufgabenverteilung. Bleibt abschließend nur zu sagen, dass ich unheimlich stolz auf Sie alle bin. Das Team hat hervorragende Arbeit geleistet. Jeder ist ein absoluter Spezialist auf seinem Gebiet und hat seine Fähigkeiten zur Erfüllung der Mission beispiellos eingesetzt. Ihre Aufopferungsbereitschaft und Hingabe sind eine große Bereicherung für das Imperium. Ich bin stolz darauf, Commander dieser Einheit zu sein. Sie alle haben eine Belobigung in Ihren Akten erhalten. Und die ist echt. McCollin hat die Akten nicht frisiert.«

Die letzte Bemerkung führte zu allgemeinem Gelächter. Higgens sah sich um und war sehr zufrieden. Ein schwerer Gang blieb ihm aber noch.

»So, genug davon. Wir haben noch etwas zu erledigen.« Mit diesen Worten zog der Commander einen Behälter unter dem Bett hervor. Aus diesem verteilte er einfache Plastikgläser an alle. Dann entnahm er eine Flasche des besten Whiskeys, der mit Geld gekauft werden konnte. Die Kommissarin hatte ihm einen Karton mit sechs Flaschen zukommen lassen, und Higgens hatte so eine Ahnung, aus wessen ehemaligen Beständen der Alkohol stammen könnte. Er öffnete die Flasche und füllte die Becher. Als Letztes goss er sich selbst kräftig ein. Dann hob er sein Glas in die Höhe.

»Auf Goes«, brüllte er und die Teammitglieder hoben ebenfalls die Gläser. »Auf Goes«, riefen alle unisono.

Higgens gab die Flasche an Kensing weiter, der rechts neben ihm saß. Sac füllte die Becher erneut auf und rief: »Auf Goes!« Erneut wiederholten die anderen Soldaten den Trinkspruch. Es wurde eine lange Nacht.

Epilog III

Zeit: 1033

Ort: Frabak-System, Planet: Himpal, Hauptquartier IGD

... sind das ganze Imperium und ich Ihnen zu Dank verpflichtet. Aus tiefster Dankbarkeit befördere ich Sie in den Rang einer Sonderermittlerin.

Agent Zuchkowski hat mir Ihr Anliegen vorgetragen und ich stimme mit Ihnen überein. Die Besiedelung von Phönix wird mit sofortiger Wirkung aufgelöst und die Bewohner umgesiedelt. Dem Volk der Kallippos steht es frei, zu bleiben.

Ich habe den Bericht über Commander Higgens und sein Team wohlwollend zur Kenntnis genommen und werde Ihrem Rat, die Soldaten für hervorragende Leistungen auszuzeichnen, nachkommen.

Gezeichnet,

Imperatrix Victoria X.

Sonderermittlerin Kommissarin Isabelle McCollin, dachte die Geheimagentin voller Ehrfurcht und legte die Padfolie auf den Schreibtisch. Mit allem hatte sie gerechnet, aber nicht mit einem persönlichen Brief der Kaiserin. Völlig in ihre Gedanken versunken, ging McCollin einige Berichte durch, dabei stieß sie auf den Hinweis eines Agenten, der um eine Ermittlungserlaubnis bat. Der Agent hatte eine VID-Aufnahme im Netz gefunden, die eindeutig ein Verbrechen aufgezeichnet hatte.

»Karl«, rief Isabelle die KI, »zeig mit das VID«

»Wie Sie wünschen, Sonderermittlerin«, kam prompt die Antwort, und die Aufnahme wurde auf der gegenüberliegenden Wand abgespielt. McCollin zog die Augenbrauen zusammen. Auf einem Stuhl saß der Frachterkapitän Mat McDonald und war übel zugerichtet worden. Im VID tauchte ein Text auf.

Dies ist eine Warnung! Legt euch nicht mit uns Special Troopern an. Wir finden euch und bringen es das nächste Mal zu Ende.

Für Isabelle stand außer Frage, wer dafür verantwortlich war und gab eine Nachricht an den Agenten ein, der die Bitte gestellt hatte.

Antrag abgelehnt. Fall wird von höherer Stelle bearbeitet.

Dann machte sie sich auf die Suche nach dem Verräter. Isabelle befand, dass McDonald nicht so billig davonkommen sollte. *Also spüren wir dich mal auf*, dachte sie und begann mit ihren Ermittlungen.

Neben ihr lagen die neuen Einsatzbefehle für Commander Higgens und sein Team. Noch wusste der Commander nicht, wen sie unauffällig in Gewahrsam nehmen sollten.

Das wird dir nicht gefallen, dachte die Sonderermittlerin und ihre Gedanken schweiften zu der Zeit auf dem Lazarettschiff ab. Es war eine schöne Zeit gewesen. Sie schüttelte sich ein paarmal und warf die Gedanken ab.

Jetzt musste sie einen Verbrecher fangen und nebenbei das Imperium retten.

In eigener Sache

Ich hoffe, dass Ihnen das erste Abenteuer von Commander Higgens und seinem Team gefallen hat. Falls das der Fall sein sollte, würde ich mich sehr freuen, wenn Sie sich die Zeit nehmen würden und eine kurze Bewertung auf Amazon über das Rezensionssystem hinterlassen.

Für Sie ist es nur ein kurzer Zeitaufwand – für mich eine große Hilfe, um auch in Zukunft meine Geschichten schreiben und veröffentlichen zu können.

Lob und selbstverständlich Kritik nehme ich gerne persönlich entgegen. Kontaktieren Sie mich über Email oder folgen Sie mir auf Facebook.

Bleiben Sie mit meinem Newsletter immer auf dem Laufenden:

www.arnedanikowski.de

Kennen Sie schon die John James Johnson Chroniken von mir? Am Ende dieses Buches finden Sie eine Leseprobe.

Bisher erschienen:

Band 1 – Die Einberufung
Band 2 – Der Anschlag
Band 3 – auf Messer Schneide
Band 4 – zu den Sternen
Band 5 – die Feuerprobe
Band 6 – Es werde Licht

Glossar

Personen:

Ahabi, Samuel: Immobilienmakler

Altman: Mitglied Team Alpha der Antiterroreinheit in Sektor 7

Bender: Mitglied Team Alpha der Antiterroreinheit in Sektor 7

Bullog: Captain der örtlichen Polizei

Coldman: Leader Team Alpha der Antiterroreinheit in Sektor 7

Drokus: Krieger der Kallippos

Drooger, Darius: Tarnname von Hutson

Eggers, Flint: Ein junger Soldat, der sein Leben an der Front im Echsenkrieg verlor.

Ender: Mitglied Team Alpha der Antiterroreinheit in Sektor 7

Fatback: Häuptling der Kallippos und einer der drei Ältesten

Follow, Greg: Partner von Juvis, der auf dem Schießstand die Wetten verwaltet.

Fraser, Fin: Detective, der nach dem Tod seines Vorgesetzten den Befehl über die örtliche Polizei übernimmt.

Gavarro: Admiral der heimischen Flotte, Kommandant der ORION, dem Flaggschiff der Kaiserin

Geiß: Mitglied Team Alpha der Antiterroreinheit in Sektor 7

Gieselheim: Trooper der Antiterroreinheit in Sektor 7

Goes, Ashley: Waffenspezialist, Teammitglied der Special Trooper Einheit von Higgens

Grotec: einer der drei Stammesältesten und Mitglied des Ältestenrats

Higgens, Fred: Captain der Antiterroreinheit in Sektor 7. Später Commander der Special Trooper Einheit

Hutson, Cliff: Technik- und Computerexperte, Teammitglied der Special Trooper Einheit von Higgens

Imperatrix: Victoria X., Kaiserin des Imperiums

John James Johnson: General der Leibgarde und persönlicher Leibwächter der Kaiserin

Jukata: einer der drei Stammesältesten und Mitglied des Ältestenrats

Juvis, Alexej: Scharfschütze, Teammitglied der Special Trooper Einheit von Higgens

Keeps, Olivier: Lieutenant der Truppen auf Phönix

Kensing, Sac: Kommunikationsspezialist, Teammitglied der Special Trooper Einheit von Higgens

Klausthaler, Rainer: ehemaliger Arzt, Sanitäter im Special Trooper Team von Higgens.

Koslowski, Michael: Direktor des imperialen Geheimdienstes

McCollin, Isabelle: Kommissarin des imperialen Geheimdienstes

McDonald, Mat: Frachterkapitän der LIMBUS, alter Bekannter und Kampfgefährte von Hutson

Murphy, Scott: Sprengstoffexperte, Freund von Higgens und Teammitglied der Special Trooper Einheit

Paska, Flamming: Fährtenleser und Trooper der Streitkräfte von Phönix

Patty: Trooper der Antiterroreinheit in Sektor 7

Rutkoll: Sohn des Häuptlings der Kallippos

Scalzi: Techniker, Mitglied Team Alpha der Antiterroreinheit in Sektor 7

Schneider: Mitglied Team Alpha der Antiterroreinheit in Sektor 7

Stannis, Luis: Späher und Nahkampfexperte, alter Kampfgefährte von Higgens, Teammitglied der Special Trooper Einheit.

Straight: General und Befehlshaber der imperialen Armee auf Phönix.

Zuchkowski, Al: auch genannt BullsEye, Kommandant der Sicherheit auf der Diamond-Station, Mitarbeiter des Geheimdienstes.

Empfehlungen:

The Dark Invasion:
(Military Science Fiction)
The Dark Invasion - Phase 1 von Joshua Tree
The Dark Invasion - Phase 2 von Arne Danikowski
The Dark Invasion - Phase 3 von Drew Sparks

Von Joshua Tree:
(Science Fiction Thriller)

Ganymed Erwacht
Ganymeds Flüstern
Ganymeds Erbe

Das Fossil Teil 1
Das Fossil Teil 2

Und verpassen Sie nicht das Debüt von Drew Sparks:
GHOST – Im Kreuzfeuer (Band 1)

Leseprobe aus den Johnson Chroniken

Den Wachen hinter den Mauern war bestimmt der Kampf nicht entgangen, der nur knappe drei Kilometer östlich der Residenz stattgefunden hatte. Bei der Auseinandersetzung mit den Drohnen war ein großer Teil des Waldes völlig zerstört worden.

Jetzt kauerten wir in der Hocke und pressten den Rücken gegen die Mauer. Stannis hatte einen Weg gefunden, der nicht von den Kameras abgedeckt wurde, und uns zu der Mauer geführt. Wenn wir dicht genug an der Wand blieben, würden die Überwachungskameras uns nicht erwischen, versicherte uns der Späher. Und wie es aussah, behielt er damit recht.

Murphy brachte seine letzten Ladungen an und gab Higgens mit einem Handzeichen zu verstehen, dass er bereit war. Ich betrachtete die Stelle, an der Murphy die Sprengladungen angebracht hatte, und eine innere Eingebung sagte mir, dass die zehn Meter Sicherheitsabstand eventuell nicht ausreichend sein könnten. Ich hob die Hand und deutete Murphy an, noch etwas zu warten. Dann tippte ich dem Großmarschall auf die Schulter und winkte ihm zu, er solle mir folgen.

Wir schlichen weitere zehn Meter nach links und hockten uns wieder in Deckung. Nun zeigte ich dem Special Trooper den ausgestreckten Daumen. Murphy zuckte mit den Schultern, als ob er nicht verstand, was das sollte. Dann schaute er an seine rechte Seite und beobachtete, wie auch sein Teamleader und seine Kameraden sich weiter zurückzogen.

Die Mauer sah sehr alt und dick, aber vor allem sehr stabil aus. Ich hatte aus meinen Fehlern gelernt und wusste, dass es besser war, den von Murphy verlangten Sicherheitsabstand zu verdoppeln. Das hieß noch lange nicht, dass man die Gefahrenzone verlassen hatte, aber immerhin sollte es ein wenig sicherer sein.

Der Sprengstoffexperte begnügte sich mit seinen selbst auferlegten zehn Metern. Dann hielt er die ausgestreckte Hand nach oben und klappte einen Finger nach dem anderen im Sekundentakt ein. Am Ende machte er eine Faust und riss den Arm hinunter. Seine Geste begleitete ein lautes *Krawumm*. Die zwei Meter breite Mauer flog uns im wahrsten Sinne um die Ohren. Die Detonation riss ein riesiges Loch in das Mauerwerk. Der Plan sah vor, den Innenhof sofort zu stürmen, doch Murphy gab ein zweimaliges Knacken durch den Helmfunk. Ein visuelles Zeichen war nicht möglich, da der Special Trooper von einer Staubwolke umgeben war. Man konnte nur die groben Umrisse seines Körpers erkennen.

Die Explosion hatte die Mauer instabil werden lassen. Es krachte noch zweimal, dann rutschten die Steine von oben nach und verschlossen den eben geschaffenen Zugang wieder. Der Staub legte sich etwas und Murphy betrachtete sein Kunstwerk. Dann zuckte er erneut mit den Schultern und fing an, den Geröllhaufen zu erklimmen.

Ein Gutes hatte der künstlich geschaffene Berg, er bot uns bessere Deckung. Nach und nach rückte das Team nach. Murphy war als Erster oben und verschanzte sich hinter einem großen Brocken. Kaum in der Hocke donnerte sein Sturmgewehr bereits und bestrich den Hof mit schwerem Laserfeuer. Im Innenhof hatten sich zwei Dutzend Rebellen eingefunden, die nun das Feuer auf uns eröffneten.

Lopak konnte sich gerade noch in Deckung werfen. An der Westseite erfolgte plötzlich eine zweite Detonation. Stannis hatte zur Ablenkung ein zweites Loch in die Mauer gesprengt und war nun auf dem Weg zu uns. Er rannte wie der Teufel und verzichtete darauf, nicht von den Überwachungskameras erfasst zu werden. Dass gerade ein Angriff stattfand, sollte mittlerweile der blödeste Soldat mitbekommen haben.

Die feindlichen Soldaten reagierten auf die neue vermeintliche Bedrohung und zogen die Hälfte ihrer Männer zur Westseite ab. Juvis, der sich mit seinem Scharfschützengewehr in eine gute Schussposition gebracht hatte, erwischte fast die Hälfte von ihnen.

Ich wollte das hier so schnell wie möglich beenden und zog meine beiden Blaster. Das heißt, ich zog nur einen, die linke Hand griff ins Leere. Dann erinnerte ich mich, dass ich mit Kensing getauscht hatte, und ärgerte mich. Aber ein Blaster war mehr als genug.

Ich stützte mich mit der freien Hand auf einem Stein ab und sprang aus der Deckung den Schuttberg hinunter. Noch im Flug streckte ich zwei Rebellen nieder. Dann überquerte ich den Innenhof, so schnell ich konnte. Der Blaster spuckte immer wieder todbringendes Laserfeuer. Von links kamen zwei Soldaten hinter einem Fahrzeug hervor. Der erste erhielt einen Brusttreffer, dem anderen schoss ich in den Kopf. Fast gleichzeitig tauchten plötzlich drei weitere Rebellen von rechts auf. Auch diese streckte ich in einer fließenden Bewegung nieder.

Noch immer rannte ich und war mittlerweile dazu übergegangen, in einem großen Kreis den Innenhof zu umrunden. Ich lief, was das Zeug hielt, und bemerkte gar nicht, dass Higgens und sein Team das Feuer eingestellt hatten. Lediglich Juvis gab gelegentlichen einen Schuss ab und holte ein paar Leute vom Dach des Gebäudes herunter.

Die anderen standen da und beobachteten das Spektakel. Ich rannte wie ein Irrer umher und feuerte nach links und rechts. Irgendwann gab es nichts mehr, auf das ich schießen konnte, und ich sicherte den Eingang. Commander Higgens überquerte den Innenhof und rückte mit seinem Team nach. Dabei gaben sie sich gegenseitig Feuerschutz.

»Was zum Teufel war das denn?«, funkte Higgens mich über einen privaten Kanal an.

»Innenhof gesichert«, gab ich sachlich zurück.

»General, bei aller Ehre, wenn das hier vorbei ist, werden wir ein langes und ausführliches Gespräch führen müssen.«

»Aye, Commander. Doch nun lassen Sie uns den Jungen holen und dann nichts wie weg hier.«

Printed in Poland
by Amazon Fulfillment
Poland Sp. z o.o., Wrocław